지킬 박사와 하이드 씨

KB192089

로버트 루이스 스티븐슨(Robert Louis Stevenson, 1850-1894)
(1893년, 43세, 헨리 월터 바넷 촬영)

현대지성 클래식 56

지킬 박사와 하이드 씨

STRANGE CASE OF DR. JEKYLL AND MR. HYDE

로버트 루이스 스티븐슨

에드먼드 조지프 설리번 외 그림 | 서창렬 옮김

현대
지성

◦ 작품의 배경인 빅토리아시대' 런던의 모습

TOWER BRIDGE WORKS SEP 28ᵗʰ 1892

❖ 건설 중인 타워브리지(1892년). 템스강 하류에 설치한 가동교로 1894년에 완공되었다.

 ◆ 1837년부터 1901년까지 빅토리아 여왕이 다스리던 시대다. 강력한 경제력과 군사력으
   로 세계를 지배하며 영국 역사상 가장 번영을 누렸다. 한편 도덕을 높은 가치로 내세우
   면서도 내면은 타락한 '위선의 시대'로 불리기도 했다.

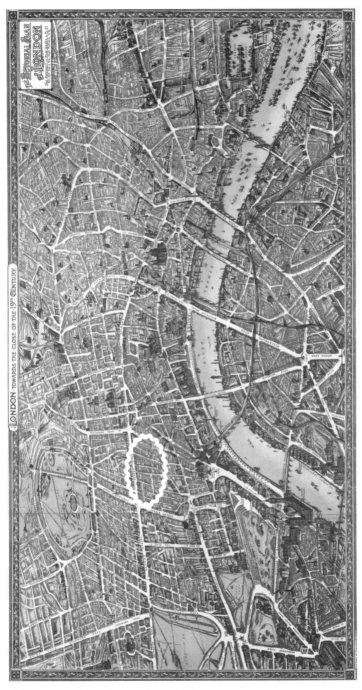

❖ 1890년대 런던 그림 지도(원으로 표시한 곳이 사건의 배경지인 소호 지역)

❖ 1851년 런던에서 열린 세계 최초의 엑스포(루이스 하게, 1851년)

❖ 지하철 건설 장면(퍼시 윌리엄 저스틴, 1861년). 1863년 1월 10일, 런던에서 세계 최초의 지하
철인 메트로폴리탄선이 개통되었다.

❖ 정해진 노선을 운행하던 승합 마차 '옴니버스'(1865년)

❖ 1870년대 런던의 노점상

❖ 산업혁명의 영향으로 대기가 오염되어 안개가 자주 발생했다. 자욱한 안개가 시야를 가려서 교통사
고가 빈번했고, 길을 가다가 템스강에 빠져 익사하는 사건도 있었다. 절도, 강간, 폭행 등 범죄도 늘
어났다. 그림은 햇불을 들고 길을 안내하는 모습이다(헨리 린턴, 1847년).

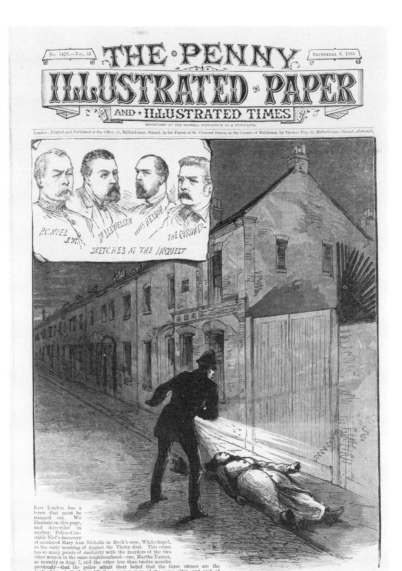

THE WHITECHAPEL MYSTERY.

❖ 『지킬 박사와 하이드 씨』가 출간된 지 2년 뒤인 1888년, 하이드 씨를 연상시키는 연쇄살인범이 등장했다. '살인마 잭'(Jack the Ripper)이라고 불리는 신원 미상의 남자는 런던 화이트채플 지역의 빈민가에서 매춘 활동을 했다고 추정되는 여성들을 끔찍한 수법으로 살해했다. 범인의 정체는 끝내 밝혀지지 않았다.

일러두기

1. 첫 번째 작품의 원제목 *The Strange Case of Dr. Jekyll And Mr. Hyde*는 '지킬 박사와 하이드 씨의 이상한 사건' 등으로 옮길 수 있지만, 독자의 혼란을 줄이고자 이미 고유명사처럼 인식되고 있으며 표준국어대사전의 표제어로도 등재된 「지킬 박사와 하이드 씨」라고 했다.
2. 각주는 모두 옮긴이가 달았다. 간략한 내용은 [   ] 안에 적어 본문과 나란히 두었다.
3. 유명 삽화가들이 독창적인 화법으로 내용을 재해석한 일러스트를 수록했다.
   – 지킬 박사와 하이드 씨: 에드먼드 조지프 설리번(Edmund Joseph Sullivan, 1869-1933)
   – 병 속의 악마: 윌리엄 하터렐(William Hatherell, 1855-1928)
   – 시체 도둑: 아치볼드 스탠디시 하트릭(Archibald Standish Hartrick, 1864-1950)
4. 시각 자료 중 출처를 표기하지 않은 것은 public domain이다.

차례

Strange Case of Dr. Jekyll and Mr. Hyde

지킬 박사와 하이드 씨

문[門] 이야기

⬦⬦⬦

어터슨 변호사는 무뚝뚝한 표정의 남자로, 밝게 웃는 법이 없었다. 냉정하고 소심했으며 남들과 대화하는 것을 어색해했고 감정을 쉽게 드러내지 않았다. 마르고 키가 큰 데다 생기라고는 없어서 음울해 보였지만, 왠지 모르게 정감이 가는 사람이었다. 친한 사람들과 함께 있을 때면, 특히 와인이 입에 맞기라도 하면, 인간미 같은 게 눈에서 흘러나왔다. 비록 말할 때는 드러나지 않더라도 저녁 식사 후 고요한 표정에서 그런 맛이 풍겨나곤 했는데, 실은 일상생활 속 행동에서 더 자주, 더 뚜렷이 드러났다. 그는 자신에게 엄격했다. 혼자 있을 때는 와인을 마시고 싶은 욕구를 억누르고 진⬦을 마셨다. 연극을 좋아했지

⬦　　gin. 증류주의 하나로 와인보다 저렴하다.

지킬 박사와 하이드 씨

17

만 20년 동안 극장 문턱을 넘어간 적이 없었다. 그러면서도 남에게는 관대하다고 정평이 나 있었다. 때때로 나쁜 짓을 저지르는 사람들의 팽팽한 정신적 긴장 상태를 보며 놀라워하다 못해 거의 부러워하는 듯 보였다. 극단적인 상황이 벌어져도 책망하기보다는 도와주고자 했다. 이따금씩 "나는 카인♦의 이단적 성향에 마음이 끌려. 형제가 자기 방식대로 악마에게 간다 해도 난 내버려둘 걸세"라는 묘한 말을 하기도 했다. 성품이 이렇다 보니 그는 나락으로 치닫는 사람들에게 존경할 만한 마지막 지인[知人]으로 남거나, 마지막으로 선한 영향을 끼치는 경우가 적지 않았다. 그런 사람들이 사무실로 찾아온다 한들 그의 태도에는 아무런 변화도 없었다.

물론 어터슨에게 이런 일은 그리 어렵지 않았을 것이다. 기분이 아주 좋을 때조차 감정을 잘 드러내지 않는 데다가 친구 관계에서도 누구에게나 호의를 베풀 만큼 너그러운 성격이었기 때문이다. 이런저런 계기로 만난 인연을 친구로 받아들이는 것이 겸손한 사람의 특징인데, 어터슨 변호사가 바로 그랬다. 그의 친구들은 친척이거나 아니면 오래 알고 지낸 사람들이었다. 그에게 애정은 담쟁이덩굴처럼 시간과 더불어 서서히 자라났을 뿐, 상대방이 그럴 만한 사람임을 의미하지는 않았다. 먼 친척이자 마을의 유명 인사인 리처드 엔필드와 친하게 지내는 것도 이러한 이유 때문이다. 두 사람이 서로에게 어떤 매력을 느끼고, 둘의 공통 화제가 무엇인지는 많은 사람에게 수수께

♦ 성경에 나오는 아담과 하와의 맏아들로, 동생 아벨을 돌로 쳐서 죽인 인물

끼였다. 일요일에 산책하는 두 사람과 마주친 이들에 따르면, 둘은 아무 말도 하지 않고 몹시 심심한 표정으로 걷다가 친구가 나타나기라도 하면 눈에 띄게 안도하며 큰 소리로 불러 맞이한다고 했다. 그럼에도 두 사람은 이 산책을 한 주의 가장 핵심적인 행사로 여겼다. 산책 시간을 지키기 위해서라면 다른 즐거운 일을 제쳐둘 뿐 아니라 사업상 필요한 일까지 내팽개칠 정도였다.

어느 날 두 사람은 평소와 다름없이 산책하다가 우연히 런던 번화가의 한 골목길에 들어섰다. 거리는 좁고 조용한 편이었으나 평일에는 물건을 사러 온 사람들로 북적거렸다. 이곳 상인들은 다들 잘사는 편인데 모두들 더 잘살고자 아등바등했고, 벌어들인 돈은 외관을 멋들어지게 치장하는 데 썼다. 길을 따라 늘어선 상점 입구는 마치 여점원들이 줄지어 서서 미소를 지으며 손님을 환영하는 듯한 분위기를 풍겼다. 평일의 현란한 매력은 자취를 감춘, 상대적으로 한산한 일요일인데도 이 거리는 지저분한 이웃 동네와 다르게 들불처럼 빛났다. 새로 페인트칠한 덧문과 반짝반짝 윤이 나는 놋쇠 장식 그리고 전반적으로 깨끗하면서 쾌적한 분위기는 행인들의 시선을 곧장 사로잡아 눈을 즐겁게 해주었다.

동쪽 방향 왼쪽 모퉁이에서 두 집을 지나면 길이 끊기고 안뜰로 이어지는 입구가 나왔다. 바로 그 지점에 박공지붕을 거리 쪽으로 내민, 음산한 느낌의 2층 건물 한 채가 서 있었다. 그들 눈에 보이는 것이라곤 아래층의 대문과 위층의 빛바랜 벽뿐이었다. 어느 모로 보나 오랫동안 방치된 흔적이 역력했다. 초인종도 쇠고리도 없는 문은 색이 바랬고 울퉁불퉁했다. 부랑자들이 후미진 곳에 구부정하게 서서 벽에 성냥을 그어댔다. 아이들은 계단에서 소꿉놀이를 했고, 남학생들은 칼날이 잘 드는지 시험해 보려는 듯 문틀에 칼질을 했다. 하지만 거의 30년 가까운 세월이 지나도록 이런 뜨내기 불청객을 쫓아내거나 파손된 곳을 수리하려고 집 밖에 나온 사람은 아무도 없었다.

엔필드와 변호사는 길 반대편에서 걸어가고 있었다. 이윽고 두 사람이 그 집 대문 앞에 이르렀을 때, 엔필드가 지팡이를 들어 집 쪽을 가리켰다.

"저 문을 눈여겨본 적 있으세요?" 그가 물었다. 어터슨이 그렇다고 대답하자 이렇게 덧붙였다. "저 문을 보면 무척 기괴한 이야기가 생각나요."

어터슨이 약간 달라진 음색으로 말했다. "그래? 무슨 이야기인데 그러나?"

"글쎄, 이런 일이 있었다니까요. 아주 먼 곳에 갔다가 집으로 돌아오는 길이었어요. 어두컴컴한 겨울 새벽 세 시쯤이어서 길거리에 문자 그대로 가로등 불빛 말고는 아무것도 보이지 않았죠. 지나는 거리마다 사람들은 모두 잠들어 있었어요. 가로등이 마치 행진하듯 빠짐없이 불을 밝히고 있었지만, 거리는 교회당처럼 텅 비어 있었죠. 신경을 곤두세우고 귀를 기울이며 걷다 보니 경찰관이라도 봤으면 하고 바라게 되더군요. 그때 갑자기 두 사람이 나타났어요. 한 사람은 키가 작은 남자로 동쪽을 향해 성큼성큼 걷고 있었어요. 다른 한 사람은 여덟아홉 살 정도 되어 보이는 여자아이로 교차로를 향해 있는 힘껏 달리고 있었죠. 그런데 형님, 두 사람이 그만 길모퉁이에서 부딪쳤는데, 끔찍한 일이 일어났어요. 남자가 여자아이의 몸을 태연히

20

짓밟더니, 아이가 바닥에 쓰러져 비명을 지르는데도 그냥 내버려두고 가는 겁니다. 귀로 들으면 별일 아닌 것 같겠지만, 눈으로 볼 땐 정말 끔찍했어요. 사람이 아니라 빌어먹을 저거노트* 같았으니까요. 저는 소리를 지르며 뛰어가서 그 작자의 목덜미를 잡고 그 자리로 끌고 왔지요. 그곳에는 비명을 지르는 아이 주위로 벌써 여러 사람이 모여 있더군요. 그자는 전혀 흔들림이 없었고 저항도 하지 않았어요. 다만 저를 한 번 노려보았는데, 그 얼굴이 어찌나 흉측하던지 마치 달리기라도 한 듯 땀이 주르륵 흐르더군요. 알고 보니 주위에 모인 사람들은 아이의 가족이었습니다. 얼마 지나지 않아 의사가 왔어요. 여자아이는 그 의사를 부르러 다녀오던 길이었대요. 의사 말로는 아이가 크게 다친 건 아니고 겁에 질렸을 뿐이라고 하더군요. 이 일이 이렇게 마무리되었을 거라 생각하시겠지만, 한 가지 기이한 상황이 벌어졌어요. 저는 첫눈에 그 사내가 혐오스러웠어요. 그 아이의 가족도 저와 마찬가지 생각이었고요. 그건 자연스러운 반응이었죠. 하지만 제가 놀란 것은 의사의 태도였습니다. 그는 약을 처방하고 조제하는 일을 겸하는 평범한 의사였죠. 외모를 보았을 때는 별다른 특징이 없고, 다만 에든버러 사투리가 심했는데 백파이프만큼이나 감정이 건조한 사람이었어요. 그런데 그 의사가 보인 반응도 우리와 같았던 거예요. 제가 잡아끌고 온 사내를 볼 때마다 의사는 그자를 죽이고 싶은 충동으

♦　Juggernaut. 힌두교 신, 크리슈나 신상을 가리키는 말이다. 이 신상을 태운 수레에 깔려 죽으면 극락왕생을 할 수 있다고 믿었다.

로 얼굴이 새하얘지더군요. 저는 의사의 마음을 이해할 수 있었습니다. 그도 제 마음을 이해했을 테고요. 하지만 죽일 수는 없는 노릇이었기에 우리는 차선책을 택했죠. 이 일을 크게 소문내어 당신의 이름이 온 런던에 퍼지게 할 수 있고 또 그렇게 할 참이라고 으름장을 놓은 겁니다. 그에게 친구나 명예가 있다면 반드시 그걸 잃게 만들겠다고 분명히 말했습니다. 그렇게 얼굴을 붉히며 놈을 몰아세우면서도 여자들이 그자에게 달려들지 못하게 막느라 진땀을 뺐답니다. 다들 하르피아*처럼 사나워져 있었으니까요. 저는 그토록 증오심에 찬 얼굴들을 본 적이 없어요. 사람들에 둘러싸인 사내는 음흉한 조소를 머금은 채 냉정한 태도를 유지했고, 보아하니 겁을 먹은 것 같은데 사악할 정도로 시치미를 떼고 있었죠. 그자가 이렇게 말하더군요. '이일로 한몫 챙기겠다고 작정했다면 나로선 어쩔 도리가 없군요. 소동을 피하고 싶지 않은 신사는 없을 테니까요. 얼마를 원하는지 말해보시오.' 그래서 우린 아이의 가족에게 100파운드를 물어내라고 다그쳤죠. 그는 분명 끝까지 버티고 싶었을 거예요. 그러나 우리 분위기가 심상치 않고 험악해지자 결국 백기를 들었습니다. 이제 돈을 받아낼 차례였어요. 그런데 그자가 우리를 어디로 데려갔는지 아세요? 바로 저 문이 달린 집이었답니다. 그자는 열쇠를 꺼내 집 안으로 들어가더니 이내 금화 10파운드와 함께, 소지한 사람에게 돈을 지불하게되어 있는 쿠츠 은행 수표 한 장을 들고 나왔어요. 수표에는 제가 거

론할 수 없는 이름이 서명되어 있더군요. 사실 그 부분이 제 이야기의 핵심 중 하나이긴 하지만, 차마 발설할 수 없네요. 아무튼 아주 유명하고 가끔 신문에도 등장하는 이름이었답니다. 수표에 적힌 금액이 컸지만, 진짜이기만 하다면 그 이상의 가치가 있는 서명이었어요. 좀 무례하다 싶었지만 사내에게 이 모든 일이 수상쩍어 보인다고 지적했어요. 새벽 네 시에 지하실 문으로 들어가서 다른 사람이 서명한, 그것도 거의 백 파운드에 달하는 수표를 가지고 나오는 일은 흔하지 않으니까요. 하지만 사내는 한껏 여유를 부리며 코웃음을 치기까지 했어요. 그가 이렇게 말하더군요. '걱정 내려놓으시지요. 은행 문이 열릴 때까지 당신들과 함께 있다가 내가 직접 현금으로 바꿔드릴 테니.' 그래서 우리 모두, 그러니까 의사, 아이의 아버지, 그 작자까지 제 방으로 가서 남은 밤을 보냈습니다. 날이 밝자 우리는 아침 식사를 하고 나서 함께 은행으로 갔습니다. 제가 직접 은행 직원에게 수표를 건네며, 아무리 생각해도 위조 수표인 것 같다고 말했죠. 그런데 웬걸, 그렇지 않았어요. 수표는 진짜였습니다."

"쯧쯧." 어터슨은 혀를 찼다.

엔필드가 말했다. "형님도 저랑 같은 생각이군요. 그래요, 불쾌한 이야기예요. 그자는 어느 누구도 상종 못 할 가증스러운 인간이었는데, 수표를 발행한 사람은 대단히 신망이 높고 저명하며 (설상가상으로) 선행을 많이 베푸는 분이에요. 형님의 친구이기도 하고요. 제 생각엔 그 친구분이 협박을 받고 있는 것 같아요. 정직한 분인데 젊었을 때 저지른 무분별한 행동 탓에 약점이 잡혀서 큰돈을 갈취당하는 것 같다는 얘깁니다. 그래서 저는 저 문이 달린 집을 '협박의 소굴'이라고 부른답니다. 물론 그것만으로 다 설명되는 건 아니에요." 그는 그렇게 덧붙이고 나서 골똘히 생각에 잠겼다.

그런 그를 다시 깨운 것은 어터슨의 갑작스러운 질문이었다. "그럼 자네는 그 수표를 발행한 사람이 저 집에 살고 있는지 아닌지는 모르는 거야?"

"살고 있을 것 같지 않나요? 하지만 얼핏 그분의 주소를 본 적이 있어요. 어느 광장 근처에 사시더군요."

어터슨이 말했다. "그럼 자네는… 저 문이 달린 집에 대해서는 전혀 묻지 않은 거로군?"

"예, 묻지 않았습니다. 민감한 문제 같아서요. 묻고 싶은 마음이야 굴뚝 같았지만, 그건 마치 최후 심판의 날* 같잖아요. 질문을 던지는 것은 돌을 굴리는 것과 비슷해요. 돌을 굴린 사람은 언덕 꼭대기에 가만히 앉아 있죠. 하지만 돌은 굴러가면서 다른 돌들을 쳐서 같이 굴러가게 할 테고, 그러다 (어이없게도) 자기 집 뒷마당에 있던 평범한 노인이 머리에 돌을 맞아 쓰러지게 되는 겁니다. 그러면 남은 가족들은 성을 바꾸어야 할 테죠.** 그래서 묻지 않은 거예요. 저에게는 원칙이 하나 있는데, 그건 곤란한 문제로 보일수록 캐묻는 걸 자제해야 한다는 것입니다."

"아주 좋은 원칙이네."

----

* 기독교에서 이 세상이 끝나고 난 후 하느님이 만인을 심판한다는 날
** 사별한 과부가 재가하여 가족의 성이 바뀐다는 뜻

24

"그렇지만 혼자 그 집을 조사해보긴 했어요. 그런데 집처럼 보이지도 않을 정도랍니다. 저 문 말고 다른 문은 없어요. 제가 잡은 그 사내가 드문드문 저 문으로 드나들 뿐, 다른 사람의 출입은 전혀 없더군요. 2층에는 안뜰 방향으로 난 창 세 개가 있고, 아래층에는 창이 하나도 없어요. 창문은 항상 닫혀 있는데 깨끗하더군요. 그리고 굴뚝이 하나 있는데, 평소에 연기가 나는 걸로 보아 누군가 살고 있는 게 분명합니다. 물론 그렇다고 확신할 순 없어요. 왜냐하면 안뜰 주위로 건물들이 워낙 다닥다닥 붙어 있어서 집과 집 사이의 경계를 분간하기 어렵거든요."

두 사람은 다시 얼마 동안 말없이 걸었다. 그러다가 어터슨이 불쑥 말했다. "엔필드, 자네의 원칙은 훌륭해."

"예, 저도 그렇게 생각합니다." 엔필드가 대답했다.

변호사가 말을 이었다. "그럼에도 한 가지 묻고 싶은 게 있네. 아이를 밟고 지나간 그 사내의 이름이 뭔지 알고 싶어."

"글쎄요. 이름을 말하는 게 무슨 해가 될 것 같진 않군요. 하이드라는 이름의 사내였습니다."

"흠. 생김새는 어떻던가?"

"설명하기가 쉽지 않네요. 그의 외모는 뭔가 이상해요. 기분 나쁘고, 혐오스러운 면이 있죠. 누군가를 쳐다보면서 그처럼 불쾌한 느낌이 든 건 처음인데, 그 이유를 모르겠어요. 기형인 것 같은데, 구체적으로 어디가 그런 건지는 꼬집어 말할 수 없어요. 기이하게 생긴 사내인 것은 틀림없는데, 그런 특징을 딱 집어 말하지 못하겠네요. 안되겠어요, 형님. 이 문제는 도와드릴 수가 없습니다. 그 사내를 설명할 수가 없어요. 기억이 흐릿해서 그런 것은 아닙니다. 지금도 그의 모습을 떠올릴 수 있으니까요."

어터슨은 한동안 깊은 생각에 잠긴 채 말없이 걷다가 마침내 입을 열었다. "그 사내가 열쇠로 문을 연 게 분명한가?"

"아니, 형님…." 엔필드가 놀라서 당황한 표정으로 말했다.

"그래, 나도 알고 있네. 아마 이상하게 들릴 거야. 사실, 내가 또 다른 사람의 이름을 묻지 않은 것은 이미 그 이름을 알고 있기 때문이라네. 이보게, 리처드. 자네는 중요한 정보를 주었네. 자네 이야기에서 혹시라도 부정확한 부분이 있다면 정정해주길 바라네."

엔필드가 부루퉁하게 대꾸했다. "제게 미리 주의를 주지 그러셨어요. 전 시시콜콜한 부분까지 정확하게 얘기했습니다. 그 친구는 열쇠를 가지고 있었고, 지금도 여전히 가지고 다녀요. 그자가 열쇠를 사용하는 걸 본 지가 일주일도 채 안 되었으니까요."

어터슨은 한숨을 푹 내쉬었지만 더는 아무 말도 하지 않았다. 그래서 젊은이가 다시 말을 꺼냈다. "입 다물고 있어야 한다는 교훈을 여기서도 얻었군요. 제가 길게 주절거린 것이 영 부끄럽습니다. 다시는 이 이야기를 언급하지 않기로 해요."

"여부가 있겠나. 그런 의미로 악수하세, 리처드."

하이드 씨를 찾아서

◇◇◇

그날 저녁 어터슨은 혼자 사는 집으로 돌아와 식탁에 앉았지만 기분이 우울한 탓인지 입맛이 하나도 없었다. 저녁 식사가 끝나면 난롯가에 앉아 독서대 위에 펼쳐놓은 무미건조한 신학 책을 읽다가 동네 교회의 시계가 자정을 알리면 감사하는 마음으로 잠자리에 드는 것이 일요일 일과였다. 그러나 그날 밤은 식사를 마치고 식탁을 치우자마자 촛불을 들고 서재로 들어갔다. 그러고는 금고를 열어 안쪽 깊숙한 구석에서 겉봉에 '지킬 박사의 유언장'이라고 쓰인 서류를 꺼내더니 이맛살을 찌푸리며 자리에 앉아 내용을 살펴보았다. 유언장은 자필로 작성되었다. 작성된 후 떠맡기는 했지만, 작성 과정에서는 아무런 도움을 주지 않았다. 유언장에 따르면, 의학박사, 민법학박사, 형법학박사이자 왕립협회 회원인 헨리 지킬이 사망할 경우 그의 모든 재산은 "친구이자 은인인 에드워드 하이드"에게로 넘어가게 된다. 그뿐

28

아니라 지킬 박사가 "3개월 이상 실종되거나 이유 없이 부재할 경우" 앞에서 언급한 에드워드 하이드가 즉시 헨리 지킬의 권리를 계승하되, 박사의 식솔에게 소액의 돈을 지불하는 것 말고는 어떠한 부담이나 의무를 지지 않는다고까지 명시되어 있었다. 이 서류는 오랫동안 어터슨 변호사에게 눈엣가시였다. 건전하고 관습적인 삶을 추구하며 기이한 행동은 무도하다 여기는 그였기에 이 유언장 생각만 하면 기분이 언짢았다. 지금까지는 하이드의 정체를 모른다는 사실에 부아가 치밀었지만, 갑작스러운 계기로 그를 알고 나니 더욱 비위가 상했다. 그의 이름 말고는 아무것도 모른다는 사실만으로도 충분히 고약한 상황이었는데, 그 이름에 온갖 혐오스러운 속성이 덧입혀지자 한층 더 고약해졌다. 오랫동안 눈을 가려왔던 실체 없고 모호한 안개 속에서 악마의 형상이 불쑥 나타난 것이다.

그는 불쾌한 서류를 금고 안에 다시 넣으며 중얼거렸다. "전에는 미친 짓이라고만 생각했는데 이젠 망신스러운 일이 되지 않을까 걱정되는군."

그러고는 촛불을 끄고 외투를 걸친 다음 의료시설이 밀집한 캐번디시 광장을 향해 걸음을 옮겼다. 거기에 친구이자 훌륭한 의사인 래니언 박사의 저택이 있었다. 그곳은 몰려드는 환자들로 늘 북적거렸다. "래니언이라면 뭔가 알고 있을 거야."

근엄한 표정의 집사가 그를 알아보고 반갑게 맞이한 후, 지체 없이 식당으로 안내했다. 래니언 박사는 혼자서 와인을 마시고 있었다. 부스스한 머리카락은 나이보다 일찍 허옇게 셌고 얼굴빛은 불그레한 래니언 박사는 활기차고 건강하며 말쑥한 신사요, 호탕하고 결단력 있는 친구였다. 어터슨을 보자마자 그는 의자에서 벌떡 일어나 두 팔을 벌려 친구를 반겼다. 그의 싹싹한 태도는 어딘가 연기하는 것처럼 보이긴 했으나, 실제로는 진실한 마음에서 우러나왔다. 두 사람은 고등학교와 대학교를 함께 다닌 오랜 친구이자, 서로를 무척 존중하는 사이였다. 그렇다고 해서 반드시 막역한 사이가 되는 것은 아닐 테지만, 어쨌든 둘은 함께 어울리는 것을 무척이나 좋아했다.

잡담을 나눈 뒤 변호사는 마음을 짓누르는 주제로 넘어갔다.

"이보게, 래니언. 헨리 지킬의 친구 중에서 가장 오랫동안 알고 지낸 둘을 꼽자면 자네와 나 아닐까?"

래니언 박사가 싱긋 웃었다. "젊은 두 친구라면 좋으련만, 자네 말대로 우리가 가장 오랜 친구일 거야. 그런데 왜? 요즘 그 친구를 거의 보지 못했어."

"그래? 자네 둘은 공통의 관심사가 있는 줄 알았는데."

"전에는 그랬지. 하지만 헨리 지킬이 너무 기이하게 변해버려서 용납하기 힘들다고 여긴 지 10년도 더 되었어. 어딘가 이상해지기 시작하더군. 그 친구 정신 말이야. 물론 옛정을 생각해서 그 친구에 대한 관심은 계속 가지고 있지만, 아무튼 근래엔 그 친구를 거의 보지 못했다네." 박사가 갑자기 얼굴을 붉히며 덧붙였다. "별의별 비과학적인 허튼소리를 해댄다면, 제아무리 다몬과 피디아스*라 할지라도 사

───────

◆　목숨을 걸고 맹세를 지킨 고대 그리스의 두 친구. 일반적으로 둘도 없는 절친한 친구를 가리킬 때 쓰는 표현이다.

이가 틀어지게 될 거야."

박사가 이 정도로만 가볍게 화내는 것을 보면서 어터슨은 마음이 좀 편해졌다. '둘이 그저 학문적인 문제에 대해 의견이 달랐나 보군'이라고 생각했다. (부동산 양도 문제가 아닌 한) 학문적 열정은 없는 사람이었기에 어터슨은 '그 정도면 별거 아니잖아!'라는 생각까지 들었다. 어터슨은 친구의 흥분이 가라앉도록 잠시 기다렸다가 속에 담아두었던 질문을 꺼냈다. "자네, 혹시 지킬이 후견인 노릇을 해주는 자와 만난 적 있나? 무슨 하이드라고 하던데?"

래니언이 되물었다. "하이드? 아니, 그런 사람에 대해선 들어본 적 없네. 처음 듣는 이름이야."

어터슨 변호사가 얻어낸 정보는 그게 다였다. 집에 돌아온 그는 어두운 방 안의 커다란 침대에 누워 날이 바뀌고 새벽이 밝아올 때까지 이리저리 뒤척였다. 칠흑 같은 어둠 속에서 갖가지 의문에 시달리느라 마음이 갑갑하고 편치 않은 밤이었다.

어터슨의 집과 가까워 여러모로 편리한 교회 종이 6시를 알렸지만, 그때까지도 그는 여전히 같은 문제와 씨름하고 있었다. 이 일은 그동안 지적인 면에서 그를 괴롭혔지만 이제는 그의 상상마저 개입되었다. 아니, 상상에 사로잡혔다는 말이 더 적절할 것이다. 커튼을 친 컴컴한 방 안에서 밤새도록 침대에 누워 몸을 뒤척이는 동안 엔필드의 이야기가 마치 조명을 받은 그림처럼 머릿속을 스쳐 지나갔다. 가로등이 길게 줄지어 늘어선 도시의 밤, 빠르게 걷고 있는 한 남자의 형체, 뒤이어 의사의 집에서 나와 뛰어오는 한 아이의 모습이 떠올랐다. 이 둘이 서로 마주치고, 인간 저거노트가 아이를 짓밟은 후

아이가 울부짖든 말든 개의치 않고 가버리는 장면이 눈앞에 나타났다. 그와 더불어 친구가 누워 잠든 부유한 저택의 방도 뇌리에 떠올랐다. 친구는 꿈을 꾸면서 미소를 짓고 있다. 그 순간 방문이 열리고 침대의 커튼이 홱 젖혀지자 친구가 잠에서 깨어나는데, 맙소사! 그 옆에는 친구가 모든 권한을 넘겨준 인물이 서 있는 것 아닌가. 친구는 고요한 한밤중에도 일어나 그자의 명령에 따라야 한다. 이 두 장면 속 인물이 밤새 어터슨을 괴롭혔다. 잠깐 졸기라도 하면 어김없이 그자가 모두 잠든 집 사이사이로 슬그머니 돌아다니는 모습이 보였다. 그자는 점점 빠르게, 급기야는 현기증이 날 정도로 빠르게 움직이면서 가로등을 밝힌 도시의 넓은 미로 사이를 돌아다녔으며, 길모퉁이를 돌 때마다 어린아이를 하나씩 짓밟고는 비명 소리에도 아랑곳하지 않고 자리를 떴다. 그런데도 그 인물은 얼굴이 없어 누군지 알아볼 수 없었다. 꿈속에서조차 얼굴이 없거나, 있다 해도 어터슨을 당황스럽게 만든 다음 눈앞에서 녹아내렸다. 이 시점에 이르자 진짜 하이드의 모습을 보고 싶다는 호기심이 강렬하게, 지나치다 싶을 만큼 강렬하게 생기더니 시시각각 커졌다. 어터슨은 그자를 한 번 보기만 한다면 이 수수께끼는 가벼워질 것이고, 어쩌면 말끔히 사라질지 모른다고 생각했다. 수수께끼처럼 기이한 일들도 잘 관찰하기만 하면 대체로 그러기 마련이다. 그자를 보게 되면 친구의 기이한 애정 또는 압박감(어느 쪽이든 간에)의 이유를, 더 나아가 유언장에 이상한 조항을 넣은 이유까지도 알 수 있을 것 같았다. 아무튼 눈곱만큼의 동정심도 없는 사람의 얼굴, 그저 보는 것만으로도 무덤덤한 엔필드의 마음속에 끊임없는 증오심을 불러일으킨 얼굴이라면 한번 봐둘 필요가 있지 않겠는가.

그때부터 어터슨은 상점이 늘어선 골목길의 그 집 문 근처를 자주 찾아갔다. 아침에 출근하기 전에도, 업무는 많고 시간은 별로 없는 정오에도, 안개 자욱한 달밤에도 그곳을 찾아갔다. 밤이든 낮이든, 인적이 있든 없든 그는 자신이 선택한 자리를 지키고 서 있었다.

"그가 숨는 자*라면 나는 찾는 자가 될 거야." 어터슨은 이렇게 다짐했다.

마침내 그의 인내심이 보답을 받았다. 맑고 청명한 밤, 서리가 내려 공기는 차가웠고, 거리는 무도회장 바닥처럼 깨끗했다. 바람이 불지 않아 흔들림 없는 가로등이 만든 빛과 그림자가 일정한 모양을 이루며 뻗어나갔다. 10시가 되어 상점이 모두 문을 닫자 골목길은 인적이 끊겼다. 사방에서 낮게 으르렁거리는 런던의 소음 속에서도 그곳은 사뭇 고요했다. 조그마한 소리도 멀리 퍼져 나가기에 집 안에서 나는 소리들이 길 반대편에서도 또렷이 들렸고, 행인의 발소리도 그 주인이 모습을 드러내기 한참 전부터 들려왔다. 자리를 잡고 선지 몇 분이 채 지나지 않았을 때 어터슨은 이상하리만큼 가벼운 발소리가 다가오고 있음을 알아차렸다. 한동안 밤에 망을 서다 보니 혼자 걸어오는 사람의 발소리가 내는 기묘한 효과에 제법 익숙해져 있었다. 아주 먼 거리에서 날 때도 그 소리는 웅웅거리고 덜거덕거리는 도시의 소음을 뚫고 갑자기 튀어나와 또렷해지곤 했다. 그렇기는 하

♦ 하이드(Hyde)라는 이름은 '숨다'라는 뜻의 hide와 발음이 같다.

지만 지금처럼 한껏 예민해져 숨죽였던 적은 한 번도 없었다. 그는 미신에 사로잡힌 듯 성공하리라는 예감을 강렬하게 느끼며 공터 입구 쪽으로 물러섰다.

발소리는 빠르게 가까워졌고, 길모퉁이를 돌자 갑자기 커졌다. 입구에 서서 앞을 응시하고 있던 변호사는 곧바로 자신이 상대해야 할 사내가 어떤 인간인지 알아차렸다. 그는 몸집이 작았으며 매우 수수한 옷을 입고 있었는데, 어찌 된 일인지 멀리서만 봐도 거부감이 일었다. 그자는 시간을 아끼려는 듯 길을 가로질러 곧장 문 쪽으로 갔다. 문에 이르자 그는 마치 자기 집에 온 것처럼 호주머니에서 열쇠를 꺼냈다.

어터슨은 구석에서 걸어 나와 그의 어깨를 툭 건드렸다. "하이드 씨, 맞죠?"

하이드는 헉 하고 숨을 들이마시면서 뒤로 물러섰다. 그러나 겁먹은 기색을 보인 것은 잠시뿐이었다. 그는 변호사의 얼굴을 쳐다보지도 않고서 차갑게 대답했다. "하이드 맞습니다. 원하는 게 뭐요?"

"집에 들어가는 길이로군요. 저는 지킬 박사의 오랜 친구로 곤트가에 사는 어터슨이라고 합니다. 제 이름은 아마 들어보셨을 겁니다. 아무튼 이렇게 만났으니 집에 같이 들어가도 될까요?"

"지킬 박사는 못 만날 겁니다. 지금 집에 없소." 뭐가 묻어 있기라도 한 듯 하이드가 열쇠를 후후 불며 대꾸했다. 그러더니 여전히 얼굴을 들지 않은 채 불쑥 물었다. "날 어떻게 안 겁니까?"

어터슨이 말했다. "부탁 하나 들어주시겠소?"

"기꺼이 들어드리죠. 원하는 게 뭡니까?"

"얼굴을 좀 보여주겠소?"

하이드는 망설이는 것 같았다. 그러다 갑자기 무언가 떠오르기라도 한 듯 대들 기세로 어터슨을 향해 얼굴을 들이밀었다. 두 사람은 몇 초 동안 꼼짝하지 않고 서로를 응시했다. 어터슨이 말했다. "이젠 다시 만나도 알아볼 수 있겠네요. 그게 아마 도움이 되겠지요."

하이드가 대꾸했다. "그래요, 우리가 만난 건 잘된 일이오. 말이 나온 김에 내 주소를 드리리다." 그는 소호 거리에 있는 번지수를 알려주었다.

'맙소사! 이자도 유언장에 대해 생각하고 있었단 말인가?'라고 어터슨은 생각했다. 그러나 감정을 내색하지 않은 채 주소를 알려주어 고맙다는 말만 무뚝뚝하게 뱉었다.

"자, 이제 대답해주시죠. 날 어떻게 안 겁니까?".

"인상착의를 들었습니다."

"누구한테서?"

"우릴 둘 다 아는 지인들이 있습니다."

"둘 다 아는 지인들? 그게 대체 누구요?" 하이드가 약간 쉰 목소리로 되물었다.

"예를 들면 지킬 같은."

"그 사람은 당신에게 얘기한 적이 없소. 거짓말은 하지 않을 것 같더니." 하이드는 벌컥 화를 내며 소리쳤다.

"이보시오, 말이 지나치군요." 어터슨이 말했다.

하이드는 야수처럼 으르렁거리며 사납게 웃는가 싶더니 놀랍도록 빠르게 문을 열고 집 안으로 사라져버렸다.

변호사는 하이드가 떠난 다음에도 한동안 불안한 모습으로 그 자리에 서 있었다. 이윽고 거리를 향해 천천히 걸음을 옮겼는데, 마치 정신적 혼란에 빠진 사람처럼 한두 발짝 걸을 때마다 멈춰 서서 이마에 손을 짚곤 했다. 이렇게 걸어가면서 곰곰이 생각해보았지만, 쉽게 풀릴 문제가 아니었다. 하이드는 창백하고 왜소했으며 딱히 뭐라고 할 만한 장애가 없는데도 기형이라는 인상을 풍겼다. 미소는 불쾌했고, 상대를 대하는 태도에 소심함과 대담함이 위험하게 뒤섞여 있었다. 또 쉰 목소리로 나직하게 더듬더듬 말했다. 마음에 드는 구석이 하나도 없었지만, 이 모든 것을 합친다 해도 그자를 보고 느낀 알 수 없는 역겨움, 혐오감, 공포 따위를 설명할 수 없었다. 어터슨은 당혹감에 휩싸여 중얼거렸다. "그것 말고도 뭔가 있는 게 분명해. 뭔가 다른 게 있어. 그걸 뭐라고 해야 할지 몰라서 그렇지. 맙소사, 저자는 인간 같지가 않아! 동굴에 사는 원시인 같다고나 할까? 아니면 옛이야기에 나오는 펠 박사* 같다고 해야 할까? 아니면 사악한 영혼이 진흙 덩어리 육신에 들어가서 저렇게 변형된 걸까? 이게 제일 그럴듯하군. 오, 가엾은 내 친구, 헨리 지킬! 인간의 얼굴에서 악마의 흔적을 볼 수 있다면, 자네 새 친구의 얼굴이 바로 그렇다네."

골목길에서 모퉁이를 돌면 오래전에 지은 멋진 집들이 늘어선 거리가 나온다. 대부분 한창 좋았던 때와 달리 퇴락했고, 이제는 층층마다 공간을 쪼개서 온갖 부류, 온갖 처지에 놓인 사람들, 예를 들어

♦ 영국 풍자시에 나오는, 이유를 말하기는 어렵지만 혐오스러운 인물

지도 조판공, 건축업자, 수상쩍은 변호사, 미심쩍은 사업의 중개인 등에게 세를 놓았다. 그러나 모퉁이에서 두 번째 집만은 여전히 온전한 독채로 사용되었다. 지금은 현관문 위의 채광창을 제외하고는 어둠에 잠겨 잘 보이지 않지만, 여전히 부유하고 안락한 분위기가 그윽이 배어 있었다. 어터슨은 이 집 문 앞에서 걸음을 멈추고 문을 두드렸다. 옷을 잘 차려입은 나이 든 하인이 문을 열어주었다.

"풀, 지킬 박사 집에 계신가?" 변호사가 물었다.

"가서 알아보겠습니다, 어터슨 변호사님." 풀은 그렇게 말하며 어터슨을 맞아들였다. 넓고 천장이 낮은 응접실은 무척 안락했다. 바닥에 판석이 깔린 실내는 시골 저택처럼 벽난로를 켜두어서 따뜻했으며 값비싼 떡갈나무 가구들이 들어서 있었다. "여기 벽난로 옆에서 기다리시겠습니까? 아니면 식당에 불을 켜드릴까요?"

"여기가 좋겠어. 고맙네." 변호사는 그렇게 말한 뒤 난롯가로 다가가 높은 벽난로 울타리에 몸을 기댔다. 어터슨이 홀로 남겨진 이 방은 지킬 박사가 무척 좋아하는 공간으로, 어터슨도 이곳이 런던에서 가장 안락한 방일 거라고 말하곤 했었다. 하지만 오늘 밤엔 뼛속 깊이 전율이 일었다. 하이드의 얼굴이 그의 기억에 무겁게 들러붙은 탓이었다. 그는 (평소와는 달리) 삶에 대한 역겨움과 혐오감을 느꼈다. 마음이 울적한 탓인지 윤이 나는 가구에 비쳐 너울거리는 불빛과 천장에서 불안정하게 움직이는 그림자가 마치 협박하는 것처럼 보였다. 이윽고 풀이 돌아와 지킬 박사가 외출 중이라고 알렸을 때 어터슨은 부끄럽게도 안도감이 들었다.

"하이드 씨가 예전에 해부실로 쓰던 방에 들어가는 걸 봤네, 풀.

지킬 박사가 집에 없을 때 그래도 괜찮은 거야?"

"괜찮고말고요. 하이드 씨는 열쇠를 가지고 있답니다."

"자네 주인은 그 젊은이를 무척 신뢰하나 보군, 풀." 어터슨은 생각에 잠긴 표정으로 말을 이었다.

그러자 풀이 말했다. "그렇습니다, 변호사님. 굉장히 신뢰하십니다. 저희 모두 하이드 씨 말씀에 복종하라는 분부가 있었습니다."

"난 하이드 씨를 여기서 본 적이 없는 것 같은데?"

"그럼요, 만난 적이 없으실 겁니다. 그분은 이 집에서 절대로 식사하지 않거든요. 사실 저희도 집 이쪽에서는 그분을 뵐 기회가 거의 없습니다. 그분은 대개 실험실 쪽으로 출입하시니까요."

"알겠네. 잘 있게나, 풀."

"안녕히 가십시오, 어터슨 변호사님."

변호사는 무거운 마음으로 집을 향해 걸음을 옮겼다. '가엾은 헨리 지킬. 깊은 수렁에 빠진 건 아닌지 걱정되는군! 그 친구, 젊었을 때 방종한 구석이 있긴 했지. 아주 오래전 일이긴 하지만 말이야. 그러나 하느님의 법에는 공소시효가 없지. 그래, 틀림없이 그런 걸 거야. 오래전에 저지른 죄의 망령이 돌아온 거지. 부끄러워 숨겨놨던 치부에 대한 벌이 절뚝거리며 다가온 거야. 기억조차 가물가물해진 데다 자기애가 과오를 눈감아준 지 오래인 지금에 와서 말이지.'

생각이 거기까지 미치자 어터슨은 두려움에 사로잡혀 자신의 과거도 잠시 되돌아보게 되었다. 오래전에 저지른 죄가 장난감 상자를 열면 튀어나오는 인형처럼 불쑥 얼굴을 내밀지 않을까 걱정하면서 기억을 구석구석 더듬어보았다. 그의 과거는 딱히 흠잡을 데가 없었다. 그만큼 두려움 없이 자기 삶의 이력을 읽어 내려갈 사람도 별로 없을 터였다. 그럼에도 어터슨은 자신이 저질렀던 적잖은 나쁜 짓을 떠올리며 겸손해졌고, 하마터면 저지를 뻔했으나 간신히 피할 수 있었던 많은 일을 상기하며 진지하고 두려운 마음으로 깊이 감사했다. 그러고 나서 다시 조금 전에 했던 생각으로 돌아가니 희망의 불빛이 보이는 듯했다.

'이 하이드란 자도 조사해보면 분명 구린 게 있을 거야. 이자의 인상을 보면 시커먼 비밀이 숨어 있는 게 틀림없어. 그 비밀과 비교하면 가엾은 지킬이 저지른 최악의 죄도 햇빛처럼 찬란할걸? 일이 지금처럼 흘러가도록 놔둘 순 없어. 이자가 도둑처럼 헨리의 침상으로 슬금슬금 접근할 걸 생각하니 오싹해지네. 가엾은 헨리, 얼마나 기겁했겠어! 게다가 너무 위험한 상황이잖아. 하이드란 자가 유언장의 존재를 눈치챘다면, 상속을 받고 싶어 안달이 날 테지. 그래, 내가 발 벗고 나서야 해. 지킬이 허락한다면 말이야.'

그런 다음 이렇게 덧붙였다. '지킬이 허락만 한다면.' 그의 마음속에서 유언장의 기이한 조항들이 그림처럼 펼쳐졌다.

느긋한 지킬 박사

◊

두 주 후, 참 다행스럽게도 지킬 박사가 옛 친구 대여섯 명을 초대해서 저녁 식사를 대접했다. 무척 유쾌한 자리였다. 다들 지적이고 평판이 좋은 사람들이었으며, 와인에 대해서도 일가견이 있었다. 어터슨은 다른 사람들이 떠난 후에도 일부러 집에 남았다. 전에도 종종 그랬던 터라 새삼스러운 일은 아니었다. 어터슨을 좋아하는 사람들은 그와 함께 있고 싶어 했다. 손님을 초대한 집주인도 입이 가볍고 수다스러운 사람들이 떠나면 한사코 이 재미없는 변호사를 붙들어두려 했다. 떠들썩하게 흥겨운 시간을 보낸 뒤 호들갑스럽지 않고 점잖은 그와 함께 앉아 있으면서 고독을 음미하며 마음을 차분히 가라앉히고 싶었기 때문이다. 지킬 박사도 예외가 아니었다. 그는 맞은편 난롯가에 앉아 있었다. 지킬은 크고 균형 잡힌 체격에 수염을 기르지 않은 쉰 살의 남자였다. 어딘가 숨기는 듯한 구석이 있긴 했지만 어느 모로 보나 재능과 친절이 넘쳤다. 표정을 보면 그가 얼마나 진심 어린 마음과 따뜻한 애정으로 어터슨을 대하는지 알 수 있었다.

"지킬, 그러잖아도 자네와 얘기를 좀 나누고 싶었다네. 자네 유언장 있잖나." 어터슨이 말을 꺼냈다.

주의 깊은 관찰자라면 지킬이 이 화제를 마뜩잖아 한다는 걸 눈치챘겠지만 지킬 박사는 짐짓 밝은 표정으로 이야기했다. "참 안됐네, 어터슨. 나 같은 고객을 만나 자네가 고생이구먼. 내 유언장 때문에 골치가 아픈 듯한데, 자네처럼 고심하는 사람은 난생처음 보네. 내 과학 이론을 이단 취급하는, 그 완고한 현학자 래니언을 빼고 말이야. 아, 나도 래니언이 좋은 친구라는 것은 알지. 그러니 인상 좀 펴게. 래니언이 훌륭한 친구라는 건 분명하고, 나도 그를 자주 보려고 노력하니까. 그렇다고 해서 그 친구가 완고한 현학자인 건 부인할 수 없다네. 무지하고 노골적인 현학자지. 래니언만큼 나를 실망시킨 사람도 없을 거야."

"자네도 알다시피 난 마음에 들지 않았어." 어터슨은 지킬이 새롭게 꺼낸 화제를 가차 없이 무시하며 말을 이어갔다.

"내 유언장 말인가? 그래, 나도 잘 알고 있네. 전에도 그렇게 얘기했잖나." 지킬 박사가 다소 날카로운 목소리로 말했다.

"그렇다면 그 얘기를 다시 한번 해야겠군. 하이드라는 젊은이에 대해 좀 알게 되었다네." 변호사가 말을 계속했다.

순간 지킬 박사의 크고 잘생긴 얼굴이 입술까지 창백해지더니 그의 눈가에 검은 그늘이 생겼다. "더는 듣고 싶지 않아. 이 문제는 거론하지 않기로 했던 것 같은데."

"내가 들은 이야기가 너무 끔찍해서 그래." 어터슨이 말했다.

"그래 봤자 달라질 건 없네. 자네는 내 입장을 이해 못 해." 지킬의 태도는 앞뒤가 맞지 않았다. "어터슨, 나는 고통스러운 상황에 처해 있어. 진짜, 진짜 기이한 상황에 빠져버렸단 말일세. 자네에게 말한다고 해서 해결할 수 있는 문제가 아니야."

"지킬, 자넨 나를 잘 알잖나. 난 믿을 수 있는 사람이야. 그러니나를 믿고 속사정을 다 털어놓게. 나는 분명 자네가 곤경에서 벗어나도록 도울 수 있을 걸세."

"이보게, 어터슨. 자넨 참 좋은 친구야. 고마운 마음을 어떻게 표현해야 할지 모르겠군. 전적으로 자네를 신뢰하네. 이 세상 누구보다, 아니 선택이 가능하다면 나 자신보다 더 자네를 믿을 거야. 그러나이 일은 자네가 생각하는 것과 다른 문제야. 그렇게 나쁜 일은 아니라네. 이 얘길 들으면 좀 안심이 되려나? 난 언제든 마음만 먹으면 하이드를 떨쳐낼 수 있어. 장담할 수 있지. 자네 마음은 참 고맙네. 한마디만 덧붙이자면 어터슨, 자네가 내 마음을 이해해주리라 믿네만, 이일은 사적인 문제야. 그러니 모른 척해주길 바라네."

어터슨은 난롯불을 바라보며 잠시 생각에 잠겼다가 이렇게 말하며 일어났다. "자네 말이 옳다는 걸 의심하지 않는다네."

그러자 지킬이 말했다. "음, 기왕 말이 나왔으니 마지막이기를 바라고 말하겠네. 자네가 이해해주길 바라는 게 하나 있어. 난 가엾은 하이드에게 관심이 많다네. 자네가 하이드를 만났다는 사실을 알고 있어. 그 친구가 내게 말해주었거든. 하이드가 무례하게 굴진 않았을까 걱정되는군. 하지만 나는 진심으로 그 젊은이에게 관심을, 아주 큰 관심을 가지고 있네. 그러니 어터슨, 만약 내가 세상을 떠나고 나면 자네가 참을성 있게 그 친구를 상대하면서 그가 권리를 찾도록 돕겠다고 약속해주면 좋겠어. 모든 사정을 알면 자넨 분명 그렇게 해줄 걸세. 그러면 난 마음의 짐을 하나 덜게 될 거야."

"그 친구를 좋아하게 될 거라는 거짓말은 차마 못 하겠네."

"그렇게 해달라는 게 아니야. 그저 공정한 일 처리를 부탁하는 것뿐일세. 내가 더 이상 이곳에 없을 때 나를 위해 그를 도와달라고 부탁하는 것뿐이라네." 지킬이 어터슨의 팔에 손을 얹고 간청했다.

어터슨은 자기도 모르게 한숨을 내뱉었다. "알았네, 약속하지."

커루 경 살인 사건

◊◊◊

그로부터 1년쯤 지난 18○○년 10월, 몹시 흉악한 범죄 소식이 런던을 뒤흔들었다. 피해자가 지체 높은 사람이었기에 더욱더 이목을 끌었다. 알려진 사항은 적었지만 내용은 충격적이었다. 강에서 멀지 않은 집에 혼자 있던 하녀가 밤 11시께 잠자리에 들고자 2층 침실로 올라갔다. 새벽이라면 런던 거리에 안개가 자욱이 깔렸겠지만, 이른 밤이라 구름 한 점 없었고, 하녀의 침실 창문으로 내려다보이는 골목길은 보름달 빛으로 환했다. 낭만적인 성격이었는지, 하녀는 창문 바로 밑에 놓인 상자에 앉아 몽상에 빠져들었다. (눈물을 줄줄 흘리며 이야기한 내용에 따르면) 그녀는 그때만큼 사람들이 다정하고 세상이 따스하다는 생각을 한 적이 없었다고 했다.

그렇게 앉아 있던 그녀는 백발의 멋진 노신사가 골목길을 따라 걸어오는 것을 보았다. 곧이어 몸집이 아주 작은 신사가 노신사 쪽으

44

로 걸어가는 모습이 눈에 들어왔는데, 처음에는 그에게 주의를 기울이지 않았다. 두 사람이 말을 걸 수 있을 만큼 가까워졌을 때(하필 하녀의 시선 바로 아래쪽이었다) 노신사가 인사하며 정중한 태도로 상대에게 말을 걸었다. 그다지 중요한 말 같지는 않았다. 손가락으로 어딘가를 가리키는 것으로 보아 단순히 길을 묻는 것 같기도 했다. 달빛이 노신사를 비추었고, 하녀는 흐뭇하게 그의 얼굴을 지켜보았다. 순수하고 고풍스러운 친절함이 묻어나면서도 고상한 기품과 정당한 자신감이 배어 있었다. 잠시 후 상대방에게로 눈길을 돌린 하녀는 그 사람이 하이드인 것을 알고 깜짝 놀랐다. 언젠가 그녀의 주인을 찾아온 적이 있었는데, 전혀 호감 가는 사람이 아니었다. 그는 손에 든 묵직한 지팡이를 만지작거릴 뿐 노신사의 말에는 한마디도 대답하지 않았다. 못 참겠다는 기색을 굳이 숨기지 않은 채 이야기를 듣는 것처럼 보였다. 그러다 갑자기 불같이 화를 내면서 발을 구르고, 지팡이를 휘두르며, (하녀의 표현에 따르면) 미치광이처럼 난리를 쳤다. 당황한 노신사는 약간 불쾌한 표정으로 한 걸음 물러섰다. 그걸 본 하이드는 자제력을 상실하고 노신사를 지팡이로 때려 땅에 쓰러뜨렸다. 곧이어 그는 유인원처럼 분노를 터뜨리며 노신사를 발로 짓밟고 지팡이로 마구 두들겨 팼다. 우두둑우두둑 뼈 부서지는 소리가 들렸고, 노신사의 몸이 길바닥 위에서 바둥거렸다. 그 광경과 소리가 너무 끔찍해서 하녀는 까무러치고 말았다.

새벽 2시가 되어서야 그녀는 비로소 의식을 되찾고 경찰에 신고했다. 살인범은 사라진 지 오래였지만, 피해자는 믿기지 않을 만큼 신체가 심하게 훼손된 채로 길 한복판에 놓여 있었다. 범행에 사용된 지팡이는 아주 단단하고 묵직한 나무로 만든 것이었지만, 이 비정하고 잔인한 매질의 충격으로 두 동강 난 상태였다. 한 토막은 근처 배수로에 굴러 떨어져 있었고, 다른 한 토막은 살인범이 가지고 간 게 틀림없었다. 피해자의 몸에서 지갑과 금시계가 발견되었으나, 명함이나 신분을 알 수 있는 문서 같은 것은 없었다. 다만 밀봉해서 우표를 붙인 봉투가 하나 나왔는데, 우체국으로 가져가는 길이었는지 어터슨의 이름과 주소가 적혀 있었다.

이 봉투는 다음 날 아침, 어터슨이 잠자리에서 일어나기도 전에 그에게 전달되었다. 어터슨은 봉투에 든 편지를 읽고 상황에 대한 설명을 듣자마자 침통한 표정으로 입을 열었다. "시신을 보기 전까지는 아무 말도 하지 않겠소. 무척 중대한 사건인 것 같군요. 옷을 갈아입는 동안 잠시 기다려주시오." 그는 여전히 무거운 표정으로 서둘러 식사를 한 다음, 마차를 타고 시신을 옮겨다놓은 경찰서로 향했다. 안치실에 들어서자마자 어터슨은 고개를 끄덕였다.

"맞아요. 누군지 단번에 알아보겠군. 유감스럽게도 이분은 댄버스 커루 경입니다."

"맙소사. 어떻게 이런 일이!" 경관이 깜짝 놀라 비명을 질렀다. 그러나 다음 순간 경관의 눈은 직업적인 야망으로 번뜩였다. "이 일로 세상이 떠들썩해지겠군요. 변호사님이 우리를 도와주시면 범인을 잡을 수 있을 겁니다." 경관은 이렇게 말한 다음 하녀가 목격한 내용을 간략히 설명하고 부러진 지팡이를 보여주었다.

어터슨은 하이드란 이름을 듣고 움찔했으나, 눈앞에 놓인 지팡이를 보는 순간 모든 게 분명해졌다. 비록 부러지고 흠집이 났지만

EDMUND·J·SULLIVAN·1927

수년 전에 자신이 헨리 지킬에게 선물한 바로 그 지팡이라는 것을 단박에 알아차린 것이다.

"하이드란 자, 키가 작다고 했던가요?" 어터슨이 물었다.

"유난히 작고 사악해 보이는 사람이라고 하녀가 말하더군요." 경관이 말했다.

어터슨은 생각에 잠겨 있다가 고개를 들며 말했다. "나와 함께 마차를 타고 가시죠. 그자의 집으로 모셔다드리겠소."

아침 9시경이었다. 계절이 바뀐 후 첫 안개가 자욱이 낀 날이었다. 하늘에는 초콜릿색의 짙은 먹구름이 햇빛을 가린 채 낮게 깔렸지만, 바람이 휘몰아치면서 대열을 갖춘 연무를 몰아내곤 했다. 그래서 마차가 이 거리 저 거리를 누비는 동안 어터슨은 아침 여명의 농도와 색조가 놀랍도록 다양하게 변하는 모습을 지켜보았다. 어딘가는 늦은 저녁 무렵처럼 어두컴컴한데, 어딘가는 큰불이 나기라도 한 것처럼 밝은 갈색 노을이 화사하게 빛났다. 그런가 하면 어딘가는 돌연 안개가 걷히고 가녀린 한 줄기 빛이 일렁이는 운무 사이로 내리비치기도 했다. 이렇게 변하는 햇살 아래로 보이는 음침한 소호 거리는 질척한 도로와 단정치 못한 행인들 그리고 아예 끄지 않았거나 다시 찾아든 음울한 어둠에 맞서 새로 켠 가로등 때문에 마치 악몽에 등장하는 어떤 도시의 거리 같았다. 게다가 그는 한없이 비참한 기분에 빠져 있었다. 마차를 함께 탄 사람을 흘끗 보았을 때, 어터슨은 법과 법 집행관에 대한 두려움을 느꼈다. 가장 정직한 사람에게도 그런 두려움이 엄습할 때가 있기 마련이다.

일러준 주소 앞에 마차가 다다랐을 때 안개가 조금 걷히면서 우중충한 거리가 모습을 드러냈다. 허름한 술집과 저렴한 프랑스 음식점, 싸구려 잡지와 값싼 샐러드를 파는 가게, 해진 옷을 입고 문간에 옹기종기 모여 있는 아이들 그리고 열쇠를 손에 쥔 채 아침부터 술을 마시러 가는 다양한 국적의 여자들이 어터슨의 눈에 들어왔다. 그러다 다음 순간 암갈색 안개가 그 거리에 다시 내려앉아 구질구질한 주위 환경을 시야에서 차단해버렸다. 이곳은 헨리 지킬이 무척 아끼는 자, 25만 파운드를 상속받게 될 그자의 집이었다.

상앗빛 얼굴을 한 은발의 노파가 문을 열어주었다. 인상은 사악했고 부드러운 척하는 위선이 몸에 배어 있었으나 태도만은 무척 깍듯했다. 노파는 "하이드 씨 댁이 맞지만 지금은 안 계십니다"라고 했다. 밤 늦게 들어왔다가 한 시간도 채 안 되어 다시 나갔다는 것이다. 생활이 워낙 불규칙해서 집을 자주 비우는데, 이번에도 거의 두 달 만에 그를 만났다고 대수롭지 않다는 듯 말했다.

"알겠소. 그럼 그의 방을 좀 볼 수 있겠소?" 어터슨이 말했다. 노파가 그건 절대 안 된다는 말을 꺼내려는 순간 그가 덧붙였다. "이분의 신분을 밝히는 게 좋겠군요. 런던 경찰청의 뉴커먼 경위요."

순간 밉살스럽게 반기는 표정이 노파의 얼굴을 스치고 지나갔다. "아! 결국 문제가 생겼군요. 무슨 일을 저질렀답니까?"

어터슨과 경위는 눈짓을 주고받았다. "이 친구, 그다지 인기는 없었나 보군요. 어쨌든 부인, 나와 이 신사분이 여기를 좀 둘러보도록 안내해주시오." 경위가 노파에게 말했다.

노파만 빼면 집 안이 텅 비어 있었다. 하이드는 방 두 개만 사용했는데, 그곳에는 화려하고 품격 있는 가구를 비치해놓았다. 벽장에 와인이 가득했고, 은으로 만든 식기가 갖춰져 있었으며, 식탁보는 우아했다. 벽에는 그림이 걸려 있었는데, (어터슨이 짐작하기에는) 예술에 대한 안목이 상당한 헨리 지킬이 선물한 것인 듯했다. 양탄자는 실을 여러 겹으로 꼬아 도톰하게 만든 것으로, 색깔도 적절했다. 그러나 방에는 조금 전까지 다급하게 여기저기 뒤진 흔적이 남아 있었다. 호주머니가 뒤집힌 옷가지들이 바닥에 흩어져 있고, 자물쇠 달린 서랍이 열려 있었으며, 벽난로 바닥에는 서류 뭉치를 태운 듯 회색 잿더미가 쌓여 있었다. 경위는 잿더미 속에서 타다 남은 녹색 수표책의 잔해를 끄집어냈다. 부러진 지팡이의 나머지 절반도 문 뒤에서 발견되었다. 이로써 의구심이 다 해소된 경위는 기쁨을 감추지 않았다. 이어서 두 사람은 은행을 찾아갔고, 살인범의 계좌에 수천 파운드가 남아 있는 것을 확인하자 경위는 더없이 만족스러워했다.

"마음 놓으셔도 됩니다, 변호사님. 범인은 이제 제 손안에 있으니까요. 지팡이를 집에 두고 수표책까지 태우다니 제정신이 아니었나 봅니다. 돈은 그자의 목숨줄일 텐데 말입니다. 우린 그저 은행에서 그자를 기다리며 수배 전단이나 돌리면 됩니다." 경위가 말했다.

그러나 수배 전단을 만드는 일은 쉽지 않았다. 하이드를 잘 아는 사람이 거의 없었고, 심지어 가정부조차 그를 단 두 번 보았기 때문이다. 그의 가족을 찾을 방법도 없었으며, 그는 사진 한 장 찍은 적도 없었다. 목격자들이 대개 그렇듯, 인상착의를 말해줄 소수의 사람들조차 설명이 판이하게 달랐다. 다만 그들 모두의 진술에 공통점이 딱 하나 있었다. 도망자가 말로 설명하기 어렵지만 기형이란 인상을 목격자들에게 남겼다는 사실이다.

편지 사건

◇

늦은 오후에 어터슨은 지킬 박사의 집을 찾아갔다. 풀이 그를 맞이해서 주방을 지나, 한때는 정원이었던 안뜰을 가로질러 실험실 또는 해부실이라 부르는 건물로 안내했다. 지킬 박사는 저명한 외과의사의 후손에게 이 집을 구입했다. 박사의 관심은 해부학보다는 화학 쪽에 있었으므로 정원이 끝나는 곳에 있는 이 건물의 용도를 실험실로 바꾸었다. 어터슨이 지킬의 집에 와서 이쪽 구역으로 안내된 것은 이번이 처음이었다. 그는 창문도 없는 우중충한 건물을 호기심 어린 눈으로 살펴보았고, 계단식 강의실을 지날 때에는 기이한 불쾌감을 느꼈다. 한때는 열성적인 학생들로 붐볐을 강의실이 지금은 황량하고 을씨년스러웠다. 탁자에는 화학 실험용 기구가 놓여 있었고, 바닥에는 나무 상자와 포장용 짚이 어지러이 널려 있었다. 둥근 천장에 있는, 안개가 짙게 서린 유리창을 통해 빛이 희미하게 새어 들어왔다. 강의실 끝에 있는 계단을 오르자 붉은 모직 천으로 덮인 문이 나왔다. 어터슨은 이 문을 통과해 지킬 박사의 서재에 이르렀다. 유리 진열장이 빙 둘러 있는 커다란 방이었다. 가구 중 전신 거울과 업무용 탁자가 특히 눈에 띄었다. 쇠창살이 달린 세 개의 먼지 낀 창문으로 안뜰이 내다보였다. 벽난로에는 불이 지펴져 있었다. 집 안에까지 안개가 깔리기 시작한 터라 벽난로 선반 위의 램프가 켜져 있었다. 지킬 박사는 난롯불 가까이에 앉아 있었는데, 극도로 쇠약해 보였다. 그는 일어나서 어터슨을 맞이하지도 못하고, 그저 차가운 손을 내밀며 전과 다른 목소리로 인사를 건넬 뿐이었다.

"이보게, 그 소식 들었지?" 풀이 나가자마자 어터슨이 말했다.

지킬이 몸을 부르르 떨었다. "사람들이 광장에서 떠들썩하게 얘기하더군. 내 집 식당에서도 그 소리가 들렸다네."

"한마디만 할게. 자네와 마찬가지로 커루 경은 내 고객이었네. 어떤 상황인지 정확히 알아야겠네. 자네, 그자를 숨겨줄 만큼 정신이 나간 건 아니겠지?" 변호사가 따져 물었다.

그러자 지킬 박사가 목청을 높였다. "어터슨, 하느님께 맹세하지. 하느님께 맹세코, 다시는 그자를 만나지 않을 거야. 다시는 그자와 엮이지 않겠다고 내 명예를 걸고 말하겠네. 이제 다 끝났어. 그리고 사실 그자도 내 도움을 원치 않는다네. 자넨 그자에 대해 나만큼 알지 못하잖나. 위험하지 않아. 이제 안전해. 내 말을 믿게. 다시는 그자에 대해 들을 일이 없을 거야."

변호사는 침울한 기분으로 지킬의 말을 들었다. 몹시 흥분한 태도가 마음에 들지 않았다. "자넨 그자를 굳게 믿고 있군. 자네를 위해서라도 자네 말이 맞길 바라네. 만약 재판이 벌어진다면 자네 이름이 나올지도 몰라.”

“그자에 대해선 장담할 수 있어. 확실한 근거가 있지만 남들에게 얘기할 수는 없다네. 그런데 자네의 조언이 필요한 일이 하나 있어. 내가, 내가 막 편지를 한 통 받았는데 그걸 경찰에 보여야 할지 말아야 할지 나로선 판단이 안 서는군. 자네에게 그 편지를 맡기고 싶어, 어터슨. 자네라면 틀림없이 현명한 판단을 내릴 테니까! 난 자네를 정말 신뢰한다네.”

“자네는 그 편지로 인해 그자가 발각될까 봐 두려운 건가?”

“아니야. 하이드가 어떻게 되든 나랑은 아무런 상관이 없네. 나와 그의 관계는 완전히 끝났어. 내가 걱정하는 건 이 혐오스러운 일로 내 평판이 위태로워지는 거라네.”

어터슨은 잠시 생각에 잠겼다. 친구의 이기심에 놀랐지만, 한편으로는 그 때문에 안심이 되었다. 이윽고 그가 입을 열었다. “흠, 어디 그 편지 좀 보세.”

편지는 기이할 만큼 또박또박한 필체로 쓰였으며, ‘에드워드 하이드’라는 서명이 쓰여 있었다. 내용인즉슨, 그동안 자신의 은인인 지킬 박사에게 수없이 많은 도움을 받았으나 오랫동안 제대로 보답하지 못했으며, 자신에게는 믿을 만한 도피 방법이 있으니 안전에 대해서는 걱정할 필요가 없다는 것이었다. 변호사는 이 편지가 마음에 들었다. 두 사람의 관계도 생각보다 덜 가까운 것으로 보여 그동안 지킬을 의심했던 것을 자책했다.

“봉투는 가지고 있나?” 그가 물었다.

"태워버렸네. 무슨 짓을 하고 있는지도 모른 채 무심코 태워버렸지 뭔가. 그렇지만 봉투에 소인은 찍혀 있지 않았네. 인편으로 편지를 보내왔으니까."

"이 편지를 가져가서 생각 좀 해봐도 될까?"

"나 대신 자네가 전적으로 판단해줬으면 해. 난 나 자신에 대한 믿음을 잃어버렸거든."

"그럼 고려해보겠네. 그리고 하나만 더. 유언장에 자네가 사라질 경우 어떻게 한다는 사항은 하이드가 요구한 건가?"

지킬 박사는 현기증을 느낀 듯했다. 그는 입을 꼭 다문 채 고개를 끄덕였다.

"그런 줄 알았어. 그자는 자네를 살해할 생각이었네. 자넨 용케 피한 거야." 어터슨이 말했다.

"나는 그보다 훨씬 값진 걸 얻었네. 교훈을 얻은 거야. 오, 정말이지, 어터슨, 참으로 엄청난 교훈을 얻었다네!" 이렇듯 엄숙하게 대꾸하고 나서 지킬은 한동안 두 손으로 얼굴을 감쌌다.

변호사는 집 밖으로 나가는 길에 걸음을 멈추고 풀과 한두 마디 얘기를 나누었다. "그런데 말이야. 오늘 편지가 인편으로 왔다고 하던데, 편지를 가져온 사람은 어떻게 생겼던가?" 그러나 풀은 우편 말고는 아무것도 오지 않았다고 자신 있게 말했으며, 우편으로 온 것도 전단지뿐이었다고 덧붙였다.

그 말을 듣자 어터슨은 다시 두려움에 빠졌다. 편지는 실험실 문을 통해 직접 전달되었을 게 분명하지만, 서재 안에서 썼을 가능성도 무시할 수 없었다. 만약 그렇다면 이 문제는 달리 판단하고, 더욱 조심스럽게 다루어야 한다. 돌아오는 길에 신문팔이 소년들이 인도에서 목이 쉬도록 큰 소리로 외치고 있었다. "호외요, 호외! 충격적인 하원 의원 살인 사건!" 친구이자 고객이었던 이의 부고였다. 그는 또 다른 친구의 명예가 이 추문의 소용돌이에 휩쓸리나 않을까 하는 걱정을 떨칠 수 없었다. 아무튼 그는 신중에 신중을 기해서 결정을 내려야 했다. 어터슨은 보통 스스로의 판단을 믿는 편이었지만, 이번에는 조언을 청해 듣고 싶은 마음이 간절했다. 직접적인 언급은 피하겠지만 넌지시 조언을 끌어낼 수는 있지 않을까 하고 생각했다.

잠시 후 그는 자기 집 난롯가 한쪽 편에 앉았고, 사무장인 게스트가 반대편에 앉았다. 두 사람 사이, 난롯불과 적당히 떨어진 곳에는 와인 한 병이 놓여 있었다. 그의 집 지하실에서 오랫동안 햇빛을 피해 숙성시킨 와인이었다. 안개는 여전히 흠뻑 젖은 도시 위로 날개를 펼친 채 누워 있고, 런던의 가로등은 홍옥[紅玉]처럼 가물거렸다. 낮게 드리운 채 도시를 감싸고 짓누르는 연무를 헤치면서 런던의 삶은 여전히 거센 바람 소리를 내며 큰길을 굴러갔다. 그러나 방 안은 난롯불 불빛으로 아늑했다. 와인의 신맛은 병 속에서 오래전에 분해되어 없어졌고, 자주색 와인 빛깔은 스테인드글라스 색이 갈수록 풍족해지듯이 오랜 시간을 거치면서 부드러워졌다. 산비탈 포도밭에 내리쬐던 따가운 가을 오후의 햇살이 바야흐로 풀려나와 런던의 안개를 흩뜨릴 준비를 마쳤다.

변호사의 마음도 서서히 느긋해졌다. 게스트는 그가 누구보다 믿고 흉금을 털어놓는 사람이었다. 그러다가 가끔은 지켜야 할 비밀조차 말한 게 아닌가 하고 생각하기도 했다. 게스트는 업무상 종종 지킬 박사의 집에 드나들었고, 풀과도 아는 사이였다. 그러니 하이드가 그 집을 자주 드나든다는 사실을 들었을 테고, 어쩌면 나름의 결론을 내렸을 수도 있다. 그렇다고 한다면 미스터리를 풀어줄 이 편지를 그에게 보여주어야 하지 않을까? 무엇보다 게스트는 훌륭한 필적 감정 전문가답게 이 단계를 당연하고도 필요한 과정으로 여기지 않을까? 게다가 그는 사무장이 아닌가? 이처럼 이상한 문서를 읽고 아무런 말도 하지 않을 리 없으니, 어쩌면 그의 소견에 따라 앞으로의 방향을 정할 수 있을 것이다.

"댄버스 커루 경 사건은 정말 슬픈 일이야." 어터슨이 말했다.

"정말입니다. 사람들의 분노가 뜨겁습니다. 미치지 않고서야 그런 일을 저지르다니요." 게스트가 대답했다.

"그 사건에 대한 자네의 의견을 듣고 싶네. 그 사람의 필체로 쓰인 문서가 내게 하나 있어. 이건 우리끼리만 알고 있어야 해. 이 일을 어떻게 처리해야 할지 아직 모르는 데다 그리 좋은 일도 아닐 테니 말일세. 자, 이걸 보게. 살인범의 자필일세. 딱 자네 전문 분야지."

게스트의 눈이 빛났다. 그는 곧바로 자리에 앉아 뚫어지게 살펴보다 입을 열었다. "변호사님, 그 사람은 미친 게 아니었네요. 그렇지만 기이한 필체로군요."

"누가 봐도 아주 기이한 작자야." 변호사가 덧붙였다.

바로 그때 하인이 편지 한 장을 가지고 들어왔다.

사무장이 물었다. "지킬 박사에게서 온 거죠, 변호사님? 그분 필체는 알거든요. 사적인 내용인가요?"

"저녁 식사 초대장일 뿐이야. 왜? 보고 싶은가?"

"잠깐이면 됩니다. 감사합니다." 사무장은 두 장의 종이를 나란히 놓고 글씨를 꼼꼼하게 비교했다. 이윽고 편지들을 돌려주며 말했다. "잘 봤습니다. 무척 흥미로운 필체군요."

잠시 정적이 흘렀다. 어터슨은 궁금증을 참을 수 없을 지경이었다. "왜 이 둘을 비교했나, 게스트?"

"변호사님, 사실 둘 사이에는 두드러진 유사성이 있어요. 두 필체는 여러 점에서 동일합니다. 기울어진 정도만 다를 뿐이에요."

"참 이상하군."

"변호사님 말씀대로 참 이상한 일이 맞아요." 게스트가 고개를 주억거렸다.

"이 편지에 대해선 남들에게 얘기하지 않을 생각이네. 무슨 말인지 알겠지?"

"그럼요. 무슨 말씀인지 잘 압니다."

어터슨은 그날 밤 혼자 있게 되자 지체 없이 그 편지를 금고에 넣고 잠갔다. 앞으로도 그 편지는 금고 안에 보관될 터였다. 그는 생각했다. '맙소사! 헨리 지킬이 살인자를 도우려고 편지를 위조하다니!' 핏줄을 타고 흐르던 피가 차갑게 식은 듯 오싹해졌다.

E J SULLI

래니언 박사에게 일어난 놀라운 사건

◇◇◇

시간은 계속 흘렀다. 댄버스 커루 경 살인 사건은 사회의 공분을 불러일으켰기에, 수천 파운드의 현상금이 내걸렸다. 그러나 하이드는 애초에 존재하지 않았던 사람인 양 경찰의 시야에서 사라졌다. 하이드의 과거 행적이 꽤 많이 드러났는데, 하나같이 꼴사나운 일뿐이었다. 냉담하면서도 폭력적이고 잔인한 성향, 타락한 생활, 이상한 작자들과 어울린 행태, 과거 행적을 둘러싼 원한 등의 이야기가 떠돌았지만, 현재 행방에 대해서는 뜬소문조차 없었다. 그는 살인 사건이 있던 날 아침 소호 지역의 집을 떠난 후 감쪽같이 사라져버렸다. 시간이 지나면서 어터슨은 점차 충격에서 벗어나 평정심을 회복하기 시작했다. 댄버스 경의 죽음은 하이드의 실종으로 충분히 보상받았다는 생각마저 들었다. 그 악마의 영향에서 벗어나자 지킬 박사는 새로운 삶을 시작했다. 지킬은 은둔 생활을 벗어나 친구들과 관계를 회복했으며 서로 집에 초대하고 초대받기도 하면서 친분을 쌓았다. 예전부터 자선가로 알려져 있던 그는 이제 신앙생활에도 열심을 냈다. 그는 바쁘게 살았고, 밖에서 시간을 보내는 경우가 많았으며, 선행을 베풀었다. 내면의 봉사 의식이 겉으로 드러난 듯 그의 얼굴은 활짝 펴지고 밝아졌다. 두 달 넘게 지킬 박사는 평화롭게 지냈다.

1월 8일, 어터슨은 지인 몇 사람과 함께 지킬 박사의 저택에서 저녁을 먹었다. 래니언도 그 자리에 있었다. 집주인 지킬은 예전에 셋이서 단짝처럼 붙어다닐 때처럼 두 친구의 얼굴을 차례로 쳐다보았다. 그런데 12일, 변호사가 지킬 박사를 찾아갔을 때는 문이 굳게 닫혀 있었다. 14일에도 마찬가지였다. "박사님이 칩거 중이셔서요. 아무도 만나지 않으시겠답니다." 풀은 이 말만 반복했다.

어터슨은 15일에 다시 찾아갔지만, 이번에도 거절당했다. 지난 두 달 동안 거의 매일 지킬을 만나왔던 터라 어터슨은 친구가 다시 은둔 생활로 돌아간 것을 보고 마음이 몹시 무거워졌다. 닷새째 되던 날 저녁에는 게스트와 함께 저녁을 먹었다. 그리고 엿새째 되던 날, 그는 래니언 박사의 집으로 갔다.

그 집에서는 적어도 문전박대를 당하지는 않았다. 그러나 안으로 들어갔을 때, 그는 래니언 박사의 달라진 외모를 보고 충격을 받았다. 래니언의 얼굴에 죽음의 징조가 뚜렷이 드리워져 있었던 것이다. 혈색 좋던 얼굴이 창백해졌고, 몸은 야위었으며, 머리숱이 눈에 띄게 줄면서 늙어 보였다. 그러나 정작 어터슨의 눈길을 사로잡은 것은 갑작스러운 노화의 징후보다 마음속에 공포가 깊이 자리 잡았음을 시사하는 눈빛과 태도였다. 래니언 박사가 죽음을 두려워할 것 같지는 않았지만, 어쩌면 그럴 수도 있겠다는 생각을 떨칠 수 없었다. '그래. 이 친구는 의사니까 자신의 상태를 알고 있을 거야. 살날이 얼마 남지 않았다는 걸 알고 있으니 오히려 더 견디기 어려울 테지.' 그러나 안색이 썩 좋지 않다고 어터슨이 얘기했을 때, 래니언은 자기가 머지않아 죽을 운명이라고 확고하게 말했다.

"난 큰 충격을 받았어. 절대 회복하지 못할 거야. 몇 주 못 버틸 것 같네. 그래, 지금까지 즐거운 인생을 살았어. 괜찮았지. 암, 괜찮은 인생이었고말고. 난 우리가 모든 걸 안다면 한결 더 기쁘게 떠날 수 있을 거라고 생각하곤 했어."

"지킬도 아프다네. 그 친구 만나봤나?" 어터슨이 말했다.

그러자 래니언의 얼굴빛이 달라지더니 떨리는 손을 치켜올렸다. "이제 더는 지킬을 보고 싶지도, 그의 소식을 듣고 싶지도 않네." 그는 떨리는 목소리로 언성을 높였다. "난 그 인간과 이제 절교했어. 그러니 자네도 그에 대해선 아무런 얘기를 하지 말아주게. 나한테 그 친구는 죽은 거나 마찬가지야."

"저런, 저런." 어터슨은 한참 동안 할 말을 잃었다가 간신히 입을 열었다. "내가 뭔가 할 수 있는 일은 없을까? 우리 셋은 아주 오랜 친구잖아, 래니언. 이 나이에 어디서 그런 친구를 만들겠나?"

"자네가 할 수 있는 일은 없어. 그 인간한테나 물어보게."

"날 만나주지도 않을 거야." 변호사가 말했다.

"나로선 놀랍지 않은 얘기네. 어터슨, 내가 죽고 난 후 언젠가 이 일의 시시비비를 알게 될 거야. 그걸 내 입으로 자네한테 얘기해주지는 못하겠어. 그러니 그냥 앉아서 다른 얘기를 나눌 수 있다면 부디 그렇게 해주게. 하지만 이 끔찍한 화제에서 벗어나지 못하겠다면 돌아가줘. 난 그 얘길 견딜 수 없으니까."

어터슨은 집에 돌아오자마자 자리에 앉아 지킬에게 편지를 썼다. 자신을 집에 들이지 않는 것에 대한 불만을 토로하고, 지킬이 래니언과 불행하게 결별한 이유를 물었다. 다음 날 그는 지킬의 긴 답장을 받았다. 지나치리만큼 감상적인 말이 자주 등장했고, 모호하거나 이해하기 힘든 표현도 종종 보였다. 다만 래니언과 관계가 틀어진 것은 이제 돌이킬 수 없어 보였다. 지킬은 이렇게 썼다.

나는 우리의 오랜 친구 래니언을 탓하지 않네. 그러나 우리가 다시는 만나지 않아야 한다는 래니언의 의견에는 나도 동감해. 나는 앞으로 극도의 은둔 생활을 할 작정이야. 나의 집 문이 자네에게조차 닫힌다 한들 내 우정을 의심하지 말아주게나. 나 혼자 어두운 길을 가려 하니 참아달라는 거야. 나는 차마 말할 수 없는 형벌과 위험을 자초했어. 나는 죄인 중에서도 괴수♦이며, 그로 인해 큰 벌을 받고 있다네. 이 세상에 이토록 사람을 무력하게 만드는 고통과 공포가 존재하리라고는 생각조차 못 했지. 어터슨, 자네가 이 운명의 짐을 조금이나마 가볍게 해줄 수 있는 길은 한 가지밖에 없어. 그건 내 침묵을 존중해주는 것일세.

───────

♦ 신약성경 디모데전서 1장 15절에서 인용했다. 전체 구절은 다음과 같다. "그리스도 예수께서 죄인을 구원하시려고 세상을 임하셨다 하였도다 죄인 중에 내가 죄수니라."

어터슨은 몹시 놀랐다. 하이드의 사악한 영향력이 사라지자 지킬 박사는 예전에 했던 일들과 친교 생활로 돌아왔다. 일주일 전만 해도 밝고 명예로운 노년을 바라보며 미소 짓지 않았던가. 그런데 갑자기 그의 우정, 마음의 평화 그리고 인생 전부가 한순간에 망가져버린 듯했다. 예상치 못한 큰 변화에 그가 미친 것은 아닐까 하는 생각이 들기도 했다. 하지만 래니언의 태도와 말을 고려할 때, 무언가 더 깊은 이유가 있는 게 분명했다.

그로부터 일주일 후 래니언 박사는 병석에 누웠고, 두 주도 지나지 않아 세상을 떠났다. 장례식을 치르고 난 밤에 어터슨은 슬픔에 잠겨서 사무실 문을 걸어 잠그고, 구슬피 흔들리는 촛불 옆에 앉아 봉투 한 장을 꺼내 앞에 놓았다. 죽은 친구가 직접 주소를 쓰고 봉인한 봉투였다. '친전[親展, 몸소 전함]. G. J. 어터슨. 수취인이 먼저 사망할 경우 개봉하지 말고 파기할 것.' 봉투에는 단호한 문투로 그렇게 쓰여 있었다. 변호사는 내용물을 열어 보기가 두려웠다. '난 오늘 한 친구를 땅에 묻었어. 이 편지로 또 다른 친구를 잃게 되면 어떡하지?' 그렇지만 어터슨은 이런 두려움 자체가 친구에 대한 신의를 저버리는 것이라고 자책하며 봉인을 뜯었다. 봉투 안에는 또 다른 봉투가 들어 있었는데, 그 봉투도 마찬가지로 봉인되어 있었다. 거기에는 '헨리 지킬 박사가 사망하거나 실종되기 전에는 개봉하지 말 것'이라고 쓰여 있었다. 어터슨은 자신의 눈을 의심했다. 그렇다, 실종이라고 쓰여 있었다. 그가 오래전에 지킬에게 돌려준 그 미친 유언장에서 본 그 단어가 다시 나타난 것이다. 실종이라는 단어와 함께 헨리 지킬의 이름이 나란히 등장했다. 그러나 유언장에 적힌 실종은 하이드라는 자의 사악한 제안에서 비롯된 것이며, 그 속에 명백하고 무서운 의도가 깔려 있었다. 그렇다면 래니언이 쓴 실종이라는 단어는 과연 무슨 의미란 말인가? 그 편지의 수탁인은 개봉하지 말라는 요청을 무시하고 즉시 이 수수께끼의 진상을 파헤쳐보고 싶은 욕구가 일었다. 그러나 세상을 떠난 친구에 대한 신의와 직업인으로서의 명예를 지키는 것이 엄중한 책무였으므로 봉투는 어터슨의 개인 금고 가장 안쪽 구석에서 잠들게 되었다.

궁금증을 억누르는 것과 극복하는 것은 별개의 문제다. 그날 이후 어터슨은 자신이 살아 있는 벗을 전처럼 간절히 만나고 싶어 하는지 의구심이 들었다. 어터슨은 지킬을 좋은 쪽으로 생각했지만, 거기에는 불안과 두려움이 배어 있었다. 그는 여전히 지킬을 찾아갔다. 하지만 출입을 거절당하는 편이 차라리 홀가분했다. 지킬이 자발적으로 갇힌 감옥 안에 들어가 앉아 불가사의한 은둔자와 이야기를 나누는 것보다는 현관 계단에 서서 도시의 공기와 소음에 둘러싸여 풀과 이야기하는 것을 내심 원했는지도 모른다. 풀도 기분 좋은 소식을 전해주지 않았다. 지킬은 어느 때보다 오랫동안 실험실 위층 서재에 처박혀 지냈고, 거기서 잠을 자기도 하는 모양이었다. 그는 기력이 쇠하고 말수가 줄어들었으며 책도 읽지 않는다고 했다. 뭔가 괴로운 일이 있는 것처럼 보인다고도 했다. 어터슨은 이런 식의 보고를 듣는 데 익숙해졌고, 그 집을 찾는 횟수도 점차 줄어들었다.

창가에서 벌어진 일

◇◇

어터슨이 여느 때처럼 엔필드와 함께 산책하던 일요일이었다. 두 사람은 이번에도 우연히 그 골목길에 발을 들여놓았다. 그 집 문 앞에 이르렀을 때 그들은 걸음을 멈추고 가만히 문을 바라보았다.

"어쨌든 그 이야기도 끝이 났군요. 이제 더 이상 하이드를 볼 일은 없겠죠." 엔필드가 말했다.

"나도 그러길 바라고 있어. 내가 전에 그자를 한 번 만났다고 말했던가? 자네가 느꼈던 혐오감을 나도 느꼈다네."

"그자를 보면 혐오감을 느끼지 않을 도리가 없죠. 그런데 여기가 지킬 박사 댁으로 들어가는 뒷길인 줄도 몰랐으니, 형님은 저를 멍청하다고 생각하셨을 겁니다! 결국에는 알아차리긴 했지만, 거기엔 형님 실책도 있습니다."

"그래? 자네도 그걸 알게 되었다는 거지? 그렇다면 우리, 안뜰로 들어가서 창문을 한번 들여다보도록 하세. 솔직히 말해 난 가엾은 지킬 때문에 마음이 편치 않아. 비록 밖에서라도 친구가 곁에 있어준다면, 도움이 되지 않을까 싶어."

안뜰은 무척 서늘하고 약간 습했다. 머리 위로 높다란 하늘은 아직 석양빛이 비쳐서 밝았지만, 안뜰에는 이른 땅거미가 내려앉았다. 세 개의 창 중 가운데 창문이 반쯤 열려 있었다. 그 창문 가까이에 마치 절망에 빠진 죄수처럼 한없이 슬픈 표정으로 앉아 바람을 쐬고 있는 사내가 있었는데, 어터슨이 보니 지킬이었다.

"아니, 지킬! 많이 나아진 건가?" 어터슨이 소리쳤다.

"아니, 몹시 안 좋아, 어터슨. 아주 안 좋다네. 그렇지만 다행히 오래가지는 않을 것 같아." 지킬 박사가 쓸쓸하게 대답했다.

"자넨 너무 집 안에만 틀어박혀 있어. 엔필드와 나처럼 밖으로 나와야 혈액순환도 된다네. (이 친구는 내 사촌 엔필드라네. 엔필드, 저분이 지킬 박사야.) 자, 밖으로 나오게. 모자도 꼭 챙기도록 해. 잠시 우리와 함께 한 바퀴 도세." 어터슨이 재촉했다.

"자넨 무척 좋은 친구야." 지킬이 한숨을 내쉬었다. "나도 정말 그러고 싶어. 그렇지만 안 돼. 안 될 일이야. 불가능한 일이라고. 감히 그럴 수가 없네. 하지만 어터슨, 자네를 보니 정말 기쁘군. 정말 반가워. 자네와 엔필드 씨에게 안으로 들어오라고 청하고 싶지만, 이곳은 그럴 만한 곳이 못 된다네."

"그렇다면 지킬. 여기 이 자리에서, 이렇게 서서 자네와 얘기를 나누는 게 가장 좋겠어." 변호사가 별일 아니라는 듯 말했다.

"내가 막 부탁하려던 게 바로 그거야." 지킬 박사가 싱긋 웃으며 대답했다. 그러나 그 말이 채 끝나기도 전에 그의 얼굴에서 미소가 사라지고 참혹한 공포와 절망의 표정이 나타났다. 아래에 있던 두 신사는 피가 얼어붙는 듯했다. 곧바로 창문이 닫혀버렸기에 두 사람이 그를 본 시간은 찰나에 불과했으나 그것만으로 충분했다. 두 사람은 한마디 말도 없이 몸을 돌려 안뜰을 빠져나왔다. 그들은 여전히 침묵 속에서 골목길을 걸었고, 골목길과 이어진 큰길에 이르러서야 어터슨이 몸을 돌려 엔필드를 바라보았다. 일요일이었지만 큰길에는 여전히 오가는 사람들이 끊이지 않았다. 두 사람 모두 창백했으며, 눈에는 뭔가에 반응하는 듯한 두려움이 서려 있었다.

"하느님 맙소사, 하느님 맙소사." 어터슨이 중얼거렸다.

그러나 엔필드는 아주 심각한 표정으로 고개를 끄덕이기만 했다. 두 사람은 다시 침묵 속에서 걸음을 옮겼다.

마지막 밤

◈◈◈

어느 날 어터슨이 저녁 식사를 마치고 난롯가에 앉아 있는데 놀랍게
도 풀이 찾아왔다.

"아니, 이게 누군가? 풀, 자네가 여길 오다니 무슨 일인가?" 그는
이렇게 외치고 나서 풀을 찬찬히 쳐다보았다. "자네, 안색이 좋지 않
은데? 혹시 지킬 박사가 아픈 건가?"

"어터슨 변호사님, 뭔가 잘못된 것 같아요." 풀이 말했다.

"일단 앉게. 그리고 와인 한 잔 들게나. 자, 진정하고 무슨 일인지
차근차근 말해주게." 변호사가 풀을 다독였다.

"박사님이 요즘 어떤 상태인지는 아실 겁니다. 두문불출하신다
는 것도요. 요즘은 다시 서재에 꼼짝 않고 계시는데, 아, 정말 마음이
꺼림칙해요. 죽을 지경이랍니다. 변호사님, 전 두려워요."

"여보게, 풀. 좀 더 자세히 얘기해봐. 뭐가 두렵다는 건가?"

"지난 일주일 내내 두려워 떨었어요. 이제 더는 못 참겠어요." 풀은 계속 어터슨의 질문을 무시하며 대답했다.

풀의 모습과 표정을 보면 그 말이 사실임을 충분히 알 수 있었다. 그의 상태는 점점 악화되었다. 두렵다는 말을 처음 꺼낸 뒤로 풀은 변호사의 얼굴을 한 번도 쳐다보지 않았다. 지금도 와인은 입에 대지도 않은 채 무릎에 올려놓았으며, 시선은 방바닥 한쪽 구석을 향해 있었다. "이제 더는 못 참겠어요." 풀은 이 말만 되풀이했다.

"그래, 그래. 그럴 만한 이유가 있을 거야, 풀. 뭔가 아주 심각하게 잘못된 일이 있나 보군. 그게 뭔지 말해보게."

"아무래도 박사님에게 흉악한 일이 일어난 것 같아요." 풀이 잠긴 목소리로 말했다.

"흉악한 일이라고!" 변호사가 소리쳤다. 그는 몹시 놀란 탓에 신경이 날카로워졌다. "흉악한 일이라니, 그게 무슨 말인가?"

"제 입으론 차마 말씀드릴 수 없어요, 변호사님. 저랑 같이 가서 직접 보시지 않겠습니까?"

어터슨은 대답 대신 일어나 모자와 외투를 챙겼다. 그는 집사가 크게 안도하는 것을 보고 놀랐고, 집사가 잔을 내려놓았을 때 와인을 입에 대지도 않은 것을 보고 또 한 번 놀랐다.

3월에 걸맞게 을씨년스럽고 추운 밤이었다. 창백한 달은 세찬 바람을 맞아 기울어진 듯 등을 아래로 해서 누워 있었으며, 아주 얇고 성긴 천으로 만든 듯한 구름이 허공을 떠다녔다. 세찬 바람이 강하게 불어서 입을 떼기 힘들었고 얼굴은 핏기로 불그죽죽해졌다. 그래서인지 평소와 달리 오가는 행인도 없었다. 어터슨은 런던의 이 지역이 이토록 황량한 건 처음 본다고 생각했다. 거리에 사람이 좀 북적이면 좋겠다 싶었다. 살면서 지금처럼 자신과 같은 인간을 만나 어루만지고 싶었던 적이 있었던가! 아무리 부정하려 해도 큰 변고가 생겼을 거라는 끔찍한 예감을 떨칠 수 없었다. 광장에 도착하니 바람과 먼지가 기승을 부렸고, 정원의 가느다란 나무들은 울타리를 따라 휘청댔다. 거기까지 오는 내내 한두 걸음 앞서 걸었던 풀이 포장도로 한복판에서 걸음을 멈추고 모자를 벗더니 붉은색 손수건을 꺼내서 이마에 흐르는 땀을 훔쳤다. 매서운 날씨와는 어울리지 않는 모습이었다. 줄곧 걸음을 서두르긴 했지만, 그가 닦아낸 것은 운동으로 인한 땀방울이 아니라 고뇌로 인한 식은땀이었다. 그의 얼굴은 창백했으며, 목소리는 잠기고 갈라져 있었다.

"변호사님, 다 왔네요. 오, 하느님. 제발 큰일이 없기를."

"아멘." 변호사가 말했다.

집사는 조심스럽게 문을 두드렸다. 문은 쇠사슬이 걸린 채로 빼꼼 열렸고, 안에서 한 하인의 목소리가 들려왔다.

"집사님인가요?"

"그래, 문 열어." 풀이 말했다.

안으로 들어가보니 거실에는 불이 환하게 밝혀져 있었으며, 난롯불은 활활 타오르고 있었다. 난롯가에는 남자, 여자 할 것 없이 모든 하인이 양 떼처럼 옹송그리며 모여 있었다. 한 하녀는 어터슨의 모습을 보자마자 발작적으로 울음을 터뜨렸고, 요리사는 "하느님, 감사합니다! 어터슨 변호사님이시군요"라고 외치면서 어터슨을 껴안을 것처럼 달려왔다.

"무슨, 무슨 일인가? 왜 다들 여기 있는 거야? 다들 정상이 아니군. 이게 무슨 꼴인가? 자네들 주인이 이걸 보면 무척 언짢아할 텐데." 변호사가 짜증 섞인 말투로 나무랐다.

"다들 두려워서 그런 겁니다."

풀이 말하자 일순간 침묵이 흘렀다. 아무도 나서서 말하는 사람이 없었다. 훌쩍거리던 하녀만이 목놓아 통곡할 뿐이었다.

"입 좀 다물어!" 풀의 사나운 어조는 그 역시 신경이 곤두서 있음을 말해주었다. 실제로 그 하녀가 갑자기 울음소리를 높이자 하인들은 모두 흠칫 놀라 끔찍한 광경을 예상하는 얼굴로 안쪽 문을 향해 고개를 돌렸다. 이어서 집사가 잔심부름을 맡은 소년에게 말했다. "자, 이제 초를 하나 가져와. 당장 이 일을 마무리지을 테니까." 그러고 나서 집사는 어터슨에게 자기를 따라와달라고 부탁한 뒤 안뜰을 향해 앞장서서 걸었다.

"변호사님, 최대한 조용히 오셔야 합니다. 안에서 나는 소리를 잘 들어보세요. 대신 이쪽 소리가 안으로 들어가지 않게 해야 합니다. 그리고 혹시 변호사님더러 들어오라고 말하더라도 절대 들어가시면 안 됩니다."

어터슨은 이 예상치 못한 상황 전개에 정신이 아찔해져서 하마터면 뒤로 넘어질 뻔했다. 그러나 그는 용기를 그러모아서 집사를 뒤따라 실험실 건물로 갔다. 상자와 병이 널려 있는 계단식 강의실을 지나 계단 발치에 이르자 풀은 어터슨에게 한쪽에 서서 귀를 기울이고 들어보라는 몸짓을 했다. 풀은 촛불을 내려놓고 심호흡을 크게 한 다음 계단을 올라가 다소 불안정한 자세로 붉은 모직 천이 덮인 서재 문을 두드렸다.

"어터슨 씨가 뵙자고 하십니다." 풀이 큰 소리로 말했다. 이 말을 하는 동안에도 풀은 변호사를 향해 잘 들어보라고 한 번 더 크게 손짓했다.

안에서 목소리가 들려왔다. "누구도 만날 수 없다고 전해줘." 말투에 짜증이 섞여 있었다.

"네, 알겠습니다." 풀이 의기양양한 목소리로 대답했다. 풀은 촛불을 집어 들고 어터슨을 인도해 다시 안뜰을 가로질러 부엌으로 들어갔다. 불이 꺼진 부엌 바닥에서 딱정벌레들이 이리저리 튀어 오르고 있었다.

"변호사님, 방금 들은 게 우리 주인님 목소리 같던가요?" 풀이 어터슨의 눈을 쳐다보며 말했다.

"많이 바뀐 것 같네." 변호사가 몹시 창백해진 얼굴로 풀의 눈을 마주 보며 대답했다.

"바뀌었다고요? 그래요, 저도 그렇게 생각합니다. 20년 동안이나 이 집에서 주인님을 모셔온 제가 목소리를 모르고 속아 넘어가겠습니까? 아닙니다, 변호사님. 주인님은 돌아가신 겁니다. 여드레 전에 주인님이 하느님을 부르며 소리치는 걸 들었는데, 그때 돌아가신 겁니다. 그런데 주인님 대신 거기 있는 자는 누구일까요? 그리고 왜 계속 거기 있는 걸까요? 하느님이나 아시겠지요, 변호사님."

"정말 이상한 이야기로군, 풀. 참으로 황당한 이야기야. 자네가 추측한 대로 지킬 박사가… 그러니까 살해당했다고 추측해보세. 저 살인범은 무엇 때문에 계속 저기 있는 거지? 이치에 맞지 않네. 논리

적이지 않아." 어터슨이 손톱을 물어뜯으며 말했다.

"어터슨 변호사님, 납득하기 어렵겠지만 제 말을 들어보세요. 지난주 내내 (변호사님도 아시는) 그 사람은, 아니 그 작자는, 아무튼 저서재에서 지내고 있는 자는 밤낮으로 어떤 약을 구해오라고 소리쳤습니다. 하지만 마음에 드는 약을 구하진 못했지요. 그는 주인님 방식대로, 종이쪽지에 지시 사항을 써서 그걸 계단에 던져두었어요. 지난주에 우리가 본 거라곤 그것뿐이었습니다. 종이쪽지와 늘 닫혀 있는 문 그리고 문 앞에 놓아두면 아무도 보지 않을 때 슬쩍 안으로 가지고 들어가는 음식 말이지요. 매일매일, 어떤 날은 하루에도 두세 번씩 지시 사항과 불만 사항을 적은 쪽지가 나와 있었어요. 그러면 저는 그 지시에 따라 시내에 있는 모든 도매 약국을 바삐 돌아다녔습니다. 제가 구입한 약을 가지고 돌아올 때마다 또 다른 종이쪽지가 놓여 있었어요. 그 약은 불순물이 섞인 것이니 반품하고, 다른 약국에서 다른 걸 구해 오라는 내용이었지요. 변호사님, 무엇에 쓰려는지는 모르겠지만 그 약이 절실하게 필요한 모양이에요."

"그 종이쪽지, 가지고 있나?"

풀은 주머니를 뒤져 구겨진 쪽지 한 장을 꺼냈다. 변호사는 촛불 가까이로 몸을 기울여 신중하게 쪽지를 살펴보았다. 내용은 다음과 같았다.

지킬 박사가 모어 약국에 인사를 전합니다. 지난번에 구입한 샘플은 불순물이 섞여 있어서 내가 하려는 일에 전혀 쓸 수 없더군요. 1800년에 본인은 귀 약국에서 그 약을 다량 구입했습니다.

똑같은 약품을 성심성의껏 찾아주시길 간청합니다. 혹시라도 그때와 동일한 품질의 약이 남아 있으면 즉시 보내주시기 바랍니다. 비용은 얼마든지 지불하겠습니다. 지킬 박사에게는 그 약이 참으로 중요하기 때문입니다.

여기까지는 편지가 차분한 어투로 쓰였으나, 그다음부터는 갑자기 글씨체가 거칠게 날뛰었다. 감정이 폭발하고 만 것이다. "제발 예전의 그 약을 좀 찾아달라고!" 그렇게 덧붙여져 있었다.

"이상한 편지로군." 어터슨이 이렇게 말하고 나서 날카롭게 추궁했다. "자넨 어떻게 이걸 열어보았나?"

"모어 약국 주인이 버럭 화를 내더니, 이 편지가 무슨 쓰레기라도 되는 양 저에게 휙 던져서 돌려주었답니다."

"이건 지킬 박사의 필체가 분명해, 그렇지 않나?"

"저도 그렇게 생각하긴 합니다." 집사가 다소 뚱하게 대답했다. 그러고 나서 목소리를 바꾸어 말을 이었다. "하지만 필체가 뭐 그리 중요하겠습니까? 저는 그 사람을 보았는걸요!"

"그 사람을 보았다고? 정말?" 어터슨이 되물었다.

"사실입니다! 어떻게 된 거냐면, 언젠가 안뜰에 있다가 불쑥 강의실로 들어간 적이 있었습니다. 그때 그자가 약을 찾기 위해선지, 다른 목적이 있어선지 슬그머니 그곳으로 나왔던 것 같아요. 왜냐하면 서재 문이 열려 있었고, 그가 강의실 저 끝에서 상자더미를 뒤지고 있었으니까요. 제가 안으로 들어가자 고개를 들어 절 보더니 비명에 가까운 소리를 지르며 부리나케 계단을 뛰어올라 서재 안으로 들어

가더군요. 그 사람을 본 것은 한순간에 지나지 않았지만 그때 머리카락이 쭈뼛 곤두서는 느낌을 받았습니다. 변호사님, 만약 그자가 내 주인님이었다면 왜 얼굴을 가면으로 가리고 있었을까요? 그자가 내 주인님이었다면 왜 생쥐처럼 소리를 지르며 저를 피해 달아났을까요? 전 오랫동안 주인님을 모셔왔잖아요. 그런데….' 풀은 말을 멈추고 손으로 얼굴을 가렸다.

"모든 게 정말 기이하군. 그렇지만 실마리가 보이는 것 같아. 풀, 자네 주인은 단지 병에 걸렸을 뿐이야. 몹시 고통스러운 데다가 외모도 추하게 변하는 병에 걸린 거란 말일세. 정확히는 모르겠지만 그 때문에 목소리가 변했을 거야. 마스크를 쓰고 친구들을 피한 것도, 그토록 간절히 약을 찾으려 했던 것도 그 때문이겠지. 이 가엾은 친구는 그 약만 찾으면 회복될 거라는 희망을 품고 있는 거라고. 오, 하느님, 그 친구의 바람을 외면하지 마소서! 내 생각은 이렇다네. 풀, 생각만 해도 슬프고 오싹하지만, 명백하고 자연스럽고 앞뒤가 딱딱 들어맞잖아. 이제 지나친 불안은 내려놓게."

집사의 얼굴이 창백하게 변했다. "그 작자는 주인님이 아니었어요. 그건 명백한 사실입니다." 이 대목에서 풀은 주위를 둘러보며 목소리를 낮추었다. "주인님은 키가 크고 건장한 분입니다. 그런데 그자는 난쟁이에 가까웠어요."

어터슨이 반박하려 하자 풀이 소리 높여 말했다. "오, 변호사님, 제가 주인님을 20년 동안이나 모셨는데 주인님 머리가 서재 문 어디쯤 닿는지 모를 거라고 생각하십니까? 평생 매일 아침 주인님을 거기서 보았는데도요? 아닙니다, 변호사님. 가면을 쓴 그 작자는 결코 지

킬 박사님이 아니었습니다. 그자가 누군지는 하느님만 아시겠죠. 아무튼 절대 지킬 박사님은 아니었어요. 저는 박사님이 살해되었다고 확신합니다."

"풀, 자네 생각이 그렇다면 제대로 확인하는 게 내 책무라네. 자네 주인의 감정을 상하게 하고 싶지 않고, 이 쪽지를 보면 그가 아직 살아 있는 듯해서 혼란스럽지만, 저 문을 부수고라도 들어가야겠군."

"아, 어터슨 변호사님, 옳은 말씀입니다!" 집사가 소리쳤다.

"그럼 이제 다음 문제로 넘어가세. 누가 그 일을 하지?" 어터슨이 말했다.

"변호사님과 제가 해야죠." 풀이 의연하게 대답했다.

"훌륭한 대답이네. 일을 하다가 무슨 문제가 생기든 자네에게 피해가 가지 않도록 하겠네."

"계단식 강의실에 도끼가 있습니다. 변호사님은 부지깽이를 가지고 가세요."

변호사는 투박하고 묵직한 도구를 손에 들고 균형을 잡아보았다. "풀, 자네와 내가 곧 위험해질 수 있다는 거 알지?" 어터슨이 풀을 쳐다보며 말했다.

"그럼요, 잘 알고 있습니다, 변호사님." 집사가 대답했다.

"자, 그럼 우리 솔직해지자고. 우리 둘 다 생각만 하고 말하지 못한 게 있으니, 깨끗이 털어놓도록 하세. 자네가 보았다는 가면 쓴 사람, 자넨 누군지 알겠나?"

"글쎄요, 변호사님. 그자가 워낙 빠른 데다가 몸을 잔뜩 숙이고 있던 터라 장담할 수는 없습니다. 그러나 혹시 하이드 씨가 아니었나고 묻는 거라면, 예, 맞습니다. 전 그자가 하이드 씨였다고 생각합니다. 체구도 비슷하고 재빠른 움직임도 똑같았어요. 그리고 하이드 씨 외에 그 실험실 문으로 들어올 사람이 누가 있겠습니까? 변호사님, 전에 살인 사건이 일어났을 때도 그자가 열쇠를 가지고 있었던 것, 잊지 않으셨죠? 하지만 그게 다가 아닙니다. 어터슨 변호사님, 하이드라는 사람을 만나본 적이 있으신지요?"

"있네. 전에 한 번 그자와 얘기를 나눈 적이 있었어."

"그렇다면 저희처럼 변호사님도 그 사람에게 뭔가 이상한 점이 있다는 걸 알고 계시겠군요. 사람을 움찔하게 만든다고 해야 할까요. 정확히 뭐라 말해야 할지 모르겠지만, 등골이 서늘하게 만듭니다."

"자네가 말하는 그런 느낌을 나도 받았네."

"그러셨을 겁니다. 가면을 쓴 그자가 원숭이처럼 약품 상자 사이에서 펄쩍 뛰더니 서재 안으로 휙 들어갔을 때 등골이 얼음장처럼 서늘하고 오싹해지더군요. 아, 그게 증거가 될 수 없다는 건 저도 압니다, 변호사님. 그 정도는 책에서 배웠으니까요. 그렇지만 느낌이란 게 있는 겁니다. 그자가 하이드였다는 것을 저는 성경에 대고 맹세할 수 있습니다!"

"오, 내가 두려워하는 것도 바로 그거라네. 지킬과 하이드의 관계는 악에 뿌리를 내리고 있는 것 같아. 악이 끼어든 게 틀림없어. 그래, 사실 나도 자네 말을 믿네. 가엾은 지킬은 살해당한 거야. 그리고 지킬을 죽인 자가 여전히 방 안에 숨어 있지. 무엇 때문인지는 하느님만 아시겠지만 말이야. 자, 이제 복수를 하세. 브래드쇼를 부르게."

부름을 받고 들어온 하인은 잔뜩 긴장한 나머지 얼굴이 하얗게 질려 있었다.

"정신 차리게, 브래드쇼. 다들 긴장감에 짓눌려 있다는 걸 나도 알아. 하지만 이제 우린 이 일을 해결할 거야. 풀과 나는 강제로라도 서재 문을 열고 들어갈 테니까. 지킬에게 별일이 없다면, 그 책임은 내가 지겠어. 그렇지만 일이 잘못되거나, 안에 있는 악당이 뒷문으로 달아날 수 있으니 자네는 잔일하는 소년과 함께 튼튼한 몽둥이를 들고 모퉁이를 돌아 실험실 문 앞에 자리 잡고 있어야 해. 자 10분 줄 테니 그 시간 안에 자네의 위치로 가 있게."

브래드쇼가 떠나자 변호사는 자신의 시계를 보았다. "자, 풀, 이제 우리도 움직이세." 어터슨은 그렇게 말하고 나서 부지깽이를 옆구리에 끼고 안뜰로 나섰다. 구름이 달을 가리고 있어 사방이 상당히 어두웠다. 몇몇 건물로 둘러싸인 이곳으로 간헐적인 바람이 획획 불어와 두 사람이 계단식 강의실 안으로 들어갈 때까지 촛불이 앞뒤로 흔들렸다. 그들은 강의실에서 조용히 앉아 기다렸다. 런던의 소음이 사방에서 낮고 묵직하게 들려왔다. 하지만 가까운 주변은 고요했고, 서재 바닥을 오가며 이리저리 움직이는 발소리만이 그 정적을 깨고 있었다.

"하루 종일 저렇게 서성거린답니다. 밤에도 대부분 저래요. 약국에서 새 약품이 도착할 때만 얼마 동안 걸음을 멈출 뿐이죠. 양심이 얼마나 병들었으면 저렇게 쉬지도 못하겠어요! 걸음걸음마다 더러운 피가 뚝뚝 떨어질 것만 같아요! 다시 잘 들어보세요. 조금 더 가까이 다가가 온 신경을 집중해 들어보세요. 어터슨 변호사님, 저게 지킬 박사님의 발소리입니까?"

발소리는 가벼우면서도 기이했으며, 몸을 흔들며 걷는 듯했다. 묵직하게 울리는 헨리 지킬의 발소리와는 달랐다. 어터슨이 한숨을 내쉬며 물었다. "또 다른 일은 없었나?"

풀이 고개를 끄덕이며 말했다. "한번은, 한번은 저 작자가 우는 소리를 들었습니다!"

"울어? 어떻게?" 갑자기 섬뜩한 냉기가 스며드는 것을 느끼며 변호사가 물었다.

"마치 여자처럼, 아니 지옥에 떨어진 영혼처럼 울었어요. 울음소리가 어찌나 처량하던지 저도 같이 울 뻔했다니까요."

이제 10분이 지났다. 풀은 물건을 포장할 때 쓰는 짚더미 아래에서 도끼를 꺼냈다. 그들이 공격할 때 밝게 비추도록 촛불을 가장 가까운 탁자 위에 놓았다. 두 사람은 숨을 죽인 채 밤의 정적 속에서 여전히 왔다 갔다 하는 발소리를 향해 다가갔다.

"지킬, 자네를 꼭 봐야겠네." 어터슨이 큰 소리로 외쳤다. 그러고는 잠시 기다렸으나 대답이 없었다. "자네한테 미리 경고하겠네. 의혹을 풀기 위해서라도 자네를 꼭 봐야겠어. 만약 정당한 방법이 통하지 않는다면 부당한 방법을 동원할 수밖에. 자네가 허락하지 않으면 강제로라도 들어가겠네!"

안에서 목소리가 들려왔다. "어터슨, 제발 그러지 말게!"

"저건 지킬의 목소리가 아니야. 하이드의 목소리야! 풀, 문을 부숴!" 어터슨이 외쳤다.

풀이 어깨 위로 도끼를 들어 힘껏 휘두르자 그 충격에 건물이 흔들렸고, 붉은 모직 천이 덮인 문이 자물쇠와 경첩에 부딪쳐 들썩였다.

겁에 질린 짐승이 내지르는 것처럼 오싹한 비명이 서재 안에서 울렸다. 다시 도끼를 들어 휘두르자, 문짝이 쪼개지고 문틀이 튀었다. 네 번이나 도끼질을 했건만, 나무가 아주 단단한 데다 부속품과 잠금장치도 꼼꼼하게 조립되어 아직 떨어져 나가지 않았다. 도끼질을 다섯 번 했을 때에야 비로소 자물쇠가 부서지면서 문짝이 서재 안쪽 양탄자 위로 떨어졌다.

자신들이 벌인 소동과 뒤이은 정적에 간담이 서늘해진 두 공격자는 조금 뒤로 물러나 서재 안쪽을 들여다보았다. 램프의 불빛이 괴괴하게 빛났고, 난롯불은 탁탁 소리를 내면서 타올랐으며, 주전자에서는 물이 끓어 휘파람 소리가 났다. 서랍은 한두 개 열려 있고, 책상 위에는 서류가 가지런히 놓여 있었다. 난로 가까운 곳에는 차를 달여 마실 때 쓰는 도구들이 있었다. 더없이 조용한 방이었다. 화학 약품으로 가득한 유리장만 아니었다면 런던에서 흔히 볼 수 있는 지극히 평범한 방들과 다르지 않았다.

방 한가운데에는 한 남자가 쓰러져 있었는데, 몸이 심하게 뒤틀린 채 아직 경련하고 있었다. 두 사람은 살금살금 다가가 남자의 몸을 돌려 똑바로 눕혔다. 에드워드 하이드의 얼굴이었다. 그가 입고 있는 옷은 너무 커서 지킬 박사의 체구에나 맞을 것 같았다. 얼굴 근육은 여전히 살아 있는 것처럼 움직였지만, 생명은 이미 끊어진 상태였다. 깨진 약병을 손에 쥐었고 아몬드 향*이 확 풍겼다. 어터슨은 지금

◆   사이안화칼륨, 즉 청산가리에서 아몬드 향이 난다.

82

EDMUND J. SULLIVAN
1927

눈앞에 자살한 사람의 시신이 있음을 알아챘다.

"우리가 너무 늦었어. 살려주려 해도, 벌을 주려 해도 너무 늦은 거야. 하이드는 죽었어. 우리에게 남은 임무는 자네 주인의 시신을 찾는 일뿐이네." 어터슨이 근엄한 목소리로 말했다.

계단식 강의실과 서재가 이 건물 대부분을 차지하고 있는데, 1층 거의 전부를 점유한 계단식 강의실은 천장 위로부터 빛이 들어왔고, 2층 한쪽 끝에 지은 서재에서는 안뜰이 내려다보였다. 계단식 강의실에서 복도를 따라 나아가면 골목길로 난 문이 나왔고, 이 문은 별도의 계단을 통해 서재와 연결되어 있었다. 그 외에도 몇 개의 어두컴컴한 벽장과 널찍한 지하실이 있었다. 두 사람은 이 모든 곳을 꼼꼼히 살펴보았다. 벽장은 모두 비어 있는 데다가 문에서 떨어지는 먼지로 보아 오랫동안 열지 않고 방치해둔 게 분명해서 한 번 흘깃 보는 것으로 충분했다. 지하실은 온갖 잡동사니로 가득 찼는데, 대부분은 예전 집주인인 외과의사의 물건이었다. 지하실 문을 여는 순간, 오랜 세월 입구를 막고 있었던 거미줄이 보였다. 더 이상 수색해봤자 소용없을 게 분명했다. 죽었는지 살았는지는 모르겠지만, 아무튼 헨리 지킬의 흔적은 어디에서도 찾을 수 없었다.

풀이 복도에 깔린 판석 위에서 쿵쿵 발을 굴렀다. "이곳에 묻혀계신 건 아닐까요?" 울리는 소리에 귀를 기울이며 그가 말했다.

"어쩌면 피신했을지도 몰라." 어터슨은 그렇게 말하며 몸을 돌려 골목길로 난 문을 살펴보았다. 문은 잠겨 있었다. 두 사람은 근처 판석에 떨어져 있는 열쇠를 발견했는데, 이미 녹이 슬어 있었다.

"사용할 수 없는 열쇠 같은데." 변호사가 말했다.

"당연하지요! 보시다시피 부러져 있으니까요. 아무래도 누가 밟아서 부러뜨린 것 같은데요."

"아! 그런데 부러진 부분도 녹이 슬었군." 어터슨이 말했다. 두 사람은 겁먹은 얼굴로 서로를 쳐다보았다. "난 도무지 영문을 모르겠어, 풀. 서재로 돌아가보세."

그들은 말없이 계단을 올라가 여전히 겁에 질린 눈길로 이따금씩 시신을 곁눈질하며 서재 안에 있는 물건들을 낱낱이 살펴보았다. 한 탁자 위에 화학 실험을 한 흔적이 남아 있었다. 유리 접시 위에 다양한 분량으로 계량한 흰 소금 같은 물질이 있었는데, 이 불행한 사내는 그들의 난입으로 실험을 끝내지 못한 것 같았다.

"제가 항상 가져다드린 그 약품이군요." 풀이 이 말을 하는 동안 요란한 소리를 내며 주전자 물이 끓어 넘쳤다.

그 소리에 놀란 두 사람은 난롯가로 갔다. 아늑한 불가에 안락의자가 놓여 있었고, 의자에 앉았을 때 팔꿈치가 닿을 만한 곳에 다기[茶器]가 준비되어 있었다. 설탕도 컵에 들어 있었다. 선반에는 책이 여러 권 있었고, 그중 한 권이 다기 옆에 펼쳐져 있었다. 지킬이 여러 차례 존경심을 표한 신학 책인데, 거기에 신성모독적인 주석이 지킬의 필체로 쓰인 것을 보고 어터슨은 깜짝 놀랐다.

두 사람은 방 안을 계속 살펴보다가 전신 거울 앞에 이르렀다. 그들은 무의식적인 공포심에 사로잡혀 거울을 들여다보았다. 그러나 그들의 눈에 들어온 거라곤 천장에 아른거리는 붉은빛과 유리장 앞면에 반사되어 비치는 난로의 불꽃 그리고 구부정하게 서서 거울을 들여다보고 있는 두 사람의 창백하고 겁먹은 얼굴뿐이었다.

"변호사님, 이 거울은 이상한 광경을 보았겠지요." 풀이 나직이 말했다.

"난 이 거울 자체가 이상한걸." 변호사가 똑같이 낮은 목소리로 말했다. "지킬은 대체 뭘 하려고…." 그는 자신의 말에 흠칫 놀라 입을 다물었다가 다시 마음을 다잡고 말을 이었다. "지킬은 이 거울로 무얼 하려고 했을까?"

"그러게 말입니다!"

다음으로 두 사람은 업무용 탁자를 살펴봤다. 탁자 위에는 서류들이 가지런히 쌓여 있었는데, 맨 위에 커다란 봉투가 있었다. 그 봉투에 지킬 박사의 필체로 어터슨의 이름이 쓰여 있었다. 어터슨이 봉투를 열자 안에 들어 있던 서류 몇 가지가 바닥에 떨어졌다. 첫 번째 서류는 유언장이었다. 어터슨이 6개월 전에 돌려주었던 것과 똑같이 기이한 조항들이 들어 있는 문서로, 본인 사망 시에는 유언장이지만 실종 시에는 재산 증여 증서 역할을 하도록 되어 있었다. 그런데 에드워드 하이드의 이름이 있던 자리에 가브리엘 존 어터슨이라는 이름이 쓰여 있는 것을 보고 변호사는 놀라서 말문이 막혔다. 어터슨은 풀을 쳐다보고 다시 문서로 눈을 돌렸다가 마지막으로 양탄자 위에 뻗어 있는 악당의 시신을 바라보았다.

"머리가 어지러울 지경이야. 저 작자가 이 문서를 내내 가지고 있었다니. 저자는 나를 좋아할 리가 없을뿐더러 자기 이름 대신 내 이름이 쓰인 것을 보고 분개했을 텐데, 이 문서를 파기하지 않았어." 어터슨이 말했다.

그는 다음 문서를 집어 들었다. 지킬 박사의 필체로 쓴 짧은 쪽

지었는데, 맨 위에 날짜가 적혀 있었다. 변호사가 큰 소리로 말했다. "오, 풀! 지킬은 오늘도 살아 있었고 이곳에 있었어. 이토록 짧은 시간에 지킬을 어떻게 할 수는 없었겠지. 지킬은 틀림없이 아직 살아 있을 거야. 달아난 게 틀림없어! 그런데 왜 달아난 거지? 그리고 어떻게? 그렇다면 이 사건을 자살로 규정해도 되는 걸까? 오, 우린 신중해야 해. 자칫 자네 주인을 끔찍한 파국에 빠뜨릴지도 모르니까."

"쪽지를 왜 읽지 않으십니까, 변호사님?"

"읽기가 두려워서 그러네. 제발 두려워할 일이 아니길 하느님께 비네!" 변호사가 엄숙하게 대답했다. 그러고 나서 그는 그 쪽지를 눈앞으로 가져갔다.

친애하는 어터슨. 이 편지가 자네 손에 들어갔을 때면 나는 이미 사라졌을 거야. 어떤 상황이 닥칠지는 알 수 없네만, 나의 직감과 말로 표현할 수 없는 상황을 볼 때, 머지않아 내 마지막이 올 것을 확실히 알 수 있다네. 자네는 이제 래니언이 남긴 글을 먼저 읽어보게. 래니언이 자네에게 넘기겠다고 내게 경고했으니, 자네가 그걸 가지고 있겠지. 그러고 나서도 이야기를 더 듣고 싶다면 나의 고백을 읽어보게나.

자네의 미천하고 불행한 친구,
헨리 지킬.

"세 번째 봉투가 있었지?" 어터슨이 물었다.

"여기 있습니다." 풀은 그렇게 말하며 여러 군데가 봉인된 꽤 두

툼한 봉투를 어터슨에게 건넸다.

변호사는 그 봉투를 호주머니에 넣었다. "나는 이 문서에 대해 발설하지 않을 작정이네. 자네 주인이 달아났든 죽었든 간에 최소한 그의 명예는 지킬 수 있을 거야. 이제 열 시로군. 난 집으로 돌아가서 이 문서들을 조용히 읽어봐야겠어. 하지만 자정 전에는 돌아올 테니, 그때 경찰을 부르세."

그들은 밖으로 나와 계단식 강의실 문을 잠갔다. 어터슨은 여전히 거실 난롯가에 모여 있는 하인들을 뒤로한 채 이 수수께끼를 설명해줄 두 통의 편지를 읽기 위해 사무실로 터벅터벅 걸음을 옮겼다.

래니언 박사의 이야기

◈

1월 9일, 그러니까 나흘 전 저녁에 집배원이 등기우편을 가져왔네. 내 동료이자 오랜 학우인 헨리 지킬의 필체로 주소가 쓰여 있었어. 나는 적잖이 놀랐지. 우리는 그렇게 편지를 주고받은 적이 없었으니까. 게다가 전날 밤에도 만나 함께 식사를 했으니, 나로서는 우리 사이에 격식을 갖추어 등기우편까지 보내는 까닭을 전혀 추측할 수 없었어. 심지어 편지를 읽고 나서 의구심이 더욱 커졌다네. 내용이 다음과 같았기 때문이야.

18○○년 12월 10일 ◆

""""""""""

◆ 앞에서 1월 9일에 등기우편을 받았다고 썼으므로 이 날짜는 작가의 실수인 듯하다.

친애하는 래니언, 자네는 나의 가장 오랜 친구 중 하나라네. 비록 과학적인 문제에 관해서는 가끔 의견을 달리한 적이 있지만, 적어도 난 우리의 우정에 금이 갈 일은 없었다고 생각해. 만약 자네가 나에게 "지킬, 내 생명과 명예와 이성이 자네한테 달렸네"라고 한다면 나는 자네를 돕기 위해 내 재산을, 아니 내 왼팔이라도 기꺼이 내어주었을 거야. 래니언, 이제 내 생명과 명예와 이성이 다 자네에게 달렸네. 자네가 오늘 밤 나를 도와주지 않으면 난 끝장이야. 이 서두를 읽고 나서 자네는 내가 불명예스러운 무언가를 부탁하려 한다고 생각할지도 모르겠군. 그것은 자네가 직접 판단하게나.

오늘 밤 다른 약속이 있거든 모두 연기해주길 바라네. 황제의 병상으로 오라는 부름을 받는다 해도 거절하게나. 집에 마차가 없다면 거리에 다니는 마차를 불러 타고 곧장 내 집으로 와주게. 참고할 필요가 있을 테니 이 편지도 지참해서 오게나. 내 집사인 풀에게 지시해두었으니, 풀이 열쇠공과 함께 자네를 기다리고 있을 거야. 내 서재 문을 강제로라도 열어 자네 혼자 들어가 왼쪽에 E라고 쓰인 유리장을 열게나. 유리장 문이 잠겨 있으면 자물쇠를 부수고 열게. 그런 다음 위에서 네 번째, 그러니까 밑에서 세 번째 서랍을 내용물이 들어 있는 상태 그대로 꺼내게나. 내 마음이 극도로 괴로운 상태라 혹시 자네에게 잘못 알려준 건 아닐까 두렵네. 하지만 설령 내가 잘못 알려주었다 해도 자네는 내용물을 보고 정확한 서랍을 찾을 수 있을 거야. 서랍에는 몇 가지 분말 가루와 작은 약병 하나 그리고 공책 한 권이 들어 있다네. 이 서랍을 그대로 캐번디시 광장의 자네 집으로 가져가주기를 간절히 부탁하네.

이것이 첫 번째 부탁이야. 이제 두 번째 부탁을 말하겠네. 자네가 이 편지를 받은 즉시 움직이기 시작했다면 자정까지 시간이 많이 남을 걸세. 자네에게 시간적 여유를 주는 이유는, 막을 수도 없고 예측할 수도 없는 장애가 발생할지 모른다는 두려움 때문이기도 하지만, 자네 하인들이 모두 잠자리에 든 시간이 남은 일을 하기에 알맞기 때문이라네. 그러니 자정이 되면 진료실에 자네 혼자 있어 주길 부탁해야겠어. 그 시간에 내 이름을 대고 찾아오는 한 남자가 있을 테니, 자네가 직접 문을 열어 집 안으로 맞아들인 다음 그에게 내 서재에서 가져온 서랍을 전해주게. 그렇게만 하면 자네는 역할을 다한 것이고, 나는 더없이 고마워할 걸세. 자네가 꼭 설명을 들어야겠다면 거기서 5분만 기다려주게나. 그러면 자네는 이 일이 얼마나 중요한지 이해하게 될 걸세. 헛소리처럼 들리겠지만 이 과정 중에 하나라도 무시하면 나를 죽게 했거나 내 이성을 파멸시켰다는 가책에 시달리게 될 거야.

자네가 이 간청을 소홀히 여기지 않을 거라고 확신하지만, 그럴 가능성을 생각만 해도 가슴이 철렁 내려앉고 손이 떨리는군. 지금 이 시간 낯선 장소에서 말로 다 할 수 없는 고뇌에 시달리는 나를 생각해주게. 그렇지만 자네가 제때에 나를 도와준다면 내 괴로움은 옛날이야기처럼 희미해질 거라네. 래니언, 부디 나를 도와주게. 나를 구해주게.

자네의 친구, 헨리 지킬.

추신. 이 편지를 봉하고 나니 새로운 두려움이 내 영혼을 짓누르더군. 우체국에서 일을 제대로 처리하지 않아 이 편지가 내일 아침까지 자네 손에 들어가지 않을 수도 있지 않나. 친애하는 래니언, 그럴 경우, 내일 낮 자네한테 가장 편리한 시간에 내가 부탁한 일을 처리해주게. 그리고 다시 한번 자정에 내가 보낸 사람을 맞이해줘. 사실 그때는 이미 너무 늦었을지도 모르겠어. 만약 내일 밤이 아무 일 없이 지나간다면, 다시는 헨리 지킬을 보지 못하리라는 것을 알게 될 거야.

편지를 읽으며 이 친구가 미친 게 틀림없다고 생각했지. 그러나 그 사실을 의심의 여지 없이 증명하기 전까지는 지킬이 요청한 대로 해야 한다고 생각했네. 이 황당한 내용을 도무지 이해할 수 없었으니 이 일의 중요성을 판단할 입장이 아니었고, 게다가 간절하기 짝이 없는 호소를 무책임하게 내칠 수는 없잖은가. 그래서 자리에서 일어나 마차를 타고 곧장 지킬의 집으로 갔지. 집사가 나를 기다리고 있었어. 나와 마찬가지로 집사도 지시 사항이 담긴 우편물을 받았고, 즉시 열쇠공과 목수를 부르러 사람을 보냈다고 하더군. 우리가 이야기를 나누는 동안 열쇠공과 목수가 도착했고, 다 같이 예전에 덴먼 박사가 사용했던 외과용 계단식 강의실로 이동했네. (물론 자네도 잘 알다시피) 거기가 지킬의 개인 서재로 들어가기 가장 용이한 곳이니까 말일세. 문은 매우 튼튼하고 자물쇠 역시 아주 좋은 것이었지. 목수는 강제로 열려고 하면 엄청 고생스러울 뿐 아니라 문을 완전히 망가뜨리게 될 거라고 했네. 열쇠공은 거의 자포자기한 상태였지. 그러나 이 열쇠공이 손재주가 아주 좋은 사람이어서 두 시간 동안 애를 쓴 끝에 마침내 문을 열 수 있었어. E라고 쓰인 유리장은 잠겨 있지 않더군. 나는 서랍을 꺼내 빈 공간을 짚으로 채우고 보자기로 싸서 묶은 다음, 그걸 가지고 캐번디시 광장의 집으로 돌아왔네.

집에서 내용물을 살펴보았지. 분말 가루는 제법 곱게 빻긴 했지만, 전문 약사의 솜씨만큼은 아니었어. 그러니 지킬이 직접 만든 게 분명했네. 포장지를 하나 열어보니 내 눈에는 그저 흰색의 결정성 소금처럼 보이더군. 다음으로 관심이 간 작은 약병에는 혈액처럼 붉은 액체가 반쯤 들어 있었는데, 자극적인 냄새가 코를 찌르는 듯했지. 내가 추측하기엔 인[燐]과 휘발성 에테르가 들어 있는 것 같았다네. 다른 성분들은 나로선 짐작할 수 없었어. 공책은 평범한 것으로, 내용은 거의 없고 일련의 날짜만 적혀 있었네. 그런 날짜들이 수년에 걸쳐 기록되어 있었는데, 거의 1년 전에 날짜 기입이 갑자기 중단되어 있었네. 군데군데 날짜 옆에 간단한 메모가 적혀 있더군. 메모는 보통 한 단어를 넘지 않았어. 총 수백 개의 메모 중에서 '두 배'라는 말이 여섯 번쯤 등장한 것 같아. 아주 이른 시기에 해당하는 부분에서는 느낌표가 여러 개 붙은 "완전한 실패!!!"라는 말도 한 번 나왔다네. 이 모든 게 나의 호기심을 자극했지만, 이 정도로는 아무것도 알 수 없었어. 팅크♦가 담긴 약병, 소금 한 봉지, (지킬이 해온 다른 수많은 연구와 마찬가지로) 실용성이 거의 없는 일련의 실험 기록이 전부였지. 내

♦   에탄올에 용해된 식물성 또는 동물성 물질의 추출물

가 집으로 가져온 이런 물건들이 어떻게 저 엉뚱한 친구의 명예나 이성이나 생명에 영향을 미칠 수 있다는 걸까? 지킬이 보낸 사람이 내 집에 올 수 있다면, 지킬의 집에도 갈 수 있는 것 아닌가? 그리고 설령 어떤 곤란한 사정이 있다 해도 왜 그 사람을 내가 비밀리에 맞아들여야 하는 거지? 생각하면 할수록 내가 해괴망측한 짓에 휘말렸다는 확신이 들더군. 하인들더러 잠자리에 들라고 했지만, 혹시 나 자신을 방어해야 할 상황이 생길지도 모른다는 생각에 낡은 권총을 꺼내서 장전해두었다네.

12시를 알리는 종이 런던 전역에 울리기 무섭게 가만가만 문 두드리는 소리가 났어. 내가 직접 나갔지. 조그만 남자가 잔뜩 웅크린 채로 현관 기둥에 기대 서 있더군.

"지킬 박사가 보낸 분인가요?" 내가 물었네.

그는 부자연스러운 자세로 "네"라고 대답했지. 안으로 들어오라고 하자, 그는 고개를 돌려 뒤쪽 어두컴컴한 광장을 흘끔흘끔 살펴보고 나서야 내 말을 따르더군. 그리 멀지 않은 곳에 경찰관 한 사람이 랜턴을 켠 채 다가오고 있었는데, 방문객은 그걸 보고 흠칫 놀라 서둘러 안에 들어오는 것 같았어.

솔직히 이런 상황이 마음에 들 리가 있겠나? 나는 그를 뒤따라 밝게 불을 밝힌 진료실로 가면서도 권총에서 손을 떼지 않았지. 진료실에 들어가서야 마침내 그를 똑똑히 볼 기회가 생겼어. 지금껏 본 적이 없는 사람이었네. 그건 확실했어. 앞에서 말했듯이 체구가 작았지. 표정이 소름 끼치는 데다가 약골 체질 같으면서도 근육의 움직임이 활발해서 적잖이 당혹했다네. 무엇보다 그에게서 풍겨 나오는 불안하고 불쾌한 느낌에 충격을 받았어. 그 느낌은 오한의 초기 증세와 비슷했고, 뒤이어 맥박도 현저히 떨어졌네. 당시에는 그런 증상을 개인적인 혐오감 탓으로 여겼어. 단지 증상이 그렇게 심한 것을 이상하게 생각했을 뿐이야. 하지만 이후 나는 그 원인이 인간 본성의 깊디깊은 곳에 자리 잡고 있으며, 단순한 증오보다 더 고상한 원리로 작동한다고 믿게 되었네.

그자는 집에 들어온 순간부터 내게 역겨운 호기심을 불러일으켰다네. 차림새부터가 사람들의 비웃음을 살 만했어. 그러니까 옷감은 값비싸고 점잖았지만, 옷 자체가 터무니없이 컸던 거야. 바지는 헐렁한 데다가 바닥에 끌리지 않게 하려고 접어 올렸으며, 외투는 허리 부분이 엉덩이 아래까지 내려왔고, 옷깃은 어깨 양쪽으로 넓게 퍼져 있었지. 이상하게 들리겠지만, 이토록 우스꽝스러운 옷차림에도 나는 전혀 웃음이 나오지 않았다네. 내가 마주하고 있는 인간의 본질에 비정상적이고 태생이 불운해 보이는 무언가가 있었거든. 눈을 사로잡고, 깜짝 놀라게 하고, 혐오감을 불러일으키는 무언가가 있기에, 이런 생소한 불균형이 그의 본질과 어울릴뿐더러 그의 본질을 강화해주는 것처럼 보였지. 그래서 이자의 본성과 성격 외에도 태생, 삶의 이력, 재산, 지위 등에 대해 호기심이 생겼다네.

많은 지면을 할애해 내가 본 바를 기록하긴 했지만, 사실 이런 관찰은 몇 초 만에 이루어진 거라네. 이 방문객은 음산한 흥분으로 달아올라 있었으니까.

"가져왔습니까? 분명히 가져온 거죠?" 그가 소리쳤지. 그는 마음이 조급했는지 내 팔을 붙잡아 흔들려고까지 했다네.

EDMUND·J·SULLIVAN

그자가 나를 만지자 피가 얼어붙는 듯 차가운 통증이 느껴지더군. 얼른 그의 손을 떼어놓았네. "진정해요. 아직 인사도 제대로 나누지 않았다는 걸 잊으셨나 봅니다. 자리에 앉으시지요." 나는 그에게 시범을 보이듯 평소 내가 앉던 자리에 앉았어. 환자를 대하는 방식 그대로 행동하려 했지만 늦은 시간인 데다 이 일에 대한 의구심과 방문객에 대한 두려움 탓에 마음을 추스르기가 여간 어렵지 않았어.

그가 정중한 태도로 대답했네. "죄송합니다, 래니언 박사님. 지당한 말씀입니다. 조급한 마음 때문에 결례를 범했군요. 저는 박사님의 친구인 헨리 지킬 박사의 요청으로 중요한 용무를 위해 이곳에 온 겁니다. 제가 알기로는…" 말을 멈추고 목에 손을 대더군. 그가 침착한 모습을 보이고는 있지만 실은 히스테리 발작을 일으키지 않으려고 무진 애쓴다는 걸 알 수 있었네.♦ "제가 알기로는 서랍을…."

이쯤 되니까 몹시 긴장한 내 방문객을 동정하는 마음이 생기더군. 호기심도 더 커졌어.

"저기 있습니다." 내가 서랍을 가리키며 말했지. 서랍은 여전히 보자기에 싸인 채 탁자 뒤쪽 바닥에 놓여 있었네.

그가 벌떡 일어나 그리로 가더니 갑자기 멈춰 서서 가슴에 손을 얹더군. 턱이 경련으로 씰룩거리며 이 가는 소리가 들렸지. 그의 얼굴이 몹시 창백해져서 나는 그의 정신과 목숨 모두 위태로운 게 아닌가

♦ 이 소설의 시간적 배경이 되는 빅토리아시대에는 히스테리 발작을 목구멍에서 시작되는 신경 장애로 여겼다.

걱정되었네.

"진정하시지요." 내가 말했지.

그는 내게로 몸을 돌려 섬뜩한 미소를 지었어. 그런 다음 마치 절망스러운 결정을 내리듯 보자기를 벗겼지. 그리고 서랍에 든 내용물을 보자 크게 안도하며 흐느끼는 듯한 소리를 토해냈다네. 그 소리를 듣고 겁에 질린 나는 꼼짝 않고 앉아 있었어. 다음 순간, 그가 상당히 절제된 목소리로 물었네. "계량컵 있습니까?"

나는 힘겹게 자리에서 일어나 그가 요구한 것을 주었네.

그는 미소 지으며 고개를 끄덕이는 것으로 감사를 표한 뒤, 소량의 붉은 팅크를 계량해 분말 가루와 섞더군. 그 혼합물은 처음에 불그스름한 색을 띠었으나 결정이 녹는 것과 비례해 색이 밝아지고 부글거리면서 거품이 일었다네. 증기도 조금 피어올랐어. 그러다가 갑자기 부글거림이 멈추더니 혼합물이 짙은 보라색으로 변했고, 이어 다시 흐릿해지면서 천천히 옅은 녹색으로 바뀌었다네. 이 같은 변화를 날카로운 눈으로 지켜보던 방문객은 싱긋 웃으며 탁자 위에 계량컵을 내려놓더군. 그런 다음 몸을 돌려 나를 뚫어지게 쳐다봤어.

"자, 이제 남은 일을 마무리해야겠군요. 여기서 더 알고 싶소? 아니면 내 충고를 받아들이겠소? 더 이상의 실랑이 없이 이 유리컵을 손에 들고 이 집에서 나갈까요? 아니면 탐욕스러운 호기심을 채우시겠습니까? 대답하기 전에 잘 생각해보세요. 난 박사님이 결정하는 대로 할 생각이니까요. 결정하기에 따라 박사님은 전과 다름없이 지내실 수 있습니다. 더 부유해지지도 않고, 더 현명해지지도 않는 거죠. 다만 곤경에 처한 사람을 도와주었으니 영혼은 풍요로워지겠지요.

반대로 다른 선택을 한다면 새로운 지식의 영역이, 새로운 명예와 권력의 길이 박사님 앞에 펼쳐질 겁니다. 지금 당장 여기 이 방에서 말입니다. 박사님은 불신자 사탄까지 흔들 정도로 충격적이고 경이로운 장면을 보게 되실 겁니다."

"수수께끼 같은 말을 하는군요. 내가 선생의 말을 신뢰하지 않는다 해도 이상하게 여길 필요 없소. 다만 난 이해할 수 없는 일에 너무 깊이 개입한 터라 결말을 보지 않고 그만둘 순 없지요." 나는 짐짓 침착한 척 말했지만 내심은 전혀 그렇지 못했다네.

"래니언, 자네는 히포크라테스선서를 기억해야 해. 앞으로 일어나는 일은 우리 직업상 비밀을 지켜야 하네. 이보게, 자네는 아주 오랫동안 대단히 편협하고 물질적인 시각에 매여 있었어. 그래서 초월적인 약품의 미덕을 부정하며 자네보다 뛰어난 사람들을 비웃곤 했지. 이제 똑똑히 보게나!"

그는 유리컵을 입으로 가져가 단숨에 들이켰네. 비명 소리가 이어졌지. 휘청거리고 비틀대던 그는 탁자를 붙들고 버티면서 입을 벌리고 헐떡이며 충혈된 눈으로 나를 노려보았어. 내가 그를 지켜보는 동안 변화가 일어나는 것 같더군. 그의 몸이 부푸는가 싶더니 얼굴이 갑자기 검게 변하고 이목구비가 녹으면서 변형되는 게 아닌가. 그리고 다음 순간, 나는 벌떡 일어나 재빨리 뒤로 물러나 벽에 등을 기댄 채 그 기이한 현상으로부터 나를 지키고자 두 손으로 얼굴을 가렸네. 내 마음은 공포에 휩싸였지.

"오, 하느님, 맙소사!" 나는 비명을 지르고 또 질렀어. 그 말을 몇 번이나 되풀이했는지 모르겠네. 창백한 얼굴의 남자가 몸을 덜덜 떨

며 마치 죽었다 깬 사람처럼 반쯤 실신한 상태로 두 손을 앞으로 내
민 채 더듬더듬 다가오는데, 바로 헨리 지킬이 서 있는 게 아닌가!

그 후 한 시간 동안 그가 들려준 이야기는 차마 이 편지에 쓰지
못하겠네. 나는 두 눈으로 똑똑히 보고, 두 귀로 똑똑히 들었어. 그 때
문에 내 영혼은 병이 들었지. 그 광경이 내 눈에서 흐릿하게 사라진
지금도 당시 상황을 믿느냐고 스스로에게 묻는다네. 난 답할 수가 없
어. 내 인생은 뿌리째 흔들리고 있다네. 잠도 오지 않아. 극도의 공포
가 밤낮없이 내 곁에 앉아 있으니까. 나는 살날이 얼마 남지 않았다
는 걸 느끼네. 틀림없이 죽을 걸세. 도저히 믿지 못하겠다는 회의 속
에서 죽을 거라고. 비록 참회의 눈물을 흘렸다 해도 나는 지킬이 내
게 밝힌 부도덕한 행위를 떠올릴 때마다 공포심에 몸서리를 친다네.
한 가지만 더 말할게, 어터슨. 자네가 이 말을 믿어준다면 그걸로 충
분해. 지킬이 자백한 바에 따르면, 그날 밤 내 집으로 기어 들어온 사
람은 하이드라는 이름으로 알려진 자였다네. 이 땅 곳곳에서 커루 경
의 살인범으로 추적당하는 자 말일세.

헤이스티 래니언.

헨리 지킬의 진술

◊◊◊

나는 18○○년에 부유한 집안에서 태어났다. 게다가 훌륭한 재능과 건강을 타고났고, 천성이 근면했으며, 현명하고 선한 동료들에게 존경받았다. 짐작할 수 있겠지만, 어느 모로 보나 명예롭고 성공적인 미래가 보장된 셈이었다. 그런데 나의 가장 큰 결점은 쾌락에 탐닉하는 성향이었다. 그런 성향 덕분에 행복한 사람도 많겠지만, 대중 앞에서 머리를 꼿꼿이 세우고 위엄 있는 모습을 보이길 원하는 내 오만한 욕망은 그것과 양립하기 어려웠다. 그런 까닭에 나는 쾌락을 감추었다. 그러다 삶을 숙고하는 나이가 되어 주변을 돌아보고 내 성과와 위치를 따져보니, 이미 나는 이중적인 생활을 하고 있었다. 누구나 죄책감을 느낄 만큼 문란한 행실을 오히려 자랑스럽게 떠벌리는 사람도 적지 않다. 하지만 나는 스스로 세운 높은 가치관에 따라 평가했기에 거의 병적인 수치심을 느끼며 그 같은 행실을 숨기고자 했다. 그러므로 대다수 사람보다 선과 악 사이에 더 깊은 고랑을 파 뚜렷히 분리하게 된 것은 특별히 저급한 타락 때문이라기보다는 치열한 열망이 요구하는 까다로운 기준 때문이었다. 사정이 이러했기에 나는 종교의 근원에 자리 잡고 있으며 가장 큰 고통의 원천인 엄격한 삶의 법칙을 습관적으로 깊이 숙고했다.

나는 이중적인 사람이긴 하지만 결코 위선자는 아니었다. 나의 양면은 둘 다 매우 진지했다. 자제심을 팽개치고 부끄러움 속으로 뛰어드는 나는, 대낮의 밝은 빛 속에서 지식을 쌓거나 사람들의 슬픔과 고통을 줄여주기 위해 열심히 노력하는 나와 다를 바 없었다. 둘 다 나 자신이었다. 그 와중에 신비하고 초월적인 영역으로 나아가던 연구는 내 안의 이중적인 요소 사이에 일어나는 끊임없는 싸움이라는 문제를 제대로 인식하게 해주었다. 나는 날마다 내 지성의 양면인 도덕적인 면과 지적인 면에서 꾸준히 진리에 접근했는데, 그 진리의 일부를 발견한 결과 끔찍한 파멸을 맞이할 운명에 처하고 말았다. 그 진리란 인간이 하나가 아니라 둘이라는 사실이다. 둘이라고 말하는 것은 내 지식이 그 이상의 단계에 도달하지 못했기 때문이다. 동일한 논리 선상에서 내 견해를 따르는 사람도 있고, 나를 넘어서는 사람도 있을 것이다.

근거 없이 추측해보자면, 인류는 궁극적으로 다양하고 이질적이고 독립적인 개체의 집합체일 뿐이다. 내 경우에는 성격상 어김없이 한 방향으로, 오직 한 방향으로만 나아갔다. 나는 도덕적인 측면에서, 즉 본래의 인간성 안에서 철저하고도 근본적인 이중성을 인식하게 되었다. 내 의식의 영역에서 다투는 두 가지 본성 중 어느 하나를 나라고 한들 틀리지 않는데, 이는 내가 근본적으로 그 둘 다이기 때문이다. 내 과학적 발견이 이러한 기적의 가능성을 시사하기 한참 전부터 나는 이 두 요소를 분리한다는 달콤한 백일몽을 즐겨왔다. "만약 두 요소를 각각 별개의 육신에 담을 수 있다면 견딜 수 없는 모든 고통에서 해방되지 않을까?" 하고 혼잣말을 하곤 했다. 부정한 자아는 한결 올바른 쌍둥이 자아의 열망과 가책에서 벗어나 자신의 길을 갈 수 있을 것이다. 정의로운 자아는 자신과 관련 없는 사악한 자아가 저지른 행위 때문에 망신당하거나 부끄러워할 일 없이, 선행 속에서 기쁨을 발견하는 향상의 길로 굳건하고 안전하게 나아갈 수 있을 것이다. 이 어울리지 않는 한 쌍이 함께 묶여 있다는 것, 즉 극단적으로 다른 쌍둥이가 고통스러운 의식의 자궁 속에서 끊임없이 갈등하고 싸워야 하는 것이야말로 인류의 저주 아니겠는가. 그렇다면 이들을 어떻게 분리할 것인가?

앞에서 언급했듯이, 내가 이런 생각에 빠져 연구에 몰두하는 동안 실험실 탁자에서 이 문제를 해결할 실마리가 보이기 시작했다. 나는 우리가 옷처럼 걸치고 다니는 육신이 무척 견고해 보이지만 실은 불안정한 비물질성 혹은 안개와 같은 일시성을 가진다고 얘기해왔는데, 갈수록 이를 더 깊이 인식하게 되었다. 어떤 물질은 바람이 천막의 휘장을 날리듯 육신이라는 옷을 흔들고 뽑아내는 힘을 가지고 있었다. 이 글에서 과학적인 내용은 깊이 다루지 않을 생각인데, 이유는 두 가지다. 첫째, 우리는 운명과 책임을 영원히 어깨에 짊어지고 살아야 하며, 그것들을 던져버리려 해봤자 더 낯설고 끔찍한 무게로 되돌아올 뿐임을 깨달았기 때문이다. 둘째, 내 이야기를 들으면 알게 되겠지만, 참으로 애석하게도 내 발견이 불완전했기 때문이다. 당시 나는 육체란 단지 정신을 구성하는 어떤 힘의 기운과 발현에 지나지 않기에, 이 힘을 최고의 자리에서 끌어내리고 제2의 형체와 얼굴로 대체하는 약을 조제하는 데 성공했다. 제2의 형체와 얼굴은 내 영혼 안에 있는 저급한 요소들의 표현이며 그 특징을 드러낸 것이므로, 그렇게 대체하는 것이 내게는 무척 자연스러운 일이었다.

이 이론을 실행에 옮기기까지 오랫동안 망설였다. 목숨을 걸어야 한다는 것쯤은 알고 있었다. 정체성의 근원을 강력히 통제하고 흔들 정도의 약이라면 적정량을 조금만 초과해도, 투약 시기를 조금만 어겨도 변화시키려던 비물질적 육체를 완전히 없애버릴 수 있기 때문이다. 그러나 이 기이하고 심오한 발견에 대한 유혹이 마침내 위험하다는 마음의 경고를 압도했다. 팅크는 오래전에 준비해두었으므로 도매 약국에서 특정 소금을 대량 구입했다. 그 소금이야말로 꼭 필요한 마지막 재료라는 사실을 그동안의 실험으로 알고 있었다. 그리하여 어느 저주받은 늦은 밤, 나는 두 가지 성분을 섞은 다음 그것이 유리관에서 부글부글 끓고 증기가 피어오르는 모습을 지켜보았다. 이윽고 거품이 잦아들자 불꽃같은 용기를 발휘해서 그 약을 단숨에 들이마셨다.

극심한 고통이 뒤따랐다. 뼈가 갈리는 듯한 아픔, 지독한 욕지기, 태어날 때나 죽을 때보다 심할 것 같은 정신적 공포가 몰려왔다. 얼마 후 이런 고통이 빠르게 가라앉기 시작했고, 나는 중병에서 회복된 것처럼 정상으로 돌아왔다. 뭔가 낯설고 기묘한 느낌, 말로 표현하기 어려울 만큼 새로운 기분이 들었다. 그 새로움은 믿을 수 없을 정도로 달콤했다. 내 몸이 더 젊어지고 더 가벼워지고 더 행복해진 느낌이었다. 내 안에서 무모한 기운이 활개 치고, 무질서한 관능적 심상이 물레방아 물줄기처럼 흘렀다. 의무감의 굴레가 벗겨지면서 낯설고 순수하지 않은 영혼의 자유가 느껴졌다. 새로운 생명으로 처음 숨을 들이쉬는 순간 내가 더 사악해졌음을, 그것도 열 배는 더 사악해졌음을, 내 안에 있던 악에게 노예로 팔렸음을 깨달았다. 그러자 마치 와인을 마실 때처럼 기운이 나고 기분이 좋았다. 이렇듯 신선한 감각에 우쭐해하며 두 손을 쭉 뻗는 순간 내 키가 줄어들었음을 알아차렸다.

그때는 서재에 거울이 없었다. 글을 쓰고 있는 지금 옆에 있는 거울은 이런 변화를 살펴볼 목적으로 나중에 가져다놓은 것이다. 밤은 깊어져 동이 트기 직전, 아직 어두컴컴하지만 새벽이 무르익은 때였다. 집 안 사람들은 모두 단잠에 빠져 있었다. 희망과 승리감에 취한 나는 새로워진 모습으로 내 침실까지 가보겠다고 마음먹었다. 나는 안뜰을 가로질러 걸었다. 별들이 나를 내려다보고 있었다. 불침번을 서는 별들이 지금껏 모습을 드러낸 적 없는 유형의 첫 피조물을 경이로운 눈으로 바라보는 것만 같았다. 내 집에서 낯선 사람이 된 나는 살그머니 복도를 지나 내 방으로 들어갔고, 거기서 처음으로 에드워드 하이드의 모습을 보았다.

이제부터 하는 이야기는 어디까지나 이론에 근거한 것이다. 확신은 없지만 가장 개연성이 높다고 생각하는 이론이다. 약의 효능으로 변형시킨 내 본성의 악한 면은 내가 막 물러나게 한 선한 면에 비해 허약하고 미숙했다. 지금껏 살아오는 동안 열에 아홉은 미덕과 절제를 행하려 노력했기에 악한 자아를 단련하고 행사할 기회는 많지 않았다. 이러한 이유로 에드워드 하이드가 헨리 지킬보다 훨씬 왜소하고 가냘프며 젊었던 것이다. 한쪽 얼굴에서 선이 환하게 빛났다면, 다른 쪽 얼굴에서는 악이 폭넓고도 분명하게 드러났다. 뿐만 아니라 악은 (나는 여전히 악이 인간의 치명적인 면이라고 믿는다) 이 육체에 기형과 타락의 징후를 남겨놓았다. 그럼에도 거울에서 그 추한 형상을 보았을 때 혐오감이 들기는커녕 오히려 반가웠다. 이 또한 나 자신이므로 자연스럽고 인간적으로 보였다. 내 영혼을 눈앞에 생생히 구현한 것 같았다. 여태껏 익숙하게 나라고 여겼던 불완전하고 분열된 얼굴보다 정확하고 꾸밈없는 형체였다.

여기까지는 의심할 나위 없이 내 판단이 옳았다. 내가 에드워드 하이드의 모습을 하고 있으면 누구든 처음에는 눈에 띄게 불안한 표정을 지으며 가까이 오지 않으려 했다. 우리가 만나는 모든 인간은 선과 악이 뒤섞여 있지만 에드워드 하이드는 모든 인류 중 유일하게 순수한 악이기 때문일 것이다.

거울 앞에서 서성거릴 시간이 얼마 없었다. 이제 두 번째이자 결정적인 실험을 수행해야 했다. 원래의 정체성을 돌이킬 수 없을 만큼 잃어버렸는지 알아보는 일이 남아 있었다. 만약 그렇다면 날이 밝기 전에 더는 내 집이 아닌 이곳에서 달아나야 한다. 나는 서둘러 서재로 돌아가 또다시 약을 조제해 들이마셨고, 몸이 분해되는 듯한 고통을 다시금 겪은 뒤에 헨리 지킬의 인격과 키와 얼굴을 가진 나 자신으로 돌아왔다.

그날 밤 나는 운명의 갈림길에 서 있었다. 내가 발견한 것을 좀더 고상한 정신으로 다루었다면, 너그럽고 경건한 열망을 품고 이 실험을 수행했다면 모든 게 달라졌을 것이고, 이 죽음과 탄생의 고통에서 악마 대신 천사가 나타났을 것이다. 약은 선악을 구별하는 효능이 없었다. 약은 악마적이지도 신성하지도 않았다. 약은 단지 내 본성을 가두어둔 감옥 문을 흔들었을 뿐인데, 내 안에 있던 것이 빌립보의 죄수들처럼 뛰쳐나왔다.♦ 그때 선은 잠들어 있었고 야망으로 깨어난 악이 재빨리 기회를 움켜쥐었으니, 그렇게 튀어나온 것이 바로 에드워드 하이드였다. 이런 까닭에 나는 두 가지 외모와 두 가지 성격을 지니게 되었지만, 하나는 전적으로 악한 존재이며 다른 하나는 예전의 헨리 지킬, 그러니까 그 부조리한 복합성을 개혁하고 개선하는 것이 난망하다고 여긴 그 사람이었다. 그러므로 상황은 더 나쁜 쪽을 향해 흘러갔다.

당시에도 나는 무미건조한 연구 생활에서 오는 반감을 극복하지 못했다. 종종 즐기고 싶다는 생각이 들곤 했다. 내가 즐기는 것들은 (솔직히 말해) 점잖지 못한 행실이었다. 그런데 나는 널리 존경받는 데다가 노년에 접어든 나이였으므로 내 삶의 이런 부조화가 나날이 버겁게 느껴졌다. 이런 점 때문에 새로 생긴 힘이 나를 유혹했고, 나는 결국 그 힘의 노예가 되고 말았다. 나는 약을 마시기만 하면 저명한 교수의 몸뚱이를 즉시 벗어버리고 두꺼운 망토를 걸치듯 에드워

♦ 신약성경 사도행전 16장 26절에 나오는 내용을 비유로 든 것이다. 그 구절은 다음과 같다. "이에 갑자기 큰 지진이 나서 옥터가 움직이고 문이 곧 다 열리며 모든 사람의 매인 것이 다 벗어진지라." 바울과 실라가 마케도니아의 옛 도읍, 빌립보에서 복음을 전하다 투옥되었을 때, 지진이 일어나고 땅이 흔들리면서 감옥 문이 열린 사건이 있었다.

드 하이드의 몸뚱이를 입을 수 있었다. 그 생각을 할 때마다 미소가 떠올랐다.

그때는 그것이 퍽 재미있었다. 나는 꼼꼼하게 만반의 준비를 했다. 소호 거리에 있는 집을 구입해 가구를 들여놓았다. 경찰이 하이드를 뒤쫓으면서 찾아온 적 있는 그 집이었다. 가정부도 구했다. 말수가 적고 염치 없는 노파라는 것을 잘 알고 있었다. 하인들에게는 하이드의 인상착의를 설명한 후 그가 광장에 위치한 내 집에서 뭐든 할 수 있는 자유와 권한을 가졌다고 분명히 말해두었다. 그리고 만약의 불상사를 피하기 위해 두 번째 자아인 하이드의 모습으로 내 집을 방문해서 하인들이 익숙해지도록 만들기까지 했다. 그런 다음 어터슨이 그토록 반대한 유언장을 작성했다. 지킬 박사에게 무슨 일이 생긴다 해도 금전적 어려움 없이 에드워드 하이드로 계속 살아가기 위해서였다. 이와 같이 모든 면에서 단단히 대비해둔 뒤, 나는 내 상황이 주는 기이한 면책권으로 재미를 보기 시작했다.

여태껏 사람들은 청부업자를 고용해 범죄를 저지르면서 자신의 인격과 명예를 보호했다. 나는 쾌락을 위해 범죄를 저지른 최초의 사람이었다. 대중의 눈앞에서는 온화하고 점잖은 태도로 중후하게 거닐다가 한순간에 철없는 악동처럼 거추장스러운 겉치레를 벗어던지고 자유의 바다에 풍덩 뛰어들 수 있는 최초의 사람이었다. 그러면서도 나는 아무도 꿰뚫어 볼 수 없는 외투를 걸치고 있기에 더없이 안전했다. 생각해보라. 나는 존재하지 않는 사람이었다! 내 실험실 안으로 피한 뒤 준비해둔 약을 1, 2초 동안 섞어서 마시기만 하면 그만이다. 무슨 짓을 저질렀든 에드워드 하이드는 거울 위 입김 자국처럼 순식간에 사라질 것이며, 하이드 대신 서재에 편안히 앉아 램프 심지를 다듬으며 혐의를 가볍게 비웃는 사람은 바로 헨리 지킬일 터였다.

　다른 모습으로 변해서 추구하려던 쾌락은 이미 말했듯이 점잖지 못한 것들이었지만 그 이상은 아니었다. 그러나 내 자아가 에드워드 하이드의 수중에 들어가기만 하면 그것들은 이내 괴물같이 흉악하게 변하기 시작했다. 일탈을 하고 나서 다시 지킬로 돌아오면 나는 종종 내 분신이 저지른 패악질에 아연실색하곤 했다. 내가 내 영혼으로부터 불러내 유희를 즐기도록 홀로 내보낸 이 녀석은 타고난 성품이 해롭고 악랄했다. 행동과 생각 하나하나가 자기중심적이었고, 남에게 헤아릴 수 없는 고통을 주는 데서 오는 쾌락을 짐승처럼 탐했으며, 감정 없는 돌처럼 무자비했다.

　때때로 헨리 지킬은 에드워드 하이드가 저지른 행위를 알고 경악했다. 그러나 일반적인 법이 적용되지 않는 상황이었으므로 지킬은 교활하게도 모르는 척 양심의 끈을 놓아버렸다. 어쨌든 죄를 지은 사람은 하이드였다. 하이드가 단독으로 죄를 지은 것이다. 지킬이 악해진 건 아니지 않은가. 그는 자고 일어나면 손상되지 않은 선한 기질로 돌아왔다. 심지어 가능하다면 하이드가 저지른 악행을 되돌려 놓으려고 애썼다. 결국 이렇게 양심은 잠들어버렸다.

　(지금도 내가 그런 일들을 저질렀다고 인정하기 힘들어 하는 말이지만) 내가 묵인한 악행에 대해 구체적으로 얘기할 생각은 없다. 다만 나에게 징벌이 다가오고 있음을 알려준 여러 징후와 일련의 사건들을 서술하고자 한다. 한번은 우연히 사고에 말려들었는데, 별문제 없이 지나갔으므로 간략하게 언급만 하고 넘어가겠다. 나는 어떤 아이에게

잔인한 행동을 했고, 그 일로 지나가던 행인의 분노를 샀는데, 나중에 알고 보니 그 행인은 어터슨의 친척이었다. 잠시 후 의사와 아이의 가족까지 가세하는 바람에 나는 몇 차례 생명의 위협을 느꼈다. 결국 에드워드 하이드는 그들을 집으로 데려가 헨리 지킬의 이름으로 발행된 수표를 보상금 조로 주면서 그들의 정당한 분노를 누그러뜨리려 했다. 이후로는 같은 위험에 처하지 않도록 다른 은행에 에드워드 하이드의 이름으로 계좌를 개설했다. 서류를 작성할 때 필체를 다르게 하려고 손을 뒤쪽으로 기울여 서명했다. 이로써 난 운명의 손아귀에서 벗어난 줄로 여겼다.

댄버스 커루 경을 살해하기 두 달쯤 전, 나는 밖에서 모험을 즐기고 밤늦게 돌아왔다. 그런데 다음 날 아침 침대에서 깨어났을 때 뭔가 기분이 이상했다. 주위를 둘러보았지만 특이한 점은 없었다. 널찍한 내 방의 훌륭한 가구와 높은 천장에서도 이상한 점을 찾을 수 없었다. 침실 커튼 무늬와 마호가니 침대의 모양을 봐도 마찬가지였다. 그런데도 뭔가 내가 있어야 할 곳에 있지 않은 것 같은 느낌, 내가 깨어나야 할 장소에서 깨어난 것이 아니라 에드워드 하이드의 몸으로 잠드는 데 익숙한 소호 거리의 작은 방에서 깨어난 것 같은 느낌이 들었던 것이다. 나는 그런 나를 향해 빙긋 웃고는 느긋하게 이 착각의 심리적 요인을 생각해보기 시작했다. 그러는 중에도 설핏설핏 얕은 잠에 빠져들었다. 그러다 정신이 들자 무심코 내 손을 보게 되었다. 헨리 지킬의 손은 (어터슨, 자네도 종종 말했듯이) 모양과 크기가 의사라는 직업에 걸맞게 크고 튼실하며 희고 고운 편이었다. 그런데 그때 런던의 밝은 아침 햇살 아래서 똑똑히 본 손, 주먹을 반쯤 쥔 채로 이불 위에 놓아둔 그 손은 야위고 울퉁불퉁하고 마디가 굵고 침침하고 창백했으며 시커먼 털이 무성하게 나 있었다. 그것은 에드워드 하이드의 손이었다.

나는 멍한 기분으로 거의 30초 동안 그 손을 빤히 쳐다보았다. 그러던 중에 갑자기 심벌즈가 쩽 하고 울리기라도 한 듯 가슴속에서 공포가 깨어났다. 나는 침대에서 벌떡 일어나 거울로 달려갔다. 내 눈에 들어온 모습에 피가 얼어붙는 것만 같았다. 그렇다, 헨리 지킬로 잠자리에 들어서 에드워드 하이드로 깨어난 것이다.

이걸 어떻게 설명해야 할까? 나 자신에게 물었다. 곧이어 '이걸 어떻게 수습해야 하나?'라는 고민과 함께 또 다른 공포가 밀려왔다. 이제는 아침 해가 뜬 지도 한참 지나 하인들은 모두 일어났을 테고, 내 약은 전부 서재에 있었다. 내가 지금 겁에 질린 얼굴로 서 있는 곳에서 서재까지는 꽤 먼 거리였다. 계단을 두 번이나 내려가서 뒤쪽 복도를 지나 안뜰을 가로질러 걸어간 다음 계단식 강의실을 통과해야만 갈 수 있다. 얼굴은 가릴 수 있을 것이다. 그러나 키가 변한 것을 감출 수 없는 마당에 그게 무슨 소용이겠는가?

그때 하인들은 내 두 번째 자아가 들락날락하는 것에 이미 익숙하다는 생각이 떠올랐고, 안도감이 밀려들었다. 나는 곧 최대한 하이드의 몸에 어울리는 옷을 골라 입은 후 집 안을 지나갔다. 브래드쇼가 이 시간에 그런 이상한 옷차림새로 지나가는 하이드를 눈여겨보며 뒤로 물러섰다. 10분 후, 다시 자신의 모습으로 돌아온 지킬 박사는 어두운 표정으로 자리에 앉아 아침을 먹는 시늉만 했다.

식욕이 날 리 없었다. 이전의 경험을 완전히 뒤바꾸어놓았으며 설명할 수도 없는 이 사건은 바빌로니아 벽에 나타난 손가락°처럼 나에게 심판이 다가오고 있음을 깨닫게 해주었다. 나는 전보다 한결 진지하게 나의 이중성과 관련된 문제 그리고 여러 가능성을 깊이 생각하기 시작했다. 내가 약의 힘으로 불러낸 다른 자아는 전보다 더욱 활기가 넘쳤고 건강해졌으며 몸집도 커졌다. 하이드의 형상을 하고 있을 때 피가 더 활발하게 도는 것 같은 느낌이 들었다. 이런 상태가 계속된다면 내 본성의 균형이 전복되어 의지로 변하는 능력을 잃어버리고 영원히 에드워드 하이드의 인격으로 살아야 할지도 모른다는 생각이 들었다. 약의 효능도 일정하지 않았다. 초기에 한 번, 완전히 실패한 적이 있었다. 그 후 양을 두 배로 늘린 경우가 몇 차례 있었고, 한번은 생명의 위험을 무릅쓰면서까지 세 배 가까이 들이마셨다. 그때까지만 해도 이따금 일어나는 이런 일이 내 만족감에 어두운 그림자를 드리우는 유일한 변수였다. 그러나 그날 아침 일어난 사건으로 보건대, 초반에는 지킬의 몸을 벗어던지는 것이 어려웠지만, 이제는 지킬의 몸을 지키는 것이 확연히 힘들어지고 있었다. 결국 나는 원래의 좀 더 선한 자아를 잃고 사악한 두 번째 자아와 서서히 통합되고 있었던 것이다.

이제 나는 두 개의 자아 가운데 하나를 선택해야 한다고 느꼈다. 두 본성은 기억을 공유했지만, 그 밖의 면에서는 확연히 달랐다. (본

◆　구약성경 다니엘서 5장에 나오는 내용이다. 고대 바빌로니아 제국의 왕 벨사살이 베푼 연회 도중에 갑자기 사람 손가락이 나타나 왕궁 석고 벽에 글을 쓰기 시작했는데 이는 앞으로 다가올 여호와의 징벌에 대한 예언을 의미한다.

성이 복합적인) 지킬은 지극히 불안해하면서도 탐욕스러운 열정으로 하이드의 쾌락과 모험에 동참했다. 그러나 하이드는 지킬에게 관심이 없었다. 그저 산적이 쫓길 때 몸을 숨기는 동굴 정도로 지킬을 기억할 뿐이었다. 지킬은 여느 아버지 이상의 관심을 보였지만, 하이드는 여느 아들보다 무관심했다. 지킬과 운명을 같이하려면 오랫동안 비밀스럽게 탐닉해오다 최근 들어 한껏 즐기기 시작한 욕구를 포기해야 했다. 반대로 하이드와 운명을 같이하려면 수많은 관심사와 열망을 포기한 채 영원히 사람들의 멸시를 받으며 친구 없는 삶을 살아야 했다. 이 선택은 어느 쪽을 택해야 할지 답이 나와 있는 불공평한 거래처럼 보일지도 모른다.

그러나 판단하기에 앞서 고려해야 할 점이 또 하나 있다. 지킬은 금욕의 불길 속에서 모진 고통을 겪을 테지만, 하이드는 자신이 잃어버린 것에 대해 의식조차 하지 못할 것이라는 점이다. 내 상황이 기이하긴 하지만, 이는 인류의 역사만큼이나 오래되고 진부한 논쟁이다. 유혹을 당해서 떨고 있는 죄인 앞에 자극과 경고를 담은 운명의 주사위가 던져지곤 한다. 그런 상황에 처했을 때 나 역시 대다수 사람들처럼 더 선한 자아를 선택했지만, 이를 지킬 힘이 부족했다.

그렇다. 나는 친구들에게 둘러싸여서 정직한 희망을 소중히 여기며 살아가는, 나이 지긋한 불평쟁이 박사를 택했다. 그리고 하이드로 위장해 즐겼던 자유, 상대적인 젊음, 가벼운 발걸음, 힘차게 뛰는 맥박, 은밀한 쾌락에 단호히 작별을 고했다. 하지만 이런 선택을 하면서도 무의식적으로 여지를 남겨두었던 것 같다. 소호의 집도 포기하지 않고 에드워드 하이드의 옷도 없애지 않았으니 말이다. 하이드의 옷은 언제든 입을 수 있도록 내 서재 안에 두었다.

처음 두 달 동안은 내 결심에 충실했다. 어느 때보다 엄격한 삶을 살았고, 떳떳한 양심이 주는 심리적 보상을 즐거이 누렸다. 그러나 시간이 흐르자 경각심이 흐려졌고, 양심의 칭찬도 당연하게 받아들였다. 하이드가 내 안에서 자유를 찾아 몸부림치며 고통과 열망으로 나를 고문하기 시작했다. 마침내 도덕적으로 해이해진 어느 순간 또다시 변신 약을 조제해 들이켜고 말았다.

주정뱅이가 자신의 주사를 변명하려 들 때, 육체적으로 무감각해지고 난폭해진 탓에 악행을 저지른다고 인정하는 경우는 500번 중 한 번이 될까 말까 할 것이다. 내 상황을 오랫동안 고민했으면서도 나는 하이드가 도덕적으로 무감각하고 언제든 잔혹하게 악을 저지르는 것이 그의 지배적 속성임을 충분히 고려하지 못했다. 그래서 결국 천벌을 받고 말았다. 오랫동안 우리에 갇혀 있었던 악마가 으르렁거리며 밖으로 뛰쳐나왔다. 약을 들이켜는 순간에도 악에 대한 충동과 맹렬한 의지를 느낄 수 있었다. 불행한 희생자인 댄버스 커루 경이 건네는 정중한 인사를 듣고 내 영혼에서 참을 수 없는 짜증이 치민 것도 이 때문이었으리라. 단언컨대, 도덕적으로 문제가 없는 사람이라면 그 정도의 사소한 시비에 그토록 흉악한 범죄를 저지를 수 없다. 나는 병든 아이가 장난감을 부수듯 합리적인 이유 없이 악하게 굴었다. 아무리 악한 인간이라도 본능적인 균형 감각이 있어 어느 정도의 유혹은 헤쳐나가는 데 반해 나는 그런 제어장치를 자발적으로 벗어던졌다. 그러니 아무리 미미한 것일지라도 유혹을 받으면 거기에 빠져들 수밖에 없었다.

내 안에 있던 지옥의 악마가 즉각 깨어나 분노했다. 저항도 하지 못하는 사람의 몸에 기뻐 날뛰며 폭력을 행사했다. 지팡이를 휘두를 때마다 쾌감을 맛보았다. 때리다 지칠 때까지 계속 그의 몸을 두들겼고, 광란이 절정에 이르렀을 때 갑자기 차가운 공포가 내 가슴을 훑고 지나갔다. 자욱했던 마음속 안개가 걷혔다. 내 목숨이 몰수되리라는 것을 깨달았다. 나는 희열과 전율을 동시에 느끼며 이 난잡한 현장에서 달아났다. 악마의 욕망은 충족되고 고무되었으며, 생에 대한 애착은 최고조에 이르렀다. 나는 소호의 집으로 달려가 (만약의 경우를 대비하기 위해) 서류들을 파괴했다. 그런 다음 집을 나와 가로등이 켜진 거리를 걸었다. 여전히 희열과 전율로 분열된 내 마음은 황홀경에 빠져 있었다. 내가 저지른 죄에 흡족해하며 앞으로 저지를 죄를 구상하면서도 누군가 복수하려고 뒤따라오는 건 아닌지 귀를 쫑긋 세운 채로 다급하게 걸음을 옮겼다. 하이드는 약을 조제하면서 노래를 흥얼거렸고, 그 약을 마시면서 죽은 자를 위해 건배했다. 몸이 찢기는 듯한 변신의 고통이 가라앉자마자 헨리 지킬은 감사와 회한의 눈물을 줄줄 흘리며 무릎을 꿇고 앉아 하느님을 향해 마주 잡은 두 손을 들어 올렸다. 자기 탐닉의 휘장이 머리끝에서 발끝까지 찢어지면서 나는 내 삶을 총체적으로 돌아보았다. 어린 시절 아버지 손을 잡고 걸었던 기억에서 시작해 전문직 종사자로서 고단한 생활을 이어갔던 때를 지나 여전히 비현실적인 느낌이 드는 그날 저녁 저주스러운 공포를 거듭 돌이켜 보았다. 크게 소리 지르고 싶었다. 내 의지와는 상관없이 마구 떠오르는 끔찍한 장면과 소리를 잠재우기 위해 눈물을 흘리며 기도했다. 그럼에도 간절한 기도 사이사이에 내 사악한 죄의 추한 얼굴이 내 영혼을 노려보았다. 이 격렬한 회한이 사라지기 시작하자 뒤이어 기쁨이 찾아들었다. 내 행위의 문제가 해결된 것이다. 앞으로 하이드는 존재할 수 없다. 원하든 원치 않든 이제 나는 더 선한 자아로 살 수밖에 없다. 아, 그걸 생각하니 얼마나 기쁘던지! 얼마나 기꺼이, 얼마나 겸손하게 자연스러운 삶의 제약을 받아들였던지! 나는 진심으로 포기한다는 의미로 그토록 자주 드나들었던 문을 잠그고 열쇠도 짓밟아버렸다!

다음 날, 살인 사건의 목격자가 있으며, 범인은 하이드임이 분명하고, 희생자는 명망 높은 사람이라는 소식이 들려 왔다. 그것은 하나의 범죄일 뿐만 아니라 참담하고 어리석은 만행이었다. 그 사실을 알게 되어 다행이라고 생각했다. 교수형에 대한 두려움 때문에라도 선한 충동을 지탱하고 보호할 수 있으리라 믿었다. 지킬은 이제 나의 피난처였다. 하이드가 잠시라도 모습을 드러낸다면 모든 사람이 손을 뻗어 그를 붙잡아 죽일 테니까.

나는 선행을 통해 과거의 죗값을 치르기로 결심했다. 내 결심은 얼마간 좋은 결실을 맺었다. (어터슨, 작년 마지막 몇 달 동안 고통받는 이들의 괴로움을 덜어주기 위해 내가 얼마나 열심히 노력했는지 자네도 잘 알 걸세. 남을 돕기 위해 많은 일을 했다는 것, 그러는 가운데 내 나름대로 행복하게, 조용히 하루하루 지냈다는 것을 자네도 알 거야.) 선을 행하는 이 순결한 생활이 전혀 따분하지 않았다고 진심으로 말할 수 있다. 따분하기는커녕 그런 생활을 날마다 한껏 충만하게 즐겼다. 그러나 여전히 내 목적이 순수하지 못하고 이중적이라는 사실 때문에 괴로웠다. 처음으로 참회할 때의 간절함이 무뎌지자 오랫동안 탐닉하다 얼

마 전 가둬놓은 나의 악한 자아가 풀어달라고 으르렁거리기 시작했다. 하이드를 소생시킬 생각은 꿈에도 하지 않았다. 생각만으로도 놀라 펄쩍 뛸 일이다. 다만 원래의 인격 안에서 내 양심을 다시 희롱해보고 싶은 유혹이 일었을 뿐이다. 평범하고 은밀한 죄인인 나는 결국 유혹의 공격에 무너지고 말았다.

모든 일에는 끝이 있기 마련이다. 아무리 큰 그릇도 결국에는 채워지는 법이다. 내가 악마에게 잠시 선심 쓴 것이 결국 내 영혼의 균형을 파괴하고 말았다. 그런데도 나는 경각심이 들지 않았다. 타락은 마치 약을 발견하기 전 옛 시절로 돌아가는 것만큼이나 자연스러워 보였다. 화창하고 맑은 1월의 어느 날이었다. 발밑의 땅은 서리가 녹아 질척거렸지만 하늘에는 구름 한 점 없었다. 리전트 공원은 겨울새들이 지저귀는 소리로 가득하고 봄 내음으로 달콤했다. 나는 햇볕이 내리쬐는 벤치에 앉아 있었다. 내 안에 있는 짐승이 기억의 조각들을 핥고 있었다. 영적 자아는 방심한 채 졸고 있는 상태라, 참회하기로 약속하면서도 아직 꿈쩍하지 않고 있었다. 결국 나도 다른 사람들과 다를 바 없다고 생각했다. 그때 나는 자신과 남들을 비교하면서, 능동적으로 선을 행하려는 나와 게으르고 무심한 남들을 비교하면서 싱긋이 미소를 지었다.

그렇게 교만한 생각을 하고 있던 순간, 갑자기 지독한 현기증과 메스꺼움이 느껴지더니 극심한 오한이 찾아왔다. 이윽고 증세가 가라앉자 실신 상태에 빠졌다. 잠시 후 서서히 정신이 돌아왔고, 나는 내 사고방식과 기질이 변했다는 것을 알아차렸다. 훨씬 대담해졌고, 위험을 개의치 않았으며, 의무감의 속박에서 벗어났다. 고개를 숙여

내 모습을 보았다. 옷이 헐렁하게 걸쳐져 있었다. 몸이 줄어든 탓이다. 무릎 위에 놓인 손에는 힘줄이 도드라졌고 털이 잔뜩 나 있었다. 다시 에드워드 하이드로 변한 것이다. 조금 전만 해도 나는 모든 사람에게 존경과 사랑을 받는 신사였으며 안전을 걱정할 필요가 없었다. 내 집 식당에서는 나를 위해 식탁보를 새로 깔고 식사 준비를 하고 있을 것이다. 그런데 지금 나는 세상 사람 모두에게 쫓기는 사냥감이자 신원이 알려진 살인범, 교수대로 끌려갈 노예가 되고 말았다.

나는 정신이 혼미했지만 완전히 이성을 잃지는 않았다. 두 번째 자아로 변했을 때 신체 기능이 더 예리해질 뿐 아니라 정신도 팽팽해지고 유연해지는 것을 몇 차례 경험했다. 지킬이라면 굴복했을지 모르는 일을 하이드는 중대한 순간에 일어나 맞서곤 했다. 내 약은 서재의 유리장 안에 들어 있다. 어떻게 하면 그걸 손에 넣을 수 있을까? 그것이 내가 (두 손으로 관자놀이를 짓누르며) 풀어야 할 숙제였다. 실험실 문은 내 손으로 잠가버렸다. 집을 통해 서재로 들어가려 하다가는 하인들이 나를 붙잡아 교수대로 넘길 것이다. 결국 다른 사람에게 도움을 청해야 한다는 걸 깨달았고, 그때 래니언이 떠올랐다. 어떻게 그에게 접근하지? 어떻게 그를 설득하지? 거리에서는 붙잡히지 않고 피할 수 있다고 치자. 그렇더라도 어떻게 래니언을 만난단 말인가? 누군지도 모르는 불쾌한 방문객인 내가 유명한 의사인 그에게 동료인 지킬 박사의 서재를 뒤지라고 어떻게 설득한단 말인가? 순간 나의 원래 자아 중 일부가 내게 남아 있다는 사실이 떠올랐다. 지킬의 필체로 글을 쓸 수 있었던 것이다. 이 번뜩이는 생각이 떠오르자 내가할 일이 처음부터 끝까지 불을 보듯 분명해졌다.

나는 최대한 옷매무새를 가다듬은 다음 지나가는 마차를 세우고 우연히 머리에 떠오른 포틀랜드 거리의 한 호텔로 가자고 했다. 내 꼴을 본 마부는 웃음을 감추지 못했다. 비극적인 운명으로 이런 꼴이 되었지만 겉모습만 보면 너무나 우스꽝스러웠기 때문이다. 나는 악마 같은 분노를 표출하며 마부를 향해 이를 갈았고, 이내 마부의 얼굴에서 웃음이 사라졌다. 여차하면 그를 마부석에서 끌어내렸을 테니 마부에게, 아니 나에게 퍽 다행이었다. 호텔에 들어선 뒤 흉악한 얼굴로 주변을 둘러보자 종업원들이 몸을 떨었다. 종업원들은 내 얼굴을 똑바로 쳐다보지도 못한 채 굽신굽신 내 지시를 받았으며, 나를 특실로 안내한 후 글을 쓸 종이와 필기구를 가져다주었다. 목숨이 위험에 처한 하이드는 내게 새로운 존재였다. 그는 과도한 분노로 몸을 떨었고 살인을 저지를 것처럼 몹시 긴장했으며 누군가를 해치고 싶은 욕망에 사로잡혔다. 그렇지만 이 존재는 영악했다. 굉장한 의지를 발휘해 분노를 억누르고 중요한 편지 두 통을 작성해 한 통은 래니언에게, 다른 한 통은 풀에게 부쳤다. 실제로 발송되었음을 확인하고자 편지를 등기로 보내라는 지시도 내렸다.

이후 그는 온종일 호텔 방 난롯가에 앉아 손톱을 물어뜯으며 시간을 보냈다. 그곳에서 두려움에 떨며 홀로 앉아 식사했다. 그를 마주한 웨이터는 눈에 띄게 겁을 집어먹었다. 그 뒤 밤이 깊어지자 그는 휘장을 친 마차 구석에 앉아 런던 거리 이곳저곳을 돌아다녔다. 도저히 '나'라고 부를 수 없으니 '그'라고 지칭하겠다. 그 지옥의 자식에게 인간적인 면모는 없었다. 그에게 남아 있는 것은 두려움과 증오뿐이었다. 아무래도 마부가 의심을 품기 시작한 것 같았던지라 그는 대담하게도 마차에서 내려 걷기로 했다. 몸에 맞지 않는 옷을 걸친 탓에 사람들 눈에 잘 띄는 그가 한밤의 행인들 사이로 걸어 들어갔다. 두려움과 증오, 두 가지 비루한 감정이 그의 내면에서 폭풍처럼 날뛰었다. 두려움에 쫓겨 발걸음을 재촉하던 그는 혼잣말을 중얼거리면서 행인의 발길이 덜한 길로 몰래 들어섰다. 시간을 계산해보니 그가 손꼽아 기다리는 자정이 되려면 아직 한참 멀었다. 한번은 어떤 여자가 성냥 한 갑인 듯싶은 것을 내밀며 말을 걸었다. 그가 얼굴을 후려치자 여자는 곧바로 달아났다.

래니언의 집에서 본래 내 모습으로 돌아왔을 때, 오랜 친구가 공포에 질린 모습이 내게 어느 정도 영향을 끼친 듯했다. 하지만 그 시간을 되돌아보니 내가 느끼는 혐오감에 비하면 그 친구의 공포는 기껏해야 바다에 떨어진 물 한 방울에 지나지 않았을까 싶다. 그리고 나에게 변화가 일어났다. 이제 교수대에 대한 두려움은 없어졌다. 그 대신 하이드가 되는 것에 대한 공포가 나를 괴롭혔다. 나는 비몽사몽한 상태에서 래니언의 비난을 듣고 마찬가지로 비몽사몽한 상태에서 집으로 돌아가 침대에 누웠다. 지칠 대로 지친 나는 정신없이 깊은 잠에 빠져들었다. 나를 짓누르던 악몽도 잠을 깨우지 못했다. 아침에 일어났을 때 몸은 떨리고 나른했지만 기분은 상쾌했다. 그러면서도 내 안에 잠들어 있는 그 짐승이 생각나자 증오와 두려움이 몰려왔다. 전날 느낀 오싹한 공포가 뇌리를 떠나지 않았다. 하지만 나는 다시 집에 돌아와 있었고, 약도 가까이에 있었다. 위기를 탈출한 것에 대한 감사가 내 영혼 속에서 어찌나 환하게 빛나던지, 희망의 밝은 빛에 필적할 정도였다.

122

아침 식사 후 한가로이 안뜰을 거닐며 즐거운 기분으로 찬 공기를 마셨다. 그때 또다시 변신을 예고하는, 말로 설명할 수 없는 감각에 사로잡혔다. 피신처인 서재로 바삐 들어가자마자 나는 다시 하이드의 격정에 휩싸여 사납게 성을 냈다. 이번 경우에는 약을 두 배로 들이켜고 나서야 나로 돌아왔다. 그러나 안타깝게도 여섯 시간 후, 자리에 앉아 벽난로의 불길을 쓸쓸히 바라보고 있을 때 똑같은 고통이 찾아들었고, 또다시 약을 마실 수밖에 없었다. 그날 이후로는 곡예를 하듯 엄청난 노력을 기울이거나 약의 자극이 직접 영향을 미칠 때에만 지킬의 몸을 유지할 수 있었다. 밤낮을 가리지 않고 전조를 알리는 경련에 시달리곤 했다. 무엇보다 참담한 것은 잠이 들거나 심지어 의자에서 잠시 졸기만 해도 하이드로 깨어난다는 사실이었다.

이처럼 운명의 시간이 임박했다는 압박감과 스스로에게 내린 불면의 형벌로 인해 나는 열병에 걸려 속이 허해졌고, 몸과 마음 모두 무기력하고 쇠약해진 채로 오로지 한 가지 감정에만 사로잡혔는데, 그 감정은 나의 다른 자아인 하이드에 대한 공포였다. 하지만 잠을 자거나 약의 효능이 떨어지면 (변신의 고통이 나날이 약해졌으므로) 곧장 공포 이미지로 가득한 공상에 사로잡혔다. 영혼은 이유 없는 증오로 끓어올랐고 육신은 마구 날뛰는 생명의 에너지를 감당하지 못했다. 지킬이 병약해질수록 하이드의 힘은 커져가는 것 같았다. 그들을 갈라놓는 서로에 대한 증오감도 이제는 균등해졌다. 지킬에게 증오는 생존 본능이었다. 지킬은 이제 자신과 의식의 일부를 공유할 뿐 아니라 죽음도 함께할 그 존재의 기형성을 목격했다. 지킬을 가장 통렬하게 괴롭히는 부분이 이런 공존 관계였다. 지킬이 생각할 때 하이드는 단순히 사악한 걸 넘어서, 왕성한 생명력이 있지만 실은 하나의 무생물 같은 존재였다. 소름 끼치는 일 아닌가. 지옥 구덩이에서 나온 진흙 덩어리가 비명을 지르고 목소리를 내다니. 형체 없는 먼지가 손짓발짓하며 죄를 저지르다니. 죽고 형체가 없는 것이 생명의 자리를 빼앗아 들어앉다니. 게다가 이 거센 공포가 아내보다 더 가까이, 눈보다 더 가까이 그에게 들러붙어 있었다. 그는 그 공포스러운 것이 살갖 안에서 투덜거리는 소리를 들었으며, 살갖 밖으로 나오려고 발버둥치는 것을 느꼈다. 그것은 지킬이 약해질 때마다, 잠들 때마다 지킬을 압도해 삶을 빼앗아갔다. 지킬에 대한 하이드의 증오는 차원이 달랐다. 하이드는 교수형에 대한 공포 때문에 부단히 일시적인 자살을 시도하고, 한 인간으로 존재하는 대신 한 인간에게 종속된 지위로 돌아가곤 했다. 하지만 그는 그래야 한다는 것이 싫었다. 지킬이 지금 절망에 빠져 있는 것도 싫었고, 지킬이 자신에게 반감을 품고 있다는 데 분개했다. 그래서 하이드는 나에게 유치하기 짝이 없는 장난질을 쳤다. 내 책의 여백에 내 필체로 불경스러운 말들을 휘갈겨 써놓았고, 편지들을 불태웠으며, 내 아버지의 초상화를 부숴뜨렸다. 사실 하이드가 죽음을 두려워하지만 않았다면 그는 오래전에 나를 파멸시키기 위해 스스로를 파멸시켰을 것이다. 그렇지만 목숨에 대한 그의 애착은 놀라울 정도로 강했다. 한 가지 더 얘기하자면, 그를 생각만 해도 역겹고 오싹해지지만 그가 얼마나 비굴하게, 얼마나 격정적으로 목숨에 집착했는지 생각하면 그리고 내가 자살을 통해 그의 생명을 끊을 수 있다는 사실을 그가 얼마나 두려워했는지 생각하면 새삼 그에게 연민이 느껴지기도 한다.

이 이야기를 계속해봐야 아무 소용 없을뿐더러 그럴 시간도 없다. 누구도 이런 고통을 겪은 적이 없다는 것 정도만 얘기해두겠다. 이런 고통을 반복해서 겪다 보니 영혼이 무감각해지고 절망도 받아들이게 되는데, 그렇다고 해서 고통이 완화된 것은 결코 아니었다. 내가 받는 이 징벌이 수년간 이어질 수도 있었지만, 결국 마지막 재앙이 닥쳤고 나는 본래 얼굴과 본성을 완전히 빼앗겨버렸다. 첫 실험 이후로 한 번도 소금을 구매하지 않은 탓에 소금이 바닥을 보였다. 사람을 보내 새 소금을 구한 다음, 약을 조제했다. 약이 부글부글 끓어오르고, 첫 번째 색 변화가 일어났지만 두 번째 색 변화는 일어나지 않았다. 그 약을 마셨는데 효과가 전혀 없었다. 얼마나 샅샅이 런던을 뒤지게 했는지 풀에게 들을 수 있을 것이다. 그러나 모두 헛수고였다. 아마도 내가 처음 구입했던 소금에 불순물이 섞였으며, 그 알수 없는 불순물이 약에 효능을 부여한 게 아니었을까 싶다.

그로부터 일주일이 지났다. 나는 지금 마지막 남은 예전 약의 효능에 힘입어 이 진술을 마무리하고 있다. 기적이 일어나지 않는 한, 지금이 헨리 지킬로서 생각하고 거울에서 자기 얼굴(오! 이토록 얼굴이 상했다니!)을 볼 수 있는 마지막 시간이다. 시간을 너무 오래 끌지 말고 이 글을 끝내야 한다. 이 글이 파기되지 않고 전해진다면, 그것은 세심한 준비와 큰 행운이 결합해 만든 결과일 것이다. 이 글을 쓰는 도중 변신의 고통이 찾아온다면 하이드는 이것을 갈기갈기 찢어버릴 것이다. 그러나 이 글을 따로 보관한 뒤 어느 정도 시간이 흐른다면, 그자의 놀랍도록 자기중심적인 경향과 순간에만 국한된 사고 덕분에 그의 유치하기 짝이 없는 심술로부터 이 글을 구할 수 있을 것이다. 사실 우리 둘 모두에게 닥쳐오고 있는 운명은 이미 그를 변화시키고 그의 기를 꺾어버렸다. 지금으로부터 30분 후면 나는 다시 그리고 영원히 그 가증스러운 인격을 갖게 될 것이다. 나는 의자에 앉아 몸을 떨며 울거나, 아니면 극도로 긴장하고 겁에 질린 채 마지막 은신처인 이 방 안을 왔다 갔다 하며 귀를 기울이다가 위협적인 소리가 날 때마다 깜짝깜짝 놀랄 것이다. 하이드는 교수대에서 죽을까? 아니면 마지막 순간, 용기를 내어 자살이라도 할까? 하느님만이 아실 것이다. 무엇이든 나는 개의치 않는다. 지금이 내가 진짜 죽을 시간이다. 뒤이어 일어날 일은 내가 아닌 다른 녀석이 신경 쓸 문제다. 나는 여기서 펜을 내려놓고 나의 고백을 봉한다. 이것으로 이 불행한 헨리 지킬의 삶에 종지부를 찍는다.

The Bottle Imp

병 속의 악마

◊
◊

금세기 초 영국 연극을 공부한 사람이라면, 훌륭한 배우 O. 스미스 덕분에 널리 알려진 이 작품의 제목과 근본적 발상이 무엇인지 알아차릴 것이다. 이 단편소설의 근본적 발상은 그 연극에 들어 있는 것과 같지만, 그럼에도 내 이야기가 새로운 작품이 되었기를 바란다. 이 글은 폴리네시아 독자를 위해 구상하고 저술했는데, 그런 사실이 내 고향 독자들에게 이국적인 관심을 불러일으키지 않을까 생각한다.

− 로버트 루이스 스티븐슨

하와이 섬에 한 남자가 있었는데, 그를 케아웨라고 부르겠다. 아직 살아 있어서 실명을 비밀로 할 수밖에 없기 때문이다. 그는 호나우나우와 그리 멀지 않은 지역에서 태어났는데, 그곳에는 케아웨 대왕의 유골이 숨겨진 곳으로 유명한 동굴이 있다. 케아웨는 가난하지만 용감하고 적극적인 사람이었다. 학교 선생처럼 글을 읽고 쓸 줄 알았으며 일등 항해사이기도 했다. 한동안 섬들을 오가는 증기선을 탔고, 하마쿠아 연안에서는 포경선의 키를 잡았다. 어느 날 마음속에 더 큰 세상과 외국의 도시들을 구경해야겠다는 생각이 떠오르자 그는 샌프란시스코행 배에 올랐다.

샌프란시스코는 멋진 도시였다. 항구도 그럴듯하고 부자들도 셀 수 없이 많았다. 특히 한 언덕에는 대궐 같은 저택이 즐비했다. 어느 날 케아웨는 호주머니에 돈을 잔뜩 넣은 채 이 언덕을 산책했다. 양옆으로 늘어선 굉장한 집들을 보니 기분이 무척 좋았다. '정말 멋진 집들이군! 저기 사는 사람들은 참 행복하겠지. 내일에 대한 걱정도 없을 테고!' 이런 생각을 하며 걷다가 어떤 집 앞을 지나게 되었다. 다른 집보다 작긴 했지만 장난감처럼 예쁘게 꾸민 건물이었다. 계단은 은처럼 반짝거렸고, 정원 가장자리에는 꽃이 활짝 피어서 마치 화환을 두른 듯했으며, 창문은 다이아몬드처럼 빛났다. 케아웨는 걸음을 멈추고 멋진 광경을 감탄하며 바라보았다. 그러다 한 남자가 창문으로 자기를 내다보고 있다는 걸 알아차렸다. 창문이 어찌나 깨끗하던지 케아웨는 그 남자를 모래톱 물웅덩이 안에 있는 물고기 보듯 또렷이 볼 수 있었다. 남자는 대머리에 검은 턱수염을 기른 노인이었다. 얼굴에 수심이 가득한 그 노인은 이윽고 깊은 한숨을 내쉬었다. 사실 집 안의 남자를 바라보는 케아웨와 집 밖의 케아웨를 바라보는 노인, 이 두 사람은 상대방을 부러워하고 있었다.

갑자기 남자가 미소를 지으며 고개를 주억거리더니 케아웨에게 들어오라고 손짓했다. 남자는 현관으로 나와 케아웨를 맞았다.

"내 집이 멋진가?" 남자는 그렇게 말하며 쓰디쓰게 한숨을 내쉬었다. "괜찮다면 방도 둘러보겠나?"

그는 케아웨를 안으로 이끈 다음 지하실에서 지붕까지 집 안 구석구석을 보여주었다. 무엇 하나 완벽하지 않은 것이 없어서 케아웨는 무척 놀랐다.

"정말 아름다운 집이네요. 이런 집에서 산다면 온종일 웃음이 끊이지 않을 것 같아요. 그런데 어르신은 왜 그리 한숨을 쉬십니까?"

"별다른 이유는 없다네. 자네가 원한다면 모든 면에서 이 집과 비슷하거나 더 나은 집을 손에 넣을 수 있지 않을까? 내가 보기에 자넨 돈을 좀 가진 것 같은데?"

"수중에 50달러가 있습니다. 그렇지만 이런 집을 사려면 50달러로는 어림도 없을 텐데요."

노인은 생각에 잠겼다. "돈이 그것밖에 없다니 유감이군. 나중에 문제가 생길 수도 있겠지만 50달러 받고 자네에게 넘기지."

"이 집을요?"

"아니, 집은 아니고 병 말일세. 젊은이 눈에는 내가 굉장한 부자이고 운이 좋은 사람처럼 보이겠지만, 내 모든 행운 그리고 이 집과 정원은 파인트 잔[약 0.5리터 들이의 잔]보다 살짝 큰 병에서 온 거라네. 바로 이 병이야."

그는 자물쇠를 단단히 채운 서랍을 열더니 거기서 몸통이 둥글고 목이 긴 병을 꺼냈다. 병의 유리는 우윳빛을 띠었으나 결을 따라 무지갯빛으로 변했다. 병 안에는 무언가 들어 있었는데, 그것이 그림자 혹은 불꽃처럼 흐릿하게 움직였다.

"이게 그 병이야." 남자가 말했다. 그 말에 케아웨가 웃음을 터뜨리자 그가 덧붙였다. "내 말을 못 믿겠나? 그럼 자네가 직접 시험해봐. 이걸 깰 수 있는지 한번 확인해보라고."

케아웨는 병을 받아 들고 바닥에 힘껏 내동댕이쳤다. 병은 아이들이 가지고 노는 공처럼 바닥에서 튀어 올랐으며, 표면에 흠집 하나나지 않았다. 지칠 때까지 계속 내던졌지만 헛수고였다.

"이거, 이상한 물건이네요. 눈으로 보아도, 손으로 만져봐도 유리로 만든 게 분명한데."

"당연히 유리지." 남자가 전보다 더 깊은 한숨을 내쉬며 대답했다. "그러나 저 유리는 지옥 불로 달군 거라네. 이 병 안에는 악마가살고 있어. 우리 눈앞에서 움직이는 저 그림자가 바로 악마라고. 내생각엔 그래. 누가 이 병을 사든, 악마는 병의 주인이 내린 명령에 복종한다네. 원하는 것은 뭐든지 말만 하면 들어주지. 사랑이든, 명예든, 이 집과 같은 멋진 집이든, 샌프란시스코 같은 도시든 다 손에 넣을 수 있어. 나폴레옹도 이 병을 가진 덕분에 세계의 왕이 된 거야. 그러나 결국엔 병을 팔아버렸고, 그 때문에 몰락하고 말았어. 쿡 선장*도 이 병을 가진 덕에 그토록 많은 섬을 발견했던 거야. 그러나 그 역시 병을 팔았고, 결국 하와이에서 살해당했지. 일단 병을 팔고 나면병의 효력과 보호 능력이 구입한 사람에게 옮겨가기 때문이야. 그리

♦ 하와이제도를 발견한 18세기 영국의 탐험가이자 지도 제작자

고 병을 팔기 전에 가지고 있던 것에 만족하지 못하면 나쁜 일이 닥치게 된다네."

"그런데도 어르신은 이걸 파시겠다는 겁니까?"

"나는 원하는 걸 전부 가졌고, 지금 이렇게 늙어가고 있어. 그 악마가 해줄 수 없는 게 하나 있는데, 그건 바로 수명을 늘리는 것이라네. 자네에게 숨기는 건 공정하지 않을 테니 솔직히 얘기하자면, 이 병에는 결점이 하나 있어. 만약 병의 소유자가 죽기 전에 팔지 못하면 그 사람은 영원히 지옥에서 불타는 고통을 겪어야 해."

"그건 대단히 큰 결점이군요. 전 이런 일에 끼어들고 싶지 않습니다. 다행히 저는 집 없이도 살 수 있어요. 그렇지만 도저히 견딜 수 없는 일이 하나 있는데, 그건 바로 지옥에 떨어지는 것입니다." 케아웨가 목소리를 높였다.

"이런, 그렇게 도망치려고만 해서는 안 돼. 자네는 그저 악마의 힘을 적절히 이용한 다음, 나처럼 다른 사람한테 이걸 팔아넘기고 편안하게 생을 마감하기만 하면 된다고."

"하지만 이상한 게 두 가지 있어요. 하나는 어르신이 짝사랑에 빠진 처녀처럼 끊임없이 한숨을 쉰다는 점이고, 다른 하나는 이 병을 어떻게든 헐값에 팔려고 한다는 점입니다."

"내가 한숨을 쉬는 이유는 이미 말했잖나. 몸이 쇠약해지는 게 두려워서 그런 거라네. 자네가 말했듯이, 죽은 뒤에 악마를 만나는 건 누구에게나 끔찍한 일이니까. 내가 헐값에 파는 이유도 말해주지. 이 병에는 특이한 점이 하나 있어. 오래전, 악마가 병을 지상으로 가져왔을 땐 어마어마하게 비쌌다네. 처음으로 악마에게 병을 산 프레스터 존[*]은 수백만 달러를 지불해야 했지. 하지만 이 병은 손해 보지 않고는 절대 팔 수 없다네. 산 가격보다 싸게 팔지 않으면 마치 집을 찾아가도록 훈련받은 비둘기처럼 병이 다시 본인에게로 돌아오니까. 이 때문에 수백 년이 지나는 동안 가격이 계속 떨어졌고 지금은 놀라울 정도로 싸졌어. 나는 이 언덕에 사는 부유한 이웃에게 이 병을 샀는데, 그때 내가 지불한 돈은 고작 90달러였네. 그러니 나도 89달러 99센트까지는 받을 수 있지만, 그보다 한 푼이라도 비싼 값에 팔 수는 없어. 안 그러면 병이 반드시 내게로 돌아올 테니까 말이야. 그런데 여기에 두 가지 문제가 있다네. 하나는 세상에 둘도 없는 이 병을 80달러 정도에 팔겠다고 하면 사람들이 농담으로 여긴다는 점이지. 다른 하나는 그리 급한 문제는 아니고 굳이 말할 필요도 없지만, 반드시 화폐를 받아야만 한다는 걸 명심하게."

"이게 전부 사실이라는 걸 어떻게 압니까?"

"자네가 당장 시험해보면 되지. 자네의 50달러를 내게 주고 이 병을 받게나. 그런 다음 호주머니에 50달러가 다시 생기게 해달라고 소원을 비는 거야. 만약 그렇게 되지 않는다면, 거래를 취소하고 돈을 돌려주겠네. 내 명예를 걸고 맹세하지."

"설마 절 속이려는 건 아니죠?"

남자는 속이는 게 아니라고 굳게 맹세했다.

"그 정도 위험은 감수하겠습니다. 손해 볼 일은 없을 테니까요."

---

[*] 중세에 아시아와 아프리카에 강대한 기독교국을 건설했다는 전설상의 왕

케아웨가 돈을 지불하자 노인은 그에게 병을 건넸다.

"병 속의 악마야. 내 50달러가 다시 생기게 해줘."

아니나 다를까, 그 말을 마치기 무섭게 그의 호주머니가 전과 다름없이 무거워졌다.

케아웨가 말했다. "정말 놀라운 병이네요."

"이제 작별을 고해야겠군, 내 멋진 친구. 잘 가게, 악마와 함께!"

"잠깐만요. 이런 장난은 그만하고 싶어요. 여기, 어르신의 병을 도로 가져가세요."

남자가 두 손을 비비며 대꾸했다. "자네는 내가 치른 가격보다 싸게 샀어. 그러니 이젠 자네 거야. 나에겐 자네가 돌아가는 모습을 지켜보는 일만 남았네." 말을 마친 그는 중국인 하인을 불러서 케아웨를 집 밖으로 내보냈다.

거리로 나온 케아웨는 병을 겨드랑이에 끼고 걸으며 생각에 잠겼다. '이 병에 대한 이야기가 전부 사실이라면 난 밑지는 거래를 한 것인지도 몰라. 어쩌면 노인이 나를 놀렸을 수도 있어.'

그는 우선 돈을 세보았다. 액수는 정확했다. 미국 돈 49달러와 칠레 돈 1달러였다. "정말 사실인가 봐. 그럼 다른 것도 시험해봐야겠어." 케아웨가 중얼거렸다.

그 지역의 거리는 배의 갑판만큼이나 깨끗했으며, 정오인데도 지나가는 행인이 없었다. 케아웨는 병을 배수로에 놓아두고 계속 걸어갔다. 두 번 뒤를 돌아보았는데, 그때마다 몸통이 둥근 그 우윳빛 병은 놓아둔 자리에 그대로 있었다. 세 번째로 돌아보고 모퉁이를 도는 순간 무언가가 팔꿈치를 건드리는 게 느껴졌다. 세상에! 병의 길쭉한 목이 호주머니에서 삐죽 튀어나와 있었고, 호주머니는 병의 몸통 때문에 불룩해져 있는 게 아닌가.

"뭐야, 사실이잖아." 케아웨가 중얼거렸다.

다음으로 그는 가게에서 병마개 뽑이를 사서 인적이 드문 들판으로 갔다. 그곳에서 코르크 마개를 잡아 빼려 했지만, 마개 뽑이를 돌려 넣을 때마다 다시 튕겨 나올 뿐 코르크는 멀쩡했다.

"새로 나온 코르크인가 봐." 케아웨는 갑자기 몸이 떨리고 땀이 흐르기 시작했다. 그 병이 무서워졌기 때문이다.

항구 쪽으로 돌아가던 중에 한 가게가 눈에 들어왔다. 남자 주인이 무인도에서 캔 조가비, 곤봉, 옛 이교도의 여러 신상, 옛날 주화, 중국과 일본에서 들여온 그림, 선원들의 사물함에서 나온 온갖 물건 등을 팔고 있었다. 가게를 보자 케아웨는 좋은 생각이 떠올랐다. 그는 가게 안으로 들어가 그 병을 100달러에 팔겠다고 제안했다. 가게 주인은 코웃음을 치며 5달러면 사겠다고 했다. 그렇지만 사실 그 병은 볼수록 진기했다. 인간이 만든 유리 제품 중에 그런 재질은 없었다. 하얀 우윳빛 아래 여러 빛깔이 아름답게 빛났으며, 가운데 부분에서는 그림자가 기묘하게 움직였다. 그래서 가게 주인은 잠시 나름의 방식으로 흥정한 뒤 케아웨에게 은화 60달러를 주고 그 병을 샀다. 그런 다음 그것을 진열창 한가운데 선반 위에 올려놓았다.

'됐어. 난 50달러에 산 병을 60달러에 팔았어. 아니, 정확히 말하자면 50달러가 조금 안 되는 돈을 주고 산 거야. 1달러는 칠레 동전이었으니까. 이제 가격에 대한 이야기가 사실인지 확인할 수 있겠군.'

배로 돌아온 그는 사물함을 열어보았다. 그런데 놀랍게도 병이 거기 들어 있었다. 자기보다 더 빨리 온 것이다.

"무슨 문제라도 있어? 왜 그렇게 사물함을 뚫어져라 쳐다보는 거야?" 같은 배에서 지내는 친구 로파카가 물었다.

선원실에 둘뿐이었으므로, 케아웨는 로파카에게 비밀을 지키겠다는 약속을 받아내고는 모든 것을 털어놓았다.

"정말 이상한 일이군. 이 병 때문에 네가 곤경에 빠지지 않을까 걱정돼. 하지만 한 가지 분명한 사실이 있어. 네가 이 병의 문제점을 알고 있다는 거야. 그러니 이 병을 잘 이용해서 이득을 보는 게 낫다고. 뭘 하고 싶은지 결정해서 병에게 명령해봐. 만약 네 소원이 이루어진다면 내가 그 병을 살게. 난 범선을 한 척 구해서 여러 섬을 돌아다니며 무역을 하고 싶거든." 로파카가 말했다.

"난 그런 데는 관심이 없어. 그저 내가 태어난 코나 해안에 정원을 갖춘 아름다운 집을 짓고 싶을 뿐이야. 따뜻한 햇살이 문에 비치고, 정원에는 꽃이 피어 있고, 유리창이 있고, 벽에는 그림이 걸려 있고, 멋진 융단이 깔려 있고, 그 위에 장식품을 놓은 식탁이 있는 집. 그러니까 내가 오늘 들어가 보았던 그런 집 말이야. 다만 한 층이 더 높고, 왕궁처럼 발코니가 있었으면 좋겠어. 그런 집에서 근심 걱정 없이 친구들, 친척들과 행복하게 살고 싶어."

"그럼 이 병을 가지고 하와이로 돌아가자. 만약 네 바람대로 모든 것이 이루어진다면 방금 전에 말했듯이 내가 이걸 살게. 난 범선을 한 척 달라고 할 거야."

두 사람은 그렇게 하기로 약속했고, 얼마 지나지 않아 케아웨와 로파카 그리고 그 병을 실은 배는 호놀룰루로 돌아왔다. 해안에 도착하자마자 그들은 해변에서 한 친구를 만났는데, 그 친구가 케아웨에게 곧장 애도의 말을 건넸다.

"무슨 일이야? 영문을 통 모르겠군." 케아웨가 말했다.

"아직 소식을 못 들은 모양이구나. 네 삼촌이, 그 선량한 어르신이 돌아가셨어. 그리고 네 사촌 동생 있잖아, 그 잘생긴 꼬마아이. 그 애도 바다에 빠져 죽었대."

슬픔에 휩싸인 케아웨는 눈물을 흘리며 탄식했다. 병에 대해서는 까맣게 잊었다. 하지만 계속 병에 대해 생각했던 로파카는 케아웨의 슬픔이 조금 누그러지자 이렇게 말했다. "가만 생각해보니, 네 삼촌이 하와이 카우 지역에 땅을 갖고 계시지 않았니?"

"아니, 삼촌 땅은 카우가 아니라 산 중턱에 있어. 후케나 남쪽에서 조금 떨어진 곳이야."

"그 땅은 이제 네 소유가 되는 거야?" 로파카가 물었다.

"그렇겠지." 케아웨는 이렇게 말하고는 세상을 떠난 삼촌과 사촌 동생을 생각하며 다시금 슬픔에 잠겼다.

"잠깐만 슬픔을 거두고 내 말을 들어봐. 갑자기 떠오른 생각이 하나 있어. 혹시 저 병이 이번 일을 벌인 건 아닐까? 네가 집 지을 장소를 마련하려고 말이야."

"만약 그렇다면, 아주 사악한 방법으로 날 섬긴 거야. 내 친척들을 죽인 거잖아. 그런데 어쩌면 정말 그랬을 수 있다는 생각이 드는군. 내 마음속으로 그렸던 집이 바로 그런 곳에 있었으니까." 케아웨가 목소리를 높였다.

"그렇지만 집은 아직 지어지지 않았어."

"맞아. 앞으로도 그럴 일은 없을 거야! 삼촌은 커피와 구아바와 바나나를 재배하셨지만, 그래 봤자 나 혼자서 먹고살 정도밖에 안 돼. 나머지 땅은 검은 화산암 지대고."

"일단 변호사를 만나보자. 아무래도 병이 꾸민 일 같아."

두 사람은 변호사 사무실을 찾아갔다. 변호사에게 이야기를 듣고서야 케아웨의 삼촌이 최근 엄청난 부자가 되었으며 남겨둔 재산이 많다는 것을 알게 되었다.

"이 정도 돈이면 충분히 집을 지을 수 있어!" 로파카가 소리쳤다.

"새로 집을 지을 생각이라면, 여기 건축가의 명함이 있습니다. 얼마 전에 온 사람인데 평판이 좋더군요." 변호사가 말했다.

"일이 기가 막히게 술술 풀리는군! 이제 모든 게 분명해지고 있어. 계속 따라가보자고." 로파카가 들뜬 목소리로 말했다.

두 사람은 건축가를 찾아갔고, 건축가는 설계도를 탁자 위에 여러 장 펼쳐놓았다.

"특별한 집을 원하시는군요. 그럼 이런 구조는 어때요?"

건축가가 건넨 도면을 본 케아웨는 탄성을 질렀다. 자신이 마음속에 그려둔 집과 똑같았기 때문이다.

'내가 원하던 집이야. 내 바람이 이루어지는 방식은 마음에 안 들지만, 어쨌든 난 이런 집을 갖고 싶었어. 좋은 걸 얻으려면 악을 받아들여야겠지.'

케아웨는 자신이 원하는 것 전부를 건축가에게 말했다. 집에 어떤 가구를 들여놓을지, 벽에는 어떤 그림을 걸지, 탁자 위에는 어떤 장식품을 놓을지도 이야기했다. 그러고 나서 그 모든 일을 마치는 데

비용이 얼마나 들지 솔직하게 물어보았다.

건축가는 이것저것 물어본 다음 펜을 꺼내 계산했다. 그가 계산을 마치고 총액을 불러주었는데, 그 금액은 케아웨가 삼촌에게 물려받은 돈과 정확히 일치했다.

로파카와 케아웨는 서로를 쳐다보며 고개를 끄덕였다.

'좋든 싫든 난 이 집을 갖게 될 거야. 악마가 준 집인 거지. 그래서 두려워. 앞으로 좋지 않은 일을 겪을지도 모르잖아. 이제 더는 병에게 소원을 빌지 말아야겠어. 그렇지만 어차피 이 집에서 살게 되었으니, 좋은 걸 얻기 위해 악을 받아들이는 것도 나쁘진 않을 거야.' 케아웨는 생각했다.

케아웨는 건축가와 협의를 마친 다음 계약서에 서명했다. 케아웨와 로파카는 다시 배를 타고 오스트레일리아를 향해 떠났다. 집을 짓고 꾸미는 일은 건축가와 병 속의 악마가 알아서 하도록 내버려두기로 했다.

항해는 순조로웠다. 다만 케아웨는 이제 소원을 말하지 않을 것이며 더는 악마의 도움을 받지 않겠다고 맹세한 터라 여행 내내 숨죽이며 지냈다. 두 사람이 하와이로 돌아왔을 때는 건축가와 약속한 날짜가 이미 지나 있었다. 공사가 끝났다는 말을 듣고 케아웨와 로파카는 집을 보기 위해 섬과 섬 사이를 오가는 증기선인 홀호[號]를 타고 코나 지역으로 향했다. 케아웨가 마음속에 그렸던 대로 집이 지어졌는지 확인해보고 싶었던 것이다.

산 중턱에 지어진 집은 배에서도 보였다. 집 위로는 숲이 비구름과 맞닿아 있고, 집 아래로는 고대의 왕들이 묻혀 있는 검은 화산암

이 절벽을 이루었다. 집 주위 정원에는 형형색색의 꽃이 피어 있었다. 정원 한쪽에는 파파야 과수원이, 다른 한쪽에는 빵나무♦ 과수원이 있었다. 집 정면에는 깃발을 건 돛대가 바다를 향해 세워져 있었다. 3층 높이의 집에는 발코니가 딸린 방이 많았다. 유리창은 물처럼 투명하고 대낮처럼 환했으며 무척 아름다웠다. 방은 온갖 종류의 가구로 장식되어 있었다. 벽에는 배, 싸우는 남자, 더없이 아름다운 여인, 특이한 풍경 등을 그린 그림들이 황금빛 액자에 담겨 걸려 있었다. 케아웨의 집에 걸린 것만큼 눈부신 색채의 그림은 세상 어디에도 없을 것이다. 장식품들 역시 세련되고 아름다웠다. 괘종시계와 오르골, 고개를 끄덕이는 남자 인형, 그림책, 세계 도처에서 만든 무기, 혼자 사는 남자를 심심치 않게 해줄 훌륭하고 정교한 퍼즐까지 구비되어 있었다. 이런 방들은 누구라도 지나다니면서 구경하고 싶어 할 뿐 감히 안에서 머물 생각은 하지 못할 것이기에, 대신 온 마을 사람이 즐겁게 지낼 수 있을 만큼 발코니를 넓게 지었다. 뒤쪽 발코니와 앞쪽 발코니 중에서 어느 쪽이 더 좋은지 묻는다면 케아웨는 쉽게 답하지 못할 것이다. 뒤쪽 발코니에서는 미풍을 맞으며 과수원과 꽃들을 바라볼 수 있었다. 앞쪽 발코니에서는 해풍을 들이마시며 가파른 절벽을 내려다볼 수 있고, 일주일에 한 번 후케나와 펠레 언덕 사이를 오가는 증기선 홀호를 보거나 목재와 구아바와 바나나를 구하기 위해 주기적으로 해안을 따라 이동하는 범선들을 볼 수 있었다.

♦   구울 때 빵과 비슷한 향이 나는 열매가 열리는 열대 나무

케아웨와 로파카는 집 안을 샅샅이 둘러본 다음 뒤쪽 발코니로 나가서 앉았다.

"어때? 모든 게 네 생각대로 됐어?" 로파카가 물었다.

"말로 표현할 수 없을 정도야. 내가 꿈꿨던 것보다 좋아. 만족스러워서 멀미가 날 지경이라고." 케아웨가 말했다.

"그렇지만 한 가지 따져봐야 해. 이 모든 일이 저절로 이루어진 건지도 모르잖아. 만약 내가 병을 사고도 범선을 얻지 못한다면, 나는 아무런 소득 없이 한 손을 지옥 불구덩이에 집어넣는 셈이 돼. 물론 너와 약속했다는 건 잘 알고 있어. 하지만 증거를 하나 더 요구한다고 문제가 되진 않겠지."

"나는 악마에게 더는 도움을 받지 않겠다고 맹세했어. 이미 깊이 발을 들였는걸."

"도움을 받자는 게 아니야. 악마를 보자는 거지. 악마를 본다고 해서 이득을 얻는 게 없으니 부끄러워하지 않아도 돼. 악마를 보기만 하면 모든 게 확실해질 것 같아. 그러니 그 악마를 한 번만 보여줘. 그러고 나면 여기 내 손에 돈이 있으니 곧장 그 병을 살게."

"불안한 게 딱 하나 있어. 악마의 꼴이 몹시 흉할지도 모르잖아. 악마를 보고 나면 병을 손에 넣고 싶은 마음이 사라질지도 몰라."

"나는 한 입으로 두말하지 않아. 자, 여기 너와 나 사이에 돈을 내려놓겠어."

"그래, 좋아. 실은 나도 궁금해. 어이, 악마 양반, 우리가 볼 수 있게 이리 좀 나와봐."

말이 끝나기 무섭게 악마가 병 밖으로 나와 모습을 드러냈다가

다시 도마뱀처럼 재빠르게 병 속으로 들어갔다. 케아웨와 로파카는 돌처럼 굳어버렸다. 한참 동안 두 사람은 아무 생각이 나지 않았다. 설령 생각이 났다 하더라도 입 밖으로 내뱉을 수 없었다. 날이 어두워지고 나서야 로파카는 돈을 건네주고 병을 가져갔다.

"약속은 꼭 지켜야 하잖아. 어쨌든 병이 필요하기도 하고. 그렇지만 않으면 발로도 이 병을 건드리고 싶지 않아. 범선을 얻으면, 푼돈만 받고 가능한 한 빨리 이 악마를 내 손에서 떠나보낼 거야. 솔직히 말하자면, 녀석을 보고 나니 온몸에서 기운이 쭉 빠져버렸어."

"로파카. 마음을 추스르기 어렵겠지만 날 너무 나쁜 사람이라고 생각하진 말아줘. 지금은 밤이고, 길도 좋지 않고, 이렇게 늦은 시간에 묘지 옆을 지나가는 것도 고생이겠지. 하지만 녀석의 조그만 얼굴을 보고 나니 녀석이 내게서 멀리 떨어지기 전에는 먹지도 자지도 못하고, 기도도 드리지 못할 것 같아. 내가 랜턴과 그 병을 담을 만한 바구니를 챙겨줄게. 그림이든 뭐든 집 안에서 네 마음에 드는 게 있다면 다 줄게. 그걸 가지고 당장 떠나줘. 제발! 후케나의 나히누 집에 가서 함께 자도록 해."

"케아웨. 그런 말을 듣고 기분 나쁘지 않을 사람은 없을 거야. 무엇보다도 난 약속을 지키려고 이 병을 살 만큼 친구로서의 도리를 다했어. 양심을 짓누르는 죄를 짓고 사악한 병을 손에 쥔 채 이렇게 어두운 밤 묘지 옆을 지나가는 일은 평소보다 열 배 넘게 위험할 거야. 몹시 두렵긴 하지만 널 비난하고 싶은 마음은 없어. 이제 갈게. 네가 이 집에서 행복하게 살기를 기도할게. 그리고 나도 범선을 갖게 되는 행운을 누리고, 우리 둘 다 천국에 가기를 기도할게. 비록 악마와 그 병의 힘을 빌리긴 했지만 말이야."

로파카는 산을 내려갔다. 케아웨는 앞쪽 발코니에 서서 딸가닥거리는 말발굽 소리에 귀 기울였다. 그리고 랜턴 불빛이 길을 따라 내려가다가 고대의 왕들이 묻혀 있는 동굴 절벽을 따라가는 모습을 지켜보았다. 그러는 동안 내내 케아웨는 몸을 떨면서 두 손을 모아 쥔 채 친구를 위해 기도하고, 자신이 그 곤경에서 벗어난 것을 하느님에게 감사드렸다.

다음 날 날씨는 밝고 화창했다. 새집을 보는 것만으로 기분이 좋아져서 악마에 대한 두려움을 까맣게 잊어버린 케아웨는 끊임없이 밀려드는 기쁨을 만끽하며 하루하루 즐겁게 살아갔다. 그는 주로 뒤쪽 발코니에서 먹고 생활하고 신문을 읽었다. 그의 집을 방문하는 사람들은 누구나 들어와 화려한 방과 그림을 감상하곤 했다. 그 집의 명성은 널리 퍼져서, 코나 사람들은 그 집을 '카 할레 누이'라고 불렀는데, 이는 '위대한 집'을 의미했다. 때로는 '빛나는 집'으로 불리기도 했는데, 이는 케아웨가 중국인 하인에게 유리창과 금 장식품과 멋진 물건과 그림들을 매일같이 아침 햇살처럼 반짝거리게 닦도록 시켰기 때문이다. 케아웨는 방들을 돌아다닐 때마다 노래가 절로 흘러나오고 마음이 뿌듯해졌다. 배들이 바다를 지나갈 때면 돛대에 깃발을 매달아 펄럭이게 했다.

그렇게 시간이 흐르던 어느 날, 케아웨는 친구들을 만나기 위해 멀리 카일루아까지 갔다. 그곳에서 후한 대접을 받았지만, 다음 날 아침 일찍 친구 집을 나와서 부지런히 말을 몰았다. 자신의 아름다운 집을 얼른 보고 싶은 데다, 그날 밤은 고대의 망자들이 코나 지역 주변을 떠도는 날이라 서둘러 돌아가야 했기 때문이다. 그는 이미 악마와 엮인 적이 있던 터라 망자라면 더는 만나고 싶지 않았다. 호나우나우를 지난 지 얼마 되지 않았을 때, 저 멀리 바닷물에 몸을 담그고 있는 한 여인의 모습이 케아웨의 눈에 들어왔다. 성숙한 처녀로 보였으나 케아웨는 대수롭지 않게 여겼다. 잠시 후 여인이 하얀 원피스와 붉은색 홀로쿠♦를 입는 동안 바람이 불어 옷이 나풀거렸다. 케아웨가 그녀 곁에 가까이 다가갔을 때, 그녀는 이미 몸단장을 마친 후였다. 바다에서 나와 붉은색 홀로쿠를 입고 길가에 서 있는 그녀는 몸을 씻고 난 직후라서 무척 상큼해 보였으며, 두 눈은 상냥하고 온화했다. 그 모습을 보자마자 케아웨는 말고삐를 잡아당겼다.

"이 지역 사람들은 다 안다고 생각했는데, 어째서 당신을 모르고 있었던 거죠?" 케아웨가 말했다.

"저는 키아노의 딸, 코쿠아입니다. 오아후에서 막 돌아왔어요. 당신은 누구신지요?" 소녀가 말했다.

"내가 누구인지는 곧 말씀드리겠소." 케아웨가 말에서 내리면서 말했다. "하지만 당장은 말하지 않겠소. 사정이 있어 그러는 거라오. 아마 내 이름을 들어보았을 거요. 내가 누군지 알면 진실한 대답을 들려주지 않을지도 모르고요. 어쨌든 먼저 알고 싶은 게 하나 있습니다. 결혼은 하셨습니까?"

이 말에 코쿠아는 소리 내어 웃었다. "제 질문에는 대답하지 않

♦   하와이의 전통 의상으로 매우 긴 드레스

은 채로 질문만 하시네요. 당신은 결혼하셨나요?"

"코쿠아, 나는 아직 안 했소. 지금 이 시간까지 결혼하겠다는 생각조차 해본 적이 없소. 하지만 이것만은 분명하오. 내가 이곳 길가에서 당신을 만나 별처럼 빛나는 당신의 눈을 보았을 때, 내 마음은 새처럼 빠르게 당신 쪽으로 날아가버렸소. 그러니 내가 조금도 마음에 들지 않는다면 그렇다고 말해주시오. 그러면 집을 향해 가던 길을 계속 가리다. 그러나 내가 다른 남자들보다 못할 게 없다고 생각한다면 역시 그렇다고 말해주시오. 그러면 말을 돌려 당신 아버님 집으로 가서 하룻밤 묵겠소. 그리고 내일 아버님과 얘기를 나누겠소."

코쿠아는 한 마디도 하지 않고 바다를 바라보며 웃기만 했다.

"코쿠아, 아무런 말도 하지 않는다면 긍정적인 대답으로 받아들이겠소. 이제 당신 아버님 집으로 갑시다."

그녀는 앞장서서 걸었지만 여전히 말이 없었다. 그저 모자 끈을 입에 문 채 가끔 뒤를 돌아보고는 다시 눈길을 돌릴 뿐이었다.

두 사람이 문 앞에 이르렀을 때 키아노가 베란다로 나와 큰 소리로 케아웨의 이름을 부르며 환영했다. 이 소리를 듣고 코쿠아는 케아웨를 쳐다보았다. 위대한 집의 명성은 그녀도 이미 들은 적이 있었다. 그것은 분명 거부하기 어려운 유혹이었다. 그날 저녁 내내 그들은 무척이나 즐거운 시간을 함께 보냈다. 코쿠아는 부모님 앞이라 그런지 대담하게 행동하며 케아웨를 놀려댔다. 그만큼 재기 발랄한 여자였다. 다음 날 케아웨는 키아노와 이야기를 나눈 뒤, 코쿠아가 혼자 있는 것을 보고 가까이 다가갔다.

"코쿠아, 당신은 어제저녁 내내 나를 놀렸소. 아직 늦지 않았으

니 지금이라도 내가 맘에 들지 않는다면 떠나라고 하시오. 어제 내가 누구인지 말하지 않았던 건, 내가 아주 멋진 집을 가지고 있기 때문이오. 당신이 그 집만 생각하고 당신을 사랑하는 남자에 대해서는 신경도 쓰지 않을까 봐 두려웠소. 이제 당신은 모든 걸 알았으니, 나를 보고 싶지 않다면 당장 그렇다고 말해주시오."

"아니에요." 코쿠아가 말했다. 그러나 이번에는 웃지 않았다. 케아웨도 더 이상 묻지 않았다.

케아웨는 그렇게 구애했고, 모든 준비가 빠르게 진척되었다. 활을 떠난 화살처럼, 총구를 떠난 총알처럼 빠르게 날아 과녁에 적중한 셈이었다. 일은 일사천리로 진행되었다. 코쿠아의 머릿속에서 케아웨에 대한 생각이 시도 때도 없이 떠올랐다. 파도가 화산암에 부딪쳐 부서질 때도 그 속에서 그의 목소리가 들리는 듯했다. 단 이틀밖에 보지 못한 이 젊은 남자를 위해서라면 부모님과 고향 섬을 떠날 수도 있었다. 케아웨는 묘지가 있는 절벽 아래 산길을 말을 타고 날아가듯 달렸다. 말발굽 소리와 기쁨에 겨워 흥얼거리는 케아웨의 노랫소리가 망자들이 묻힌 동굴에 메아리쳤다. '빛나는 집'에 돌아온 뒤에도 그는 여전히 노래를 흥얼거렸다. 넓은 발코니에 앉아 식사를 하면서도 음식을 씹는 사이사이에 노래를 흥얼거렸다. 중국인 하인이 주인에게 무슨 일이 일어난 건지 궁금해할 정도였다. 해가 바닷속으로 가라앉고 밤이 찾아왔다. 케아웨는 불을 밝힌 램프를 들고 발코니를 걸어 다녔다. 산 중턱에서 보이는 불빛과 거기서 들려오는 노랫소리 때문에 배를 타고 지나가던 선원들이 깜짝 놀라기도 했다.

'지금이 내 인생의 절정기야. 이보다 더 좋아질 순 없을 거야. 지금 여기가 바로 산의 정상인 셈이지. 그러니 앞으로는 모든 게 나빠지면 나빠졌지 이보다 좋아질 순 없을 거야. 처음으로 방들의 불을 밝히겠어. 그리고 멋진 욕조에서 더운물과 찬물로 목욕한 다음, 신방에서 혼자 자야겠어.'

잠을 자고 있던 중국인 하인은 그의 지시를 받고 일어나 불을 지폈다. 아래층 보일러 옆에서 일하던 하인은 주인이 위층 불 켜진 방에서 기쁨에 겨운 목소리로 노래 부르는 것을 들었다. 물이 뜨거워지자 중국인 하인이 큰 소리로 알려주었고, 케아웨는 욕실로 들어갔다. 케아웨가 옷을 벗을 때도 하인은 그의 노랫소리를 들었는데, 그 소리가 간간이 끊기는가 싶더니 어느 순간 뚝 끊기고 말았다. 하인은 계속 귀를 기울이고 있다가 케아웨가 있는 위쪽을 향해 괜찮으시냐고 소리쳐 물었다. 케아웨는 괜찮다고 대답하면서 이제 자러 들어가라고 말했다. 그러나 이 빛나는 집에서 노랫소리는 더 이상 들리지 않았다. 그날 밤 내내 중국인 하인은 주인이 발코니에서 서성거리는 발걸음 소리를 들어야 했다.

속사정은 이러했다. 목욕을 하려고 옷을 벗었을 때 케아웨는 바위에 낀 이끼 같은 반점이 몸에 난 것을 발견했고, 그 즉시 노래를 멈추었다. 그는 이 반점이 무엇을 의미하는지 잘 알고 있었다. 중국병◆에 걸린 것이다.

◆ 한센병을 말한다. 하와이 원주민 사이에 한센병이 돌기 시작했을 때, 원주민들은 이를 '중국병'이라 불렀다.

이 병에 걸리는 건 누구에게든 애석한 일이 아닐 수 없다. 더군다나 이토록 아름답고 넓은 집을 떠나 모든 친구를 뒤로한 채 거대한 절벽과 방파제 사이에 위치한 몰로카이 북쪽 해안의 나환자촌으로 떠나야 하는 건 더욱 애석한 일이다. 하물며 어제 진정한 사랑을 만났고, 오늘 아침 그 여인의 마음을 얻었는데, 이제 자신의 모든 희망이 한순간에 유리 조각처럼 산산이 부서지는 것을 보게 된 케아웨의 심정은 어떠했겠는가?

케아웨는 잠시 욕조 가장자리에 앉아 있다가 갑자기 벌떡 일어나 울부짖으며 밖으로 뛰쳐나왔다. 그는 절망에 빠진 얼굴로 발코니를 왔다 갔다 하며 밤새 서성거렸다.

'나는 내 조상들의 고향인 하와이를 기꺼이 떠날 수 있어. 산 중턱 높은 곳의 창문 많은 이 집도 홀가분하게 떠날 수 있어. 조상들에게서 멀리 떠나 몰로카이 절벽 옆에 있는 칼라우파파*로 가서 고통받는 사람들과 함께 어울리며 살아갈 수 있어. 하지만 대체 내가 무슨 잘못을 저질렀기에, 내 영혼에 무슨 죄가 있기에, 어제 오후 늦은 시간 바다에서 상큼한 모습으로 나오는 코쿠아와 마주쳤단 말인가? 내 영혼을 사로잡은 코쿠아! 내 인생의 빛, 코쿠아! 나는 이제 그녀와 절대 결혼할 수 없을 거야. 더는 그녀를 볼 수도, 내 애정 어린 손으로 그녀를 만질 수도 없을 거야. 오, 코쿠아! 내 마음이 이렇게 슬픈 것은 다 당신 때문이야!'

◆　한센병 환자들을 강제로 격리 수용한, 몰로카이섬 북쪽 끝에 위치한 오지 마을

독자는 이제 케아웨가 어떤 사람인지 알아보았을 것이다. 그는 병에 걸린 것을 아무도 눈치채지 못하게 숨기고 이 빛나는 집에서 지낼 수 있었다. 그러나 그는 코쿠아를 잃는다면 그렇게 살아봐야 아무런 의미가 없다고 생각했다. 병에 걸린 사실을 숨긴 채 코쿠아와 결혼할 수도 있다. 돼지 같은 영혼을 가진 사람들이 실제로 그렇게 하지 않는가. 그러나 케아웨는 코쿠아를 진정 남자답게 사랑했다. 그래서 그녀를 아프게 하거나 위험에 빠뜨리고 싶지 않았다.

깊은 밤이 되자 케아웨의 마음속에 악마의 병이 다시 떠올랐다. 그는 뒤쪽 발코니로 가서 그 악마가 모습을 드러냈던 날을 회상했다. 그러자 온몸에 흐르는 피가 얼어붙는 것만 같았다.

'악마의 병은 무시무시해. 그 속의 악마도 마찬가지였지. 지옥의 불구덩이에 떨어질 위험을 감수하는 것은 너무 끔찍한 일이야. 하지만 중국병을 치료하고 코쿠아와 결혼하려면 그것 말고 다른 방법이 없잖아! 그저 집 한 채를 얻으려고 악마와 거래하는 것도 견뎌냈는데, 코쿠아를 얻을 수만 있다면 다시 거래하지 못할 이유가 없지.'

문득 증기선 홀호가 호놀룰루로 돌아가는 길에 이곳을 지나가는 날이 바로 내일이라는 사실을 떠올렸다. '우선은 로파카를 찾아가서 만나야겠어. 지금 내게 남은 최후의 희망은 처분하고 나서 그토록 기뻐했던 병을 찾는 것이니까 말이야.'

케아웨는 한숨도 눈을 붙이지 못했다. 음식도 제대로 삼키지 못했다. 그러나 그는 마음을 다잡고 키아노에게 편지를 보낸 다음, 증기선이 올 시간에 맞추어 묘지가 있는 절벽 옆으로 말을 타고 내려갔다. 비가 내려서 그런지 말의 발걸음이 무거웠다. 케아웨는 길을 가다가 동굴들의 시커먼 입구를 쳐다보았다. 괴로운 삶을 끝내고 그곳에 잠들어 있는 죽은 이들이 부러워졌다. 그는 바로 어제 기쁨에 겨워 신나게 말을 몰고 달렸다는 사실을 떠올리며 흠칫 놀랐다. 그가 후케나로 내려왔을 때, 그곳에는 평소와 마찬가지로 섬 곳곳의 주민들이 증기선을 타기 위해 모여 있었다. 사람들은 가게 앞 오두막에 앉아 서로 농담을 건네며 이런저런 소식을 주고받았다. 하지만 케아웨에게 그런 건 아무래도 상관없었다. 그는 사람들 사이에 앉아 지붕 위로 떨어지는 빗방울과 바위에 부딪치는 파도를 멍하니 바라보았다. 그의 목구멍에서 한숨이 절로 새어 나왔다.

"빛나는 집에서 사는 케아웨 아닌가? 어쩨 기운이 하나도 없어 보여." 사람들이 수군거렸다. 그는 정말로 그렇게 보였고, 실제로도 그랬으니 당연한 일이었다.

이윽고 증기선 홀호가 도착했고, 그는 작은 나룻배를 타고 가서 홀호에 올랐다. 늘 그렇듯 증기선 뒤쪽은 화산을 구경하고 온 백인들로 가득했고, 중간 부분은 이 지역 원주민들로 붐볐다. 배의 앞부분은 힐로에서 싣고 온 야생 황소와 카우에서 싣고 온 말들로 빼곡했다. 그러나 슬픔에 잠긴 케아웨는 모든 이들로부터 떨어져 앉아 키아노의 집을 바라볼 뿐이었다. 검은 화산암 지대 해안에 낮게 자리 잡은 그 집은 코코야자가 그늘을 드리우고 있었는데, 문 옆에서 붉은 홀로쿠가 부지런히 움직이는 모습이 눈에 들어왔다. "아, 내 마음의 여왕이여! 당신을 얻기 위해 내 소중한 영혼을 걸겠소!" 케아웨는 파리만큼 작게 보이는 그 형상에 대고 소리쳤다.

얼마 지나지 않아 어둠이 내리고 선실에 불이 켜졌다. 백인들은

여느 때와 마찬가지로 카드놀이를 하며 위스키를 마셨다. 그러나 케아웨는 밤새도록 갑판을 서성거렸다. 다음 날 증기선이 순풍을 받으며 마우이나 몰로카이를 항해하는 동안에도 그는 동물원에 갇힌 야생동물처럼 온종일 갑판을 맴돌았다.

배는 저녁 무렵 다이아몬드헤드를 지나 호놀룰루 부두에 도착했다. 케아웨는 사람들을 헤치고 나와 로파카의 행방을 수소문하기 시작했다. 로파카는 이 섬에서 가장 훌륭한 범선의 주인이 된 모양이었다. 하지만 지금은 멀리 폴라폴라나 카히키로 모험을 떠나서 이곳에 없었다. 난처해진 케아웨는 이 마을에서 변호사로 일하는 로파카의 친구(그의 이름은 밝힐 수 없다)를 생각해냈고, 그의 행방을 수소문했다. 사람들은 그 변호사가 갑자기 부자가 되었으며 와이키키 해변에 아주 멋진 새집을 장만했다고 말했다. 그 말을 듣자 케아웨의 머릿속에 한 가지 생각이 떠올랐다. 그는 말 한 마리를 빌려 타고 변호사의 집을 향해 내달렸다.

변호사의 집은 모든 집기가 새것이었고, 정원의 나무들은 지팡이 정도 높이밖에 자라지 않았다. 케아웨를 맞이한 변호사의 얼굴에서 즐겁고 만족스러운 분위기가 풍겨 나왔다.

"무슨 일로 오셨나요?" 변호사가 물었다.

"로파카의 친구시죠? 로파카가 제게서 산 물건을 추적하는 데 선생이 도움을 주실 수 있으리라고 생각합니다만."

변호사의 표정이 매우 어두워졌다. "케아웨 씨, 당신의 말을 못 알아들은 척하지는 않겠습니다. 하지만 이 혐오스러운 일에 끼어들고 싶지는 않군요. 저도 정확한 행방은 몰라요. 그 대신 어디에 가면

소식을 들을 수 있을지는 알려드리겠습니다."

변호사는 한 남자의 이름을 말해주었는데, 그의 이름 역시 밝히지 않는 게 좋을 듯하다. 케아웨는 며칠 동안 이곳저곳을 돌아다녔다. 모두 새 옷을 입고 새 마차를 타고 아주 멋진 새집에서 만족스럽게 살고 있었다. 그렇지만 케아웨가 자신이 찾아온 목적을 넌지시 비치면 그들의 얼굴은 눈에 띄게 어두워졌다.

'내가 제대로 뒤쫓고 있는 게 틀림없어. 이 사람들의 새 옷과 새 마차는 전부 그 작은 악마의 선물이야. 이들은 원하던 것을 얻고 나서 그 저주받은 병을 안전하게 처분한 터라 그토록 행복한 표정을 짓고 있는 거야. 창백한 얼굴로 한숨을 내쉬는 사람을 만나면, 그 병 가까이에 왔다는 의미겠지.'

마침내 그는 베리타니아 거리에 사는 한 백인을 소개받고 그곳을 찾아갔다. 저녁 식사 시간 무렵 그 집 문 앞에 도착해보니 역시나 새집이었고, 새로 조성한 정원이 있었고, 전등이 창문을 밝히고 있었다. 그러나 주인이 나왔을 때, 희망과 두려움을 둘 다 지닌 충격이 케아웨를 엄습했다. 눈 주위가 거무스름하고 머리숱이 듬성듬성한 데다 시체처럼 창백한 젊은이가 그를 맞이했기 때문이다. 그의 표정은 마치 교수형을 기다리는 죄수 같았다.

'그래, 제대로 찾아왔어.' 케아웨는 그렇게 생각했다. 그래서 이 사내에게는 자신이 여기 온 목적을 숨기지 않았다. "저는 그 병을 사러 왔습니다."

그 말에 이 베리타니아 거리의 젊은 백인이 휘청거리며 벽에 몸을 기댔다.

"그 병 말입니까!" 그 병을 사겠단 말이죠!" 젊은이는 숨이 넘어갈 듯 헐떡거리더니 케아웨의 팔을 잡아끌고 방으로 데리고 들어가 두 개의 잔에 와인을 따랐다.

"반갑게 맞아주셔서 감사합니다." 백인들과 일해본 경험이 많은 케아웨가 우선 예의를 갖춰 인사한 후 본론을 말했다. "그래요. 그 병을 사러 온 겁니다. 지금은 가격이 어떻게 됩니까?"

그 말을 들은 젊은이는 들고 있던 잔을 손에서 놓쳤다. 그는 유령 같은 얼굴로 케아웨를 바라보았다.

"가격 말이죠, 가격! 가격을 모르시나요?"

"몰라서 묻는 겁니다. 그런데 왜 그렇게 얼굴에 수심이 가득한가요? 가격에 무슨 문제가 있습니까?"

"케아웨 씨, 당신이 팔았던 때 이후로 가격이, 가격이 아주 많이 떨어졌답니다." 젊은이가 더듬거리며 말했다.

"저런! 아무튼 그보다 더 싼 가격에 사야겠지요. 당신은 얼마에 샀습니까?" 케아웨가 물었다.

젊은이의 얼굴은 백지장처럼 창백했다. "2센트요."

"뭐라고요?" 케아웨가 소리쳤다. "2센트? 맙소사, 그럼 당신은 그걸 오직 1센트에 팔 수밖에 없겠군요. 그리고 그걸 사는 사람은…."

케아웨는 말을 끝맺지 못했다. 병을 사게 되면 결코 다시 팔지 못할 것이며, 병 속의 악마는 그가 죽을 때까지 함께 있다가 그를 지옥의 시뻘건 불구덩이로 데려갈 것이다.

베리타니아 거리의 젊은이는 무릎을 꿇고 울부짖었다. "제발 병을 구입해주세요! 그렇게만 해주신다면 전 재산을 드릴 수 있습니다.

그 가격에 병을 샀을 땐 제정신이 아니었어요. 일하던 가게에서 돈을 횡령한 터라 그걸 사지 않으면 감옥에 갈 수밖에 없었거든요."

"가엾은 사람. 자신이 저지른 치욕스러운 행위에 합당한 처벌을 피하려고 그토록 무모한 모험에 영혼을 걸다니. 나는 사랑 앞에서 주저할 사람이 아닙니다. 그 병과 거스름돈을 주세요. 거스름돈은 틀림없이 준비해 놓았겠지요? 자, 여기 5센트 동전이 있습니다."

케아웨가 예상한 대로 젊은이는 서랍 속에 거스름돈을 준비해두고 있었다. 병의 주인이 바뀌었고, 케아웨는 병을 손에 쥐기 무섭게 몸이 깨끗하게 해달라고 소원을 빌었다. 잠시 뒤 호텔 방으로 돌아온 그는 거울 앞에서 옷을 벗고 자기 몸을 살펴보았다. 과연 살결이 어린아이처럼 온전하고 깨끗해졌다. 그런데 참 이상한 일이 벌어졌다. 이 기적을 보자마자 그의 마음이 바뀌어 중국병이나 코쿠아에 대한 생각이 별로 떠오르지 않았던 것이다. 대신 이제 자신은 병 속의 악마에게 영원히 속박되어 지옥의 불길 속에서 영원히 재로 남게 될 것이라는 절망감이 그를 사로잡았다. 벌써 눈앞에 지옥의 불구덩이가 어른거렸고, 그의 영혼은 한순간에 위축되었다. 어둠이 빛을 덮어버린 것만 같았다.

정신을 차린 후에야 케아웨는 오늘 이 호텔에서 악단의 연주가 있다는 것을 알게 되었다. 혼자 있는 것이 두려워 연주장으로 간 그는 행복한 얼굴을 한 사람들 사이를 거닐며 베르거*의 지휘에 맞춰

◆   하와이 왕립 악단 지휘자로 활동했던 프로이센 출신 작곡가 하인리히 베르거

흘러나오는 음악을 들었다. 그러는 동안에도 그의 귀에는 불이 활활 타오르는 소리가 들렸고, 그의 눈에는 지옥의 불구덩이에서 타오르는 시뻘건 불꽃이 보였다. 그러다 갑자기 악단이 〈히키아오아오〉를 연주했다. 코쿠아와 함께 불렀던 노래였다. 익숙한 선율을 들자 그의 마음속에 다시 용기가 샘솟았다.

'이젠 되돌릴 수 없어. 또다시 선과 악을 받아들이는 수밖에.'

그는 첫 증기선을 타고 하와이로 돌아왔다. 돌아오자마자 최대한 서둘러 코쿠아와 결혼하고 그녀를 빛나는 집에 데려왔다.

두 사람이 함께 있을 때면 케아웨의 마음이 진정되었다. 그러나 혼자 있을 때면 곧 음산한 공포에 사로잡혀 불이 활활 이글거리는 소리가 들리고, 지옥의 불구덩이에서 타오르는 시뻘건 불꽃이 보였다. 반면 코쿠아의 마음속은 남편으로 가득 차 있었다. 그를 보기만 해도 가슴이 뛰었으며, 행여 놓칠세라 손을 꼭 붙잡고 있었다. 코쿠아는 머리에서 발끝까지 아름답게 치장했기에 사람들은 흐뭇한 얼굴로 그녀를 바라보았다. 그녀는 천성이 명랑했으며, 언제나 긍정적이고 따뜻한 말을 했다. 늘 새처럼 즐거이 노래 부르며 빛나는 집 안을 이리저리 다녔다. 그녀는 이 3층짜리 주택에서 가장 밝은 존재였다. 케아웨는 기쁜 마음으로 아내를 바라보며 노랫소리를 들었지만, 그런 뒤에는 그녀를 얻기 위해 치른 대가를 떠올리고 잔뜩 움츠러든 채 한쪽 구석으로 가서 눈물을 흘리며 신음했다. 그러다가도 눈물을 닦고 세수를 한 뒤 넓은 발코니에 있는 아내에게로 가서 함께 앉아 노래를 따라 부르며 비탄에 젖은 채 그녀의 미소에 화답하곤 했다.

그러던 어느 날부터 코쿠아의 발걸음이 무거워지고 노랫소리가 뜸해졌다. 시간이 흐르자 이제는 케아웨 혼자 우는 것이 아니라, 두 사람이 그 넓은 집의 정반대편 발코니에 따로 떨어져 앉아 눈물을 흘렸다. 케아웨는 깊은 절망에 빠진 나머지 그런 변화를 알아차리지 못했다. 그저 자신의 운명에 대해 혼자서 곰곰 생각할 시간이 많아진 것과, 마음은 비통한데 애써 웃음을 지어야 하는 고역이 줄어든 것을 다행으로 여길 뿐이었다. 그러던 어느 날 가만히 집 안으로 들어온 케아웨는 어린아이가 흐느끼는 듯한 소리를 들었다. 소리가 나는 곳으로 가보니 코쿠아가 발코니 바닥에 얼굴을 대고 길 잃은 아이처럼 울고 있었다.

"코쿠아, 요즘 자주 우는 것 같소. 당신이 조금이라도 행복할 수 있다면 난 목이라도 내어놓을 수 있소."

코쿠아가 소리쳤다. "행복이라고요! 케아웨, 이 빛나는 집에서 혼자 살았을 때 당신은 행복한 사람으로 이 섬에서 소문이 자자했어요. 당신 입에서는 웃음과 노래가 끊이지 않았고, 얼굴은 떠오르는 태양처럼 밝게 빛났죠. 그런 당신이 이 부족한 코쿠아와 결혼했고, 나에게 무슨 문제가 있는지 모르겠지만 당신은 그날부터 웃지 않아요." 그녀는 결국 흐느끼고 말았다. "아! 내게 무슨 문제라도 있나요? 나는 내가 아름답고, 남편을 깊이 사랑하는 아내라고 생각했어요. 그런데 내게 무슨 문제가 있어서 남편 얼굴에 먹구름이 가득한 걸까요?"

"가엾은 코쿠아." 케아웨는 그렇게 말하며 옆에 앉아 손을 잡으려 했지만 그녀는 그의 손을 뿌리쳤다. "가엾은 코쿠아! 가엾은 내 사랑, 어여쁜 내 신부. 여태 당신에겐 걱정을 끼치지 않으려 했소! 그런데 이젠 당신도 알아야 할 것 같군. 그러면 이 불쌍한 케아웨를 동정하게 될 테니 말이오. 내 이야기를 듣고 나면 내가 이전에 당신을 얼마나 사랑했는지 알게 될 거요. 당신을 얻기 위해 지옥에 떨어지는 것도 마다하지 않았으니까. 그리고 이 저주받은 불쌍한 사람이 여전히 당신을 얼마나 사랑하는지도 알 수 있을 거요. 당신을 볼 때면 지금도 미소를 지을 수 있으니까."

케아웨는 그녀에게 지금까지 있었던 일을 전부 들려주었다.

"나를 위해서 그렇게 한 거예요? 아, 바보같이 난 그것도 모르고!" 그녀는 남편을 껴안고 울었다.

"아, 내 사랑! 난 여전히 지옥 불을 생각하면 몹시 두렵소!"

"그런 말 하지 말아요. 아무런 잘못이 없는데 단지 저를 사랑했다는 이유로 그런 운명에 빠진다는 건 말도 안 돼요. 케아웨, 내가 이 손으로 당신을 구할 거예요. 일이 잘못되면 당신을 따라 죽겠어요. 당신은 나를 사랑해서 영혼까지 팔았는데, 당신을 구하기 위해 내 목숨을 바친들 뭐가 아깝겠어요?"

"아, 사랑하는 코쿠아! 당신은 나를 위해 백 번이라도 죽을 수 있을 거요. 하지만 소용없는 일이오. 지옥에 떨어지는 날이 올 때까지 나를 가만히 내버려두는 수밖에." 그가 소리쳤다.

"당신은 아무것도 모르는군요. 나는 호놀룰루에서 학교를 다녔어요. 평범한 여자가 아니랍니다. 분명히 말하는데, 나는 사랑하는 당신을 구할 거예요. 1센트라고 했지요? 세상에 미국만 있는 건 아니에요. 영국에는 파딩이라고 부르는 동전이 있어요. 그건 약 0.5센트랍니다. 아! 슬프고 안타깝군요!" 그녀가 울먹이며 말했다. "0.5센트는 1센트와 별로 다를 게 없어요. 왜냐하면 0.5센트에 병을 산 사람은 지옥에 떨어질 게 틀림없으니, 당신처럼 용감하게 그걸 살 사람을 찾을 수 없을 거예요! 아, 맞아요. 프랑스가 있다는 걸 깜빡했네요. 프랑스에는 상팀이라 부르는 조그만 동전이 있는데, 이 동전은 대충 다섯 개 정도 있어야 1센트가 된답니다. 이보다 더 좋을 순 없잖아요. 자, 케아웨, 프랑스령 섬으로 가요. 가능한 한 빨리 배를 타고 타히티*로 출발해요. 그곳에서는 4상팀, 3상팀, 2상팀, 1상팀, 이렇게 네 번이나 사고팔 수 있어요. 우리 둘이서 거래가 성사되도록 열심히 노력해봐요. 자, 나의 케아웨! 키스해줘요. 걱정일랑 떨쳐버리고. 코쿠아가 당신을 지켜줄게요."

"당신은 하느님의 선물이오! 내가 이처럼 훌륭한 사람을 갈망했다는 이유로 하느님이 나를 벌하시지는 않을 거라 믿어요! 당신 뜻대로 합시다. 당신이 원하는 곳으로 나를 데려가줘요. 내 목숨과 내 구원을 당신 손에 맡기겠소."

다음 날 아침 일찍부터 코쿠아는 부지런히 떠날 준비를 했다. 예전에 케아웨가 항해에 나설 때마다 가지고 다녔던 상자를 꺼낸 그녀는 먼저 한쪽 구석에 그 병을 넣었다. 그런 다음 이 집에서 가장 비싼 옷들과 가장 근사한 장식품들을 그 안에 채워 넣었다. "우린 부유한 사람처럼 보여야 해요. 그렇지 않으면 누가 이 병에 대한 진실을 믿겠어요?" 그녀가 말했다. 그녀는 준비하는 내내 새처럼 즐거워했다. 케아웨를 바라볼 때만 그녀의 눈에서 눈물이 솟았는데, 그때마다 그

◆　태평양 남부 소시에테 제도 동쪽에 있는 프랑스령 섬

에게 달려가 키스를 하곤 했다. 케아웨는 영혼을 짓누르던 짐을 덜어낸 기분이 들었다. 자신의 비밀을 코쿠아에게 털어놓은 데다 자기 앞에 약간의 희망이 보이자 새사람이 된 것만 같았다. 땅을 딛는 발걸음이 가벼워지고 숨결이 다시 편안해졌다. 그렇지만 두려움은 여전히 그의 곁을 떠나지 않았다. 때때로 바람이 불어와 촛불을 꺼뜨리기라도 하면 마음속에 품고 있던 희망이 사라지면서 활활 타오르는 지옥의 시뻘건 불꽃이 보였다.

그 지역 사람들은 케아웨 부부가 미국으로 유람을 떠난다는 소문을 듣고 의아하게 여겼다. 만약 실상을 아는 사람이 있었다면 훨씬 더 이상하다고 생각했을 것이다. 홀호를 타고 호놀룰루로 간 두 사람은 백인들 무리에 끼여 우마틸라호를 타고 샌프란시스코로 갔다. 샌프란시스코에서는 우편선인 트로픽버드호를 타고 남태평양 프랑스령 섬들의 중심지인 파페에테*로 향했다. 무역풍이 부는 화창한 날, 두 사람은 즐거운 항해를 끝내고 목적지에 도착했다. 파도가 밀려와 부서지는 암초와 야자수로 뒤덮인 모투이티, 해안선을 따라가는 범선 그리고 푸른 나무 사이로 해안을 따라 나지막이 자리 잡은 마을의 하얀 집들, 머리 위의 산과 구름이 눈에 들어왔다. 그곳이 바로 지혜의 섬 타이티였다.

돈이 많다고 과시하는 것이 현명한 처사라고 판단한 그들은 영국 영사관 맞은편에 있는 저택을 빌렸다. 사람들의 주목을 받고자 멋

♦   타히티섬 북서쪽에 있는 도시로, 프랑스령 폴리네시아의 수도

진 마차와 말도 구입했다. 병을 가지고 있는 한 이런 일은 식은 죽 먹기였다. 코쿠아는 케아웨보다 더 대담해서 돈이 필요하다는 생각이 들 때마다 거리낌 없이 병 속의 악마에게 20달러, 혹은 100달러를 요구했다. 머지않아 그들은 마을에서 주목을 받게 되었다. 하와이에서 온 이방인인 그들이 타고 다니는 말과 마차 그리고 코쿠아가 입고 다니는 홀로쿠와 거기 달린 화려한 레이스는 사람들 사이에서 큰 화젯거리가 되었다.

그들은 타히티어를 처음 접했지만 별로 어렵지 않게 익혔다. 타히티어는 문자만 조금 다를 뿐 하와이어와 비슷했다. 어느 정도 의사소통이 가능해지자 그들은 병을 처분하는 일에 나섰다. 하지만 병에 대한 이야기를 꺼내는 것은 여간 어려운 일이 아니었다. 마르지 않는 건강과 부의 샘을 고작 4상팀에 팔겠다는 제안을 납득할 만한 사람이 누가 있겠는가. 게다가 그 병의 위험성에 대해서도 설명해야 했다. 사람들은 그들의 얘기를 웃어넘기거나, 병의 어두운 면만을 심각하게 생각해서 싫은 기색을 내비쳤다. 그러고는 두 사람을 악마와 거래하는 사람으로 치부하며 멀리했다. 이제 그들은 병을 팔기는커녕 마을에서 따돌림을 당하기 시작했다. 아이들은 그들과 마주칠 때마다 비명을 지르며 달아났는데, 코쿠아로서는 견디기 어려운 일이었다. 케아웨 부부가 지나가면 가톨릭 신자들은 성호를 그었다. 그들이 다가가기라도 하면 사람들은 하나같이 자리를 피했다.

두 사람은 침울해졌다. 피곤한 하루를 마친 후 밤이 되면 한마디 말도 나누지 않고 새 저택에 가만히 앉아 있곤 했다. 때로는 갑자기 터진 코쿠아의 흐느낌이 그 침묵을 깨뜨렸다. 두 사람이 함께 기도

할 때도 있었다. 병을 꺼내 바닥에 내려놓고 저녁 내내 병 속의 그림자가 어떻게 움직이는지 지켜보기도 했는데, 그럴 때면 두려워서 제대로 쉬지 못했다. 잠이 들기까지 오랜 시간이 걸렸다. 설핏 잠들었다 해도 배우자가 어둠 속에서 우는 소리에 깬 적이 많았다. 잠을 설쳐서 일어났을 때면 배우자가 병이 있는 집에서 멀찍이 달아나 작은 정원의 바나나 줄기 아래를 서성이거나 달빛이 비치는 해변을 배회하는 모습을 보곤 했다.

어느 날 밤 코쿠아가 깨어났을 때도 그랬다. 케아웨가 보이지 않아 침대 옆자리를 만져보았더니 그가 누웠던 곳이 차갑게 식어 있었다. 그러자 두려움이 몰려왔고, 그녀는 침대에서 일어나 앉았다. 덧문으로 달빛이 조금 흘러들었다. 실내가 밝은 편이어서 바닥에 놓인 병이 보였다. 밖에서는 바람이 세차게 불고, 거리의 커다란 나무들이 요란하게 울부짖었으며, 베란다에서는 떨어진 잎사귀들이 부스럭거렸다. 그때 코쿠아는 또 다른 소리를 들었다. 짐승의 소리인지 사람의 소리인지 분간할 수는 없었지만, 듣기에 너무나 슬퍼서 가슴이 에이는 듯했다. 그녀는 조용히 일어나 문을 살짝 열고 달빛에 물든 뜨락을 내다보았다. 바나나 줄기 아래에서 케아웨가 입을 땅에 대고 엎드린 자세로 신음하고 있었다.

이 모습을 보자마자 코쿠아는 달려가 남편을 위로해주고 싶었다. 그러나 다시 생각해보고는 마음을 억눌렀다. 케아웨는 아내 앞에서 용감한 남자처럼 처신했다. 그가 가장 나약한 모습을 보이는 부끄러운 순간에 갑자기 나타나는 것은 그녀답지 않은 행동이다. 이런 생각을 하며 그녀는 다시 방으로 들어갔다.

'아뿔싸! 그동안 나는 정말 둔하고 나약했어! 영원한 위험에 직면한 사람은 내가 아니라 그이잖아. 그이의 영혼에 저주가 내렸어. 그이는 지금 지옥의 불길에 아주 가까이 다가가 있는 상태인데, 그건 나를 위해서였어. 별 가치도 없고 별 도움도 안 되는, 나라는 인간을 사랑하기 위해 그랬던 거야. 아, 그이는 지금 바람이 불고 달빛이 비치는 저곳에 엎드려 지옥의 연기를 맡고 있어. 내 영혼이 너무 둔해서 지금까지 의무를 깨닫지 못한 것일까, 아니면 알면서도 외면한 것일까? 적어도 이제는 이 두 손에 사랑을 가득 담아 나의 영혼을 부여잡아야겠어. 이제 나는 천국에 이르는 하얀 계단과 그곳에서 나를 기다릴 친구들에게 작별을 고할 거야. 사랑에는 사랑으로! 케아웨가 나를 사랑한 것처럼 나도 케아웨를 사랑하겠어! 영혼에는 영혼으로! 그러니 이제 내 영혼이 저주받을 차례야!'

몸놀림이 잰 코쿠아는 서둘러 의복을 갖춰 입었다. 그리고 나서 그들 부부가 계속 곁에 두었던 소중한 상팀 동전을 챙겼다. 이 동전은 실생활에서 거의 쓰이지 않기 때문에 관청에 가서 마련했다. 그녀가 거리로 나섰을 때는 바람에 실려 온 구름이 달을 가려 달빛도 비치지 않았다. 마을은 잠들어 있었다. 어디로 가야 할지 몰라 서성대고 있는데, 나무 그늘에서 기침 소리가 들려왔다.

"어르신, 이 추운 밤에 왜 밖에 나와 계세요?" 코쿠아가 말했다.

노인은 계속 기침을 하느라 말도 제대로 하지 못했지만, 코쿠아는 그가 늙고 가난한 외지인이라는 사실을 알 수 있었다.

"제 부탁을 들어주실 수 있을까요? 이방인이 이방인에게 호의를 베푼다 치고, 나이 많은 남자가 젊은 여자에게 도움을 베푼다 치고

이 하와이의 딸을 도와주시겠어요?" 코쿠아가 말했다.

"아, 그리고 보니 네가 바로 그 8개의 섬*에서 온 마녀로군. 넌 나 같은 늙은 영혼조차 꾐에 빠뜨리려 하나 본데, 난 이미 너에 대한 얘기를 들었어. 네 사악한 짓에 말려들지 않아."

"여기 앉아 보세요. 어떻게 된 일인지 제가 전부 이야기해드릴게요." 그러고 나서 그녀는 노인에게 케아웨의 이야기를 처음부터 끝까지 들려주었다.

"저는 그 사람의 아내예요. 그가 영혼의 안식을 대가로 지불하고 얻은 아내란 말이에요. 그러니 전 어떻게 해야 할까요? 만약 제가 남편에게 가서 그 병을 사겠다고 한다면 그이는 분명 거절할 겁니다. 하지만 영감님이 가신다면 그이는 흔쾌히 병을 팔 거예요. 저는 여기서 영감님을 기다리겠습니다. 영감님은 그 병을 4상팀에 사세요. 그러면 제가 그걸 다시 3상팀에 살게요. 하느님께서 이 가엾은 여자에게 힘을 주시길!"

"네가 거짓말하는 거라면, 하느님이 네게 벼락을 내리실 거야."

"물론이죠! 하느님은 반드시 그렇게 하실 거예요. 저는 어르신을 속일 수 없어요. 그러면 하느님이 가만두지 않으실 테니까요." 코쿠아가 소리쳤다.

"그럼 4상팀을 내게 주고 여기서 기다려."

거리에 혼자 남은 순간 그녀의 영혼은 얼어붙는 듯했다. 바람이

---

* 8개의 큰 섬으로 이루어진 하와이를 말한다.

몰려와 나무가 흔들리는 모습이 마치 지옥의 불길이 몰려오는 것처럼 보였다. 가로등 불빛에 흔들리는 그림자는 자신을 붙잡으려는 악마의 손처럼 보였다. 그녀에게 힘이 남아 있었다면 분명 달아났을 것이고, 숨을 제대로 쉴 수 있었다면 큰 소리로 비명을 질렀을 것이다. 그러나 그녀는 사실상 아무것도 할 수 없었다. 그저 겁에 질린 아이처럼 거리에 서서 벌벌 떨 뿐이었다.

얼마 뒤 노인이 돌아왔다. 손에는 병이 들려 있었다.

"네가 부탁한 대로 병을 사왔어. 어린아이처럼 우는 네 남편을 두고 왔지. 오늘 밤엔 편히 잘 수 있을 거야." 그러고 나서 노인은 병을 앞으로 내밀었다.

"제게 주기 전에 악마의 혜택을 받으세요. 기침이 사라지게 해달라고 부탁하세요." 코쿠아가 숨을 몰아쉬며 말했다.

"나는 늙은이야. 악마의 호의를 받기엔 무덤 문에 너무 가까이 왔어. 그런데 왜? 왜 이 병을 받지 않고 망설이는 거야?"

"망설이는 게 아니에요! 나약한 사람이라서 그럴 뿐이죠. 잠시만 시간을 주세요. 그 저주받은 물건을 제 손이 거부하고 제 몸이 피하는 것이니, 잠깐만 기다려주세요!" 코쿠아가 외쳤다.

노인은 코쿠아를 온화한 눈길로 바라보았다. "가엾은 것! 두려움에 떨고 있구나. 네 영혼이 공포와 불안에 사로잡혀 있어. 그렇다면 내가 가질게. 나는 늙었고, 이 세상에서 더는 행복할 수 없는 사람이니까. 그리고 다음 세상에서도…."

"제게 주세요!" 코쿠아가 가쁜 목소리로 말했다. "어서 돈을 받으세요. 제가 그처럼 비열한 사람인 줄 아세요? 그 병, 제게 주세요."

"하느님의 가호가 있기를." 노인이 말했다.

코쿠아는 홀로쿠 속에 병을 감추고 노인에게 작별 인사를 건넸다. 그녀는 무작정 거리를 걸었다. 어디로 가고 있는지는 신경 쓰지 않았다. 어차피 그녀에게 모든 길은 지옥으로 가는 길이니 별다를 게 없었다. 때로는 걷고, 때로는 달리고, 때로는 밤의 어둠 속에서 고래고래 악을 써댔고, 때로는 흙먼지 이는 길가에 누워 흐느꼈다. 지금까지 지옥에 관해 들었던 모든 것이 그녀를 향해 달려들었다. 그녀는 타오르는 불길을 보고, 연기 냄새를 맡았다. 그녀의 육신은 잉걸불 위에서 말라 죽어갔다.

먼동이 틀 무렵 코쿠아는 제정신을 차리고 집으로 돌아갔다. 노인이 말한 대로 케아웨는 아이처럼 깊이 잠들어 있었다. 코쿠아는 곁에 서서 남편의 얼굴을 내려다보았다.

"여보, 이제는 당신이 편히 잠들 차례예요. 자고 일어나면 이제 당신이 노래 부르고 웃겠지요. 그러나 이 가엾은 코쿠아에게는, 오! 나쁜 뜻으로 하는 말은 아니지만, 이 가엾은 코쿠아에게는 지상에서든 하늘나라에서든 더 이상 잠도, 노래도, 기쁨도 없어요."

그 말을 하고 나서 코쿠아는 남편 옆자리에 누웠다. 고통이 너무 심해 몸과 마음이 지쳤는지 곧바로 깊은 잠에 빠졌다.

늦은 아침에 남편이 그녀를 깨워 전날 있었던 일을 알려주었다. 남편은 정말 기쁜 나머지 바보가 된 것 같았다. 코쿠아가 괴로운 마음을 잘 숨기지 못했는데도 전혀 눈치채지 못했다. 코쿠아는 목이 메어 말을 하지 못했지만, 그게 문제가 되지는 않았다. 말은 케아웨가 다 했으니까. 코쿠아는 음식을 입에 대지도 않았지만 누가 그걸 알겠는가? 케아웨가 싹 비웠으니까. 코쿠아는 케아웨의 모습을 보고 그의 말을 듣는 것이 마치 이상한 꿈을 꾸는 것처럼 여겨졌다. 이따금 자신이 처한 상황을 믿기 어려워서 이마에 손을 얹곤 했다. 자신에게 닥칠 운명을 아는 상태에서 남편이 수다스럽게 지껄이는 말을 듣고 있자니 참으로 기괴하게 느껴졌다.

그러는 동안 케아웨는 먹고 떠들며 집으로 돌아갈 계획을 세웠다. 자기를 구해줘 고맙다고 거듭 말하면서 아내를 쓰다듬고 어루만졌다. 그녀가 진정한 은인이라고 추켜세우기도 했다. 한편으로는 병을 산 노인이 참으로 어리석다며 비웃었다.

"보기엔 썩 괜찮은 노인 같았소. 그렇지만 외모로 사람을 판단할 수는 없지. 그 저주받을 늙은이는 대체 무엇 때문에 병을 샀을까?" 케아웨가 말했다.

"여보, 어쩌면 그분은 좋은 의도로 샀을지도 몰라요." 코쿠아가 점잖게 말했다.

케아웨가 화난 사람처럼 격하게 웃었다.

"말도 안 되는 소리! 그 사람은 늙은 불한당일 뿐이오. 게다가 어리석기까지 하고. 4상팀에 팔기도 어려운 병을 3상팀에 판다는 건 거의 불가능하다고 봐야지. 이젠 사고팔 수 있는 폭이 아주 좁아졌으니, 벌써부터 그 병이 지옥 불에 타는 냄새가 나는 것 같소!" 케아웨는 이렇게 소리치며 몸을 부르르 떨었다. "사실, 그걸 1센트에 샀을 때 나는 그보다 더 작은 단위의 동전이 있는 줄 몰랐소. 눈앞에 닥친 고통 때문에 바보 같은 짓을 한 거지. 그런 짓을 할 사람은 이제 찾을 수 없을 거요. 지금 그 병을 가지고 있는 사람은 그걸 지옥의 불구덩이까지 가지고 가겠지."

"제발, 여보! 자신을 구하려고 다른 사람을 영원한 파멸로 보내는 건 끔찍한 일 아닌가요? 내 생각에 그건 웃을 일이 아니에요. 나라면 겸손한 마음으로 크게 슬퍼하면서, 그 병의 주인이 된 가엾은 사람을 위해 기도하겠어요."

케아웨는 코쿠아의 말이 맞다는 생각이 들자 오히려 더 화가 났다. "어련하시겠어? 당신은 기쁜 일이 생기면 큰 슬픔에 잠기겠구려. 그것은 좋은 아내의 마음가짐이 아니오. 당신이 조금이라도 내 생각을 한다면 부끄러운 마음으로 가만히 앉아 있을 거요."

말을 마친 케아웨가 밖으로 나가자 코쿠아 혼자 남게 되었다.

병을 2센트에 팔 기회가 과연 있을까? 코쿠아는 없을 거라고 생각했다. 설령 그런 기회가 온다 해도 케아웨는 1센트보다 작은 단위의 동전이 없는 곳으로 그녀를 데려갈 것이다. 게다가 코쿠아가 자신을 희생한 바로 다음 날 케아웨는 그녀를 비난하고 나가버렸다.

코쿠아는 자신에게 얼마 남지 않은 시간을 활용할 생각조차 못한 채 그저 집 안에 틀어박혀 있었다. 얼마 후 병을 꺼내 들여다보았는데, 그것만으로도 말할 수 없는 두려움이 몰려왔다. 그녀는 몸서리를 치면서 병을 눈에 띄지 않는 곳에 숨겨두었다.

얼마 지나지 않아 케아웨가 돌아왔다. 그는 그녀에게 기분 전환도 할 겸 마차를 타고 나갔다 오자고 했다.

"여보, 난 몸이 좋지 않네요. 기운이 없어요. 미안해요. 이 상태론 외출하기 힘들 것 같아요."

그러자 케아웨는 그 어느 때보다 더 화가 났다. 코쿠아가 여전히 그 노인의 일에 빠져 있는 것 같아 속상하면서도, 실은 코쿠아의 말이 옳은데도 그렇게나 기뻐한 자신의 행동이 부끄러웠다.

"이게 당신의 본심이군! 이게 당신의 사랑인 거요! 당신 남편은 당신을 사랑하기 때문에 맞닥뜨려야 했던 영원한 파멸에서 이제 막 구원되었어. 그런데도 당신은 기운이 없어 외출을 못 한다니! 코쿠아, 당신은 인정머리 없는 사람이야."

케아웨는 또다시 잔뜩 화를 내며 밖으로 나갔고, 혼자 온종일 마을을 쏘다녔다. 그는 친구들을 만나 술을 마신 후 마차를 빌려 타고 교외로 나가 또 술을 마셨다. 그러는 동안에도 케아웨는 마음이 편치 않았다. 아내가 그처럼 슬퍼하는데 자기 혼자 재미를 누리는 게 마음에 걸렸던 것이다. 게다가 아내의 말이 옳다는 생각이 들자 괴로움을 달래기 위해 술을 더 많이 마셨다.

케아웨와 함께 술을 마시는 사람 중에 나이 많고 성질이 난폭한 백인이 있었다. 그는 한때 포경선의 갑판장이었으나 배에서 도망쳐 금광의 광부로 일하기도 했고, 죄를 지어 감옥에 갇히기도 했다. 마음이 천박하고 입이 거친 그는 술 마시는 것도, 다른 사람들이 취한 모습을 보는 것도 좋아했다. 그래서 그는 케아웨에게 자꾸만 술을 권했다. 얼마 안 가 그들은 수중에 돈이 다 떨어졌다.

"이봐, 자네! 자넨 부자라고 항상 떠벌리고 다녔잖아. 무슨 병인가 뭐가 하는 것이 있다며?" 그 갑판장이 말했다.

"맞아요. 돈이 좀 있지요. 아내가 돈을 가지고 있으니, 집에 가서 아내한테 돈을 받아 올게요." 케아웨가 말했다.

"그건 좋은 생각이 아니야, 친구. 절대로 여자에게 돈을 맡겨선

안 돼. 여자들은 전부 못 믿을 것들이니까. 마누라한테서 눈을 떼지 말고 계속 감시하게."

그때까지 마신 술로 정신이 혼미할 지경인 케아웨의 가슴에 갑판장의 말이 콱 박혔다.

'코쿠아를 의심하면 안 되지만, 뭔가 잘못된 게 분명해. 그렇지 않다면 내가 저주에서 벗어났는데 왜 그토록 우울해한단 말이야? 내가 바보가 아니라는 걸 보여주겠어. 현장에서 붙잡을 테야.'

그리하여 그들은 마을로 돌아왔다. 케아웨는 갑판장에게 옛 교도소 자리 옆 모퉁이에서 기다리라고 한 다음 혼자 길을 걸어 올라가 자기 집 문 앞에 이르렀다. 밤이 되어 집 안에는 불이 켜져 있었으나 안에서는 아무 소리도 나지 않았다. 케아웨는 살금살금 모퉁이를 돌아 가만히 뒷문을 열고 안을 들여다보았다.

코쿠아가 바닥에 앉아 있고, 옆에는 불을 밝힌 램프가 놓여 있었다. 그녀 앞에는 몸통이 볼록하고 목이 긴 우윳빛 병이 있었다. 코쿠아는 그 병을 바라보면서 초조한 태도로 두 손을 비벼대거나 쥐어짜기를 거듭했다.

케아웨는 선 채로 한참 동안 문간 안쪽을 바라보았다. 처음에는 놀라서 정신이 어리벙벙했으나 이윽고 두려움에 휩싸였다. 샌프란시스코에서 그랬던 것처럼 거래가 잘못되어 그 병이 다시 자신에게로 돌아왔다고 생각했기 때문이다. 그러자 다리에 힘이 빠지고 아침 강가에서 안개가 걷히듯 술기운이 확 달아났다. 그 순간 또 다른 생각이 뇌리를 스쳤다. 설마 하면서 뺨이 화끈 달아올랐다.

'내 생각이 맞는지 확인해봐야겠어.'

케아웨는 뒷문을 닫고 모퉁이를 살금살금 돌아서 현관 앞으로 갔다. 그리고 지금 막 집에 들어온 것처럼 시끄러운 소리를 내며 안으로 들어갔다. 그런데 현관문을 열었을 때 병은 보이지 않았다. 코쿠아는 의자에 앉아 있다가 막 잠에서 깬 사람처럼 일어났다.

"종일 술을 마셨더니 기분이 아주 좋구려. 멋진 친구들과 함께 있었소. 돈을 가지러 집에 들렀지. 다시 돌아가 그들과 함께 흥청망청 놀 거요." 케아웨가 말했다.

케아웨의 표정과 말투는 판결을 내리듯 엄숙했지만 코쿠아는 마음이 너무 괴로워 그걸 알아차리지 못했다.

"여보, 당신 돈이니 마음껏 쓰세요." 그렇게 말하는 코쿠아의 목소리가 떨렸다.

"아, 뭐든지 내가 알아서 할 거요." 케아웨는 그렇게 말하며 곧장 상자가 있는 곳으로 가서 돈을 꺼냈다. 그런 다음 병을 보관해두었던 상자 구석 자리를 살펴보았는데, 아까 보았던 병이 없었다.

그 순간 상자가 바닥 위에서 파도처럼 너울거리고 집이 소용돌이치는 연기처럼 그의 주위를 빙빙 도는 것 같았다. 이제 정말 막다른 길에 이르렀으며, 더는 달아날 곳이 없다고 느껴졌다. '걱정했던 게 맞아. 코쿠아가 병을 산 거야.'

잠시 후 약간이나마 정신을 차린 그는 몸을 일으켜 세웠다. 샘물처럼 차가운 식은땀이 빗물 떨어지듯 흘러내렸다.

"코쿠아, 오늘 내 기분이 영 별로라고 말했잖소. 이제 유쾌한 친구들에게로 돌아가 다시 흥겹게 마시며 놀아볼 생각이오." 그 말을 하고 나서 케아웨는 부드럽게 웃었다. "당신만 괜찮다면 즐겁게 한 잔 더 하고 오겠소."

코쿠아가 돌연 그의 무릎을 껴안았다. 그러고는 눈물을 흘리며 무릎에 입을 맞춘 다음 이렇게 소리쳤다. "여보, 전 당신의 따뜻한 말한마디면 돼요!"

"우리, 앞으로는 서로에게 절대 모진 생각을 하지 맙시다." 케아웨는 그렇게 말하고 나서 밖으로 나갔다.

케아웨가 가지고 나온 돈은 타히티에 도착했을 때 환전했던 상팀 동전 몇 개뿐이었다. 그는 더 이상 술을 마실 생각이 없었다. 아내는 자신을 위해 영혼을 바쳤다. 이제는 그가 아내를 위해 자신의 영혼을 바칠 차례다. 그에게는 오직 그 생각뿐이었다.

옛 교도소 자리 옆 모퉁이에서 갑판장이 기다리고 있었다.

"아내가 병을 가지고 있습니다. 내가 그 병을 되찾도록 도와주지 않으면 돈이고, 술이고, 더는 없습니다." 케아웨가 말했다.

"설마 그 병에 관한 이야기가 진담은 아니겠지?" 갑판장이 큰 소리로 물었다.

"여기 램프가 있으니 내 얼굴을 잘 보세요. 내가 지금 농담하는 것처럼 보입니까?"

"그러고 보니 자넨 유령처럼 진지해 보이는군."

"자, 그럼, 여기 2상팀이 있습니다. 지금 우리 집으로 가서 내 아내에게 이 가격으로 그 병을 사겠다고 하세요. 그러면 아내는 즉시 그 병을 당신한테 팔 겁니다. 여기서 기다리고 있을 테니, 그 병을 여기로 가져오세요. 그럼 제가 1상팀에 다시 살게요. 병을 구입한 가격보다 더 싸게 팔아야 한다는 것이 거래 원칙이거든요. 하지만 무슨 일이 있어도 아내에게 내가 보내서 왔다는 말을 하면 안 됩니다."

"친구, 지금 나를 놀리는 거야?"

"내가 놀린다 해도 손해 볼 건 없잖아요."

"그건 그렇군."

"내 말이 의심스럽다면 시험해보세요. 병을 사서 집에서 나오는
즉시 호주머니에 돈이 가득 들어 있게 해달라거나, 최고급 럼주 한
병을 달라거나, 여하튼 원하는 걸 말해보세요. 그러면 그 병의 위력을
알게 될 겁니다."

"알겠네, 원주민 친구. 그렇게 해보지. 그런데 나를 놀리는 거라
면 난 밧줄로 자네 목을 매달아버릴 거야."

그리하여 포경선 갑판장은 길을 걸어 올라갔고, 케아웨는 서서
기다렸다. 전날 밤 코쿠아가 노인을 기다렸던 장소와 가까운 곳이었
다. 케아웨는 아내보다 결심이 확고했으므로 전혀 흔들리지 않았다.
다만 그의 영혼이 절망으로 비통할 뿐이었다.

케아웨에게 시간은 더디게 흘렀다. 한참을 기다린 끝에 드디어
어둠 속에서 한 남자의 노랫소리가 들려왔다. 케아웨는 목소리의 주
인공이 갑판장이라는 것을 알아차렸다. 그런데 의아하게도 그의 목
소리는 몹시 취한 것처럼 들렸다.

잠시 후 그가 비틀거리며 램프 불빛 속으로 들어왔다. 그는 외투
안에 악마의 병을 넣고 단추를 단단히 잠근 채로 걸어왔는데, 손에는
다른 병을 들고 있었다. 그는 가까이 다가오면서도 술병을 입에 대고
병나발을 불었다.

"가지고 왔군요. 그래, 그겁니다." 케아웨가 말했다.

갑판장이 뒤로 펄쩍 물러서며 소리 질렀다. "손대지 마! 나에게 한 발자국이라도 다가오면 주둥이를 날려버릴 거야. 자네는 나를 심 부름꾼으로 부려먹을 수 있을 거라고 생각했지?"

"그게 무슨 말입니까?"

"무슨 말이냐고? 내 말인즉슨 이게 아주 굉장한 병이라는 거야. 어떻게 2상팀으로 이런 물건을 손에 넣었는지 도저히 이해가 안 돼. 하지만 한 가지 확실한 게 있어. 1상팀을 받고 자네에게 팔 일은 절대 없다는 거야."

"그러면 팔지 않겠다는 말인가요?" 케아웨가 숨 넘어갈 듯한 목 소리로 말했다.

"안 판다니까! 그렇지만 자네가 원한다면 이 럼주를 한 잔 줄 수 는 있지." 갑판장이 소리 질렀다.

"내 말을 들어봐요. 그 병을 가진 사람은 지옥에 간단 말이에요."

"난 어차피 지옥에 갈 텐데 뭐. 이 병은 정말 최고야! 지옥에 가 져가기엔 더할 나위 없이 훌륭하지. 그러니 절대 안 팔아!" 그가 다시 소리 질렀다. "이제 이건 내 거야. 딴 데 가서 딴 병이나 찾아봐."

"정말 그럴 생각입니까? 당신을 위해서 하는 얘기예요. 내게 파 세요!" 케아웨가 소리쳤다.

"자네 말은 들을 가치도 없어. 자넨 날 바보로 봤나 보군. 이제 바보가 아니라는 걸 알겠지? 얘기는 다 끝났네. 자네가 럼주를 한 잔 들이켜지 않겠다면 내가 마셔야겠어. 자네의 건강을 위해 건배! 그럼 잘 가게!" 갑판장이 대꾸했다.

그 말을 남긴 다음 갑판장은 길을 따라 마을을 향해 내려갔다.

그 뒤로 병에 대한 이야기는 들려오지 않았다.

　케아웨는 바람처럼 가벼운 걸음으로 코쿠아에게 달려갔다. 그날 밤 두 사람은 이루 말할 수 없는 기쁨을 맛보았다. 그날 이후 그들 부부는 빛나는 집에서 평화롭게 살고 있다.

The Body Snatcher

시체 도둑

◊
◊
◊

그해 우리 네 사람, 그러니까 장의사와 여관 주인, 페티스와 나는 매일 밤 데버넘에 있는 조지 여관의 작은 응접실에 모였다. 더 많은 사람이 모일 때도 있었지만, 바람이 많이 불든 적게 불든 비가 오든 눈이 오든 서리가 내리든 간에 우리 넷은 하루도 거르지 않고 그곳으로 와서 각기 지정된 안락의자에 몸을 깊숙이 묻고 저녁 시간을 보냈다. 스코틀랜드 태생의 술주정뱅이 노인 페티스는 많이 배운 티가 났고, 빈둥거리며 사는 것으로 보아 재산도 꽤나 있는 게 분명했다. 그는 오래전, 아직은 젊었을 때 데버넘에 왔는데, 그 뒤로 여기서 눌러 살다 보니 이제는 이 고장 사람이 다 되었다. 낙타 모직으로 만든 그의 푸른색 망토는 교회 첨탑만큼이나 이 지역의 명물이 되었다. 조지 여관 응접실에 그의 지정석이 있다는 것과 그가 교회에 출석하지 않는다는 것과 그의 오랜 폭음 그리고 나쁜 평판 따위는 데버넘에서 모르는 사람이 없었다. 그는 모호한 급진주의와 얄팍한 무신론에 물들어 있었는데, 가끔씩 떨리는 손으로 탁자를 내리치며 자기 의견을 역설하곤 했다. 페티스는 매일 밤 럼주를 다섯 잔씩 마셨다. 조지 여관에 와 있는 동안 주로 오른손에 술잔을 들고 술이 잔뜩 취해서 울적한 상태로 앉아 있었다. 우리는 그를 의사라고 불렀다. 의학에 조예가 깊은 듯했고, 긴급한 상황에서는 골절을 치료하거나 탈구된 뼈를 맞춰주기도 했기 때문이다. 그러나 이렇듯 별것 아닌 특징을 제외하고는 그의 성격과 이력에 대해 아는 바가 없었다.

어느 캄캄한 겨울밤, 9시를 알리는 종이 울리고 여관 주인이 우리와 합석했다. 그때 조지 여관에 아픈 사람이 한 명 있었다. 인근에 사는 대지주가 의회로 가는 도중 갑자기 뇌졸중으로 쓰러진 것이다. 이 대단한 인물을 치료하기 위해서 그보다 더 대단한 런던의 의사에게 왕진을 요청하는 전보를 쳤다고 했다. 철도가 이제 막 개통된 터라 데버넘에 이런 일이 일어난 것은 처음이었고, 우리는 모두 이 같은 일 처리에 덩달아 감격했다.

"그 사람이 온다는구먼." 여관 주인이 파이프에 담뱃잎을 넣고 불을 붙인 뒤 말했다.

"그 사람? 누구? 의사?" 내가 말했다.

"맞아. 그 사람." 주인이 대답했다.

"이름은 뭐래?"

"맥팔레인 박사."

페티스는 럼주를 석 잔째 들이켜고 있던 터라 정신이 몽롱한 상태로 고개를 꾸벅거리다가 어리벙벙한 표정으로 주위를 둘러보았다.

그러나 주인의 마지막 말에 정신이 번쩍 깬 듯 '맥팔레인'이라는 이름을 두 번 반복해서 말했다. 처음에는 나직이 읊조리더니 다음에는 돌연 북받치는 감정으로 소리쳤다.

"맞아. 그게 그 사람 이름이야. 울프 맥팔레인 박사." 여관 주인이 말했다.

페티스는 화들짝 술에서 깨어났다. 눈빛이 맑아졌을 뿐만 아니라 목소리는 크고 또렷해지고 안정되었으며, 말투도 진지해졌다. 그같은 변화에 우리는 마치 죽은 사람이 다시 살아난 것을 보기라도 한 것처럼 깜짝 놀랐다.

"미안하네만 자네 말에 그다지 주의를 기울이지 못했어. 그 울프 맥팔레인이 뭐 하는 사람이라고?" 페티스가 말했다. 그런 다음 여관 주인이 하는 말을 듣고 나서 덧붙였다. "그럴 리가. 그럴 리가 없는데. 그 사람을 직접 만나 확인해보고 싶어."

"아는 사람이오, 의사 양반?" 장의사가 놀란 목소리로 물었다.

"그 사람이 아니기를 바랄 뿐이네! 하지만 특이한 이름이라, 그 이름을 가진 사람이 둘 있다고 생각하기는 쉽지 않단 말이야. 어이, 주인장, 그 사람 나이가 많아 보이던가?"

"글쎄, 젊은 사람은 아니었네. 머리가 백발이긴 했어. 그렇지만 자네보다는 젊어 보였지." 여관 주인이 대답했다.

"아니, 그 사람은 나보다 나이가 많아. 몇 살 더 많지. 그런데…." 페티스가 탁자를 탁 치며 말했다. "내 얼굴은 럼주 때문에 더 나이 들어 보이는 거야. 럼주와 지은 죄 때문이지. 그 사람은 자기 편한 대로 양심을 바꾸는 사람이라 소화력도 좋을 거야. 양심이라! 내 말 좀 들어주게. 자네들은 내가 선량하고 점잖게 나이 든 기독교인일 거라고 생각하지? 안 그래? 하지만 아니야. 나는 그런 사람이 아니었어. 나는 결코 믿음이 독실한 척 가식을 떨지 않았어. 무신론자 볼테르라도 내 입장이었으면 가식을 떨었을걸? 그러나 머리는 말이지." 그는 이 대목에서 자신의 대머리를 톡톡 두드렸다. "머리는 명석하고 잘 돌아갔어. 그리고 난 똑똑히 보았다네. 절대 추정한 게 아니야."

한동안 어색한 침묵이 흐른 뒤 내가 조심스럽게 입을 열었다. "그 의사를 잘 아는 것 같은데, 여관 주인과는 달리 그를 좋게 생각하지 않는가 보군요."

페티스는 내 말에 아무런 대꾸도 하지 않다가 갑자기 결심한 듯 말했다. "그래, 그의 얼굴을 맞대고 만나봐야겠어."

또다시 침묵이 흘렀고, 얼마 지나지 않아 2층에서 문 닫히는 소리가 크게 들리더니 이어 계단을 내려오는 발소리가 들렸다.

"그 의사야. 얼른 나가보라고. 지금 가면 그를 만나볼 수 있어." 주인이 소리쳤다.

작은 응접실에서 조지 여관의 낡은 입구까지는 단 두 걸음 정도밖에 되지 않았다. 넓은 참나무 계단은 길거리에 거의 인접해 있었다. 문턱과 마지막 계단 사이에는 튀르키예산 깔개 하나만 놓여 있을 뿐, 그 이상의 공간은 없었다. 그러나 계단의 불빛과 간판 아래의 커다란 표등◆, 무엇보다 술집 창문에서 나오는 따뜻한 불빛이 매일 저녁

◆　무엇을 표시하는 등불

이 좁은 공간을 밝게 비춰주었다. 조지 여관은 추운 거리를 지나가는 행인들의 눈을 화려한 불빛으로 사로잡았다. 페티스는 그곳까지 침착하게 걸어갔고, 뒤를 따르던 우리는 두 사람이 만나는 것을, 페티스 말대로 '얼굴을 맞대고' 만나는 것을 보게 되었다. 맥팔레인 박사는 기민하고 활기찬 사람이었다. 혈기 왕성한 모습이었지만, 백발 때문에 좀 더 창백하고 차분해 보였다. 그는 고급 브로드클로스*와 새하얀 리넨으로 지은 값비싼 옷을 입었고, 훌륭한 금 시곗줄과 금장식 단추 그리고 역시 금테를 두른 안경을 착용했다. 흰색 바탕에 연보라색 점무늬가 있는 넥타이를 넓게 접어 맸으며, 한쪽 팔에는 여행용 모피 코트를 걸쳤다. 인생의 전성기를 누리고 있는 게 분명한 모습이었다. 숨을 쉴 때마다 부와 명예가 느껴질 정도였다. 대머리에 지저분하고 얼굴에는 뾰루지가 난 데다 낡은 낙타 모직 망토를 걸친 우리 응접실의 술고래, 페티스가 마지막 계단에서 그 의사와 얼굴을 마주하고 있으니 이 대비가 얼마나 놀랍던지.

"맥팔레인!" 페티스는 의사의 친구라기보다는 전령처럼 그의 이름을 불렀다.

그 대단한 의사가 네 번째 계단에서 움찔하며 멈춰 섰다. 자신의 이름을 부르는 익숙한 소리에 깜짝 놀란 듯했다. 또한 품위를 다소 손상당한 듯한 표정도 내비쳤다.

"토디 맥팔레인!" 페티스가 다시 이름을 불렀다.

♦　촘촘하고 광택이 있는 천

그 런던 의사는 비틀거린 듯했다. 그는 재빠르게 자기 앞에 나타난 남자를 응시한 다음, 두려운 표정으로 뒤를 흘낏 돌아보았다. 그러고 나서 놀란 목소리로 나직이 말했다. "페티스! 자네로군!"

"그래, 나요! 나도 죽었다고 생각했소? 우리 인연이 꽤 질긴가 보구려." 페티스가 말했다.

"쉿, 쉿! 자네를 이렇게 만날 거라곤 꿈에도 생각지 못했어. 얼굴이 예전 같지 않군. 많이 상했어. 자네를 못 알아볼 뻔했지 뭔가. 사실 처음엔 자네인지 몰랐네. 아무튼 반가워. 이렇게 만나니 정말 반갑군. 그런데 지금은 만나자마자 작별해야 할 상황이라네. 마차가 기다리고 있거든. 기차를 놓쳐서도 안 되고. 음, 그래, 자네 주소를 알려주게. 조만간 자네한테 연락할게. 페티스, 자네를 위해 뭔가를 해야겠어. 자네 옷이 많이 낡은 것 같아. 여하튼 조만간 만나서 저녁이나 먹으며 옛 추억에 잠겨보세."

"돈! 당신한테 받은 그 돈! 당신한테 받은 그 돈은 그날 빗속에 던져버렸소." 페티스가 소리쳤다.

맥팔레인 박사는 어느 정도 우쭐하고 자신만만하게 얘기했으나 의외로 강하게 거절하는 말을 듣자 페티스를 처음 마주했을 때처럼 당황스러워 보였다.

험상궂게 일그러진 표정이 덕망 높은 의사의 얼굴을 스치고 지나갔다. "이 친구야, 그럼 자네 좋을 대로 하게. 내 마지막 말에 자네 기분이 상했나 보군. 남에게 내 생각을 강요하고픈 마음은 없네. 자네한테 내 주소를 남기고 갈게. 그렇지만…."

"그런 건 필요 없소. 당신이 어느 지붕 아래서 사는지 따위는 알고 싶지 않으니까." 페티스가 의사의 말을 끊고 대꾸했다. "난 당신의 이름을 듣고는 그 이름의 주인공이 진짜 당신일까 봐 두려웠소. 난 하느님이 진짜 있는지 알고 싶었는데, 없는 게 확실한 모양이오. 이제 그만 꺼지시오!"

페티스는 여전히 문턱과 마지막 계단 사이에 놓인 깔개 한가운데 서 있었다. 이 대단한 런던 의사가 그 자리를 벗어나기 위해서는 한쪽으로 비켜 갈 수밖에 없었다. 의사는 이렇듯 굴욕적인 상황에서 얼마간 망설인 게 분명했다. 얼굴은 하얗게 질렸지만 안경 너머 두 눈이 위협하듯 번뜩거렸다. 그러나 아직 마음을 정하지 못하고 멈춰 서 있는 동안 그는 거리 저쪽에서 마부가 이 흔치 않은 광경을 응시하고 있다는 걸 알아차렸으며, 동시에 주점 한 구석에 옹송그리며 모여 있는 우리 응접실 남자들도 눈에 들어왔다. 지켜보는 사람이 너무 많다는 것을 알게 된 그는 즉시 도망가기로 마음먹었다. 그는 몸을 웅크리고 벽판을 몸으로 쓸면서 문을 향해 독사처럼 재빨리 내빼려 했다. 그러나 그의 시련은 아직 끝난 게 아니었다. 의사가 지나갈 때 페티스가 그의 팔을 붙잡더니 나직하지만 또렷하게 물었다. "그걸 다시 본 적 있소?"

훌륭하고 부유한 런던 의사는 누가 목을 조르기라도 한 듯 날카로운 비명을 질렀다. 그는 페티스를 밀쳐 공간을 확보한 다음 두 손으로 머리를 감싸 쥐고 도둑질을 하다 들킨 도둑처럼 문밖으로 도망쳤다. 우리 중 하나가 뭐라도 말을 건네기도 전에 마차는 이미 덜컹거리며 기차역을 향해서 떠나버렸다. 그 광경은 꿈처럼 끝났다. 하지만 그 꿈은 증거와 흔적을 남겼다. 다음 날 아침 하인이 문간에서 부

러진 금테 안경을 찾아냈기 때문이다. 사건 당일 밤 우리 세 사람 모두 주막 창문 옆에 숨죽이며 서 있었다. 페티스도 냉정하고 창백하고 결연한 표정으로 우리 곁에 서 있었다.

"하느님 맙소사, 페티스!" 가장 먼저 정신이 돌아온 여관 주인이 말했다. "도대체 이게 다 무슨 일인가? 자네가 한 말들은 참으로 이상하네그려."

페티스가 우리 쪽으로 몸을 돌리더니 한 사람 한 사람의 얼굴을 차례로 들여다보고 나서 입을 열었다. "자네들 입이 얼마나 무거운지 한번 봐야겠어. 저 맥팔레인이라는 작자는 함부로 상대하기엔 너무나 위험한 인물이야. 그런 식으로 저자에게 맞섰던 사람들은 나중에 후회했지만, 그땐 이미 너무 늦었다고."

그런 다음 그는 나머지 두 잔을 기다리기는커녕 마시고 있던 세 번째 잔조차 비우지 않은 채 작별 인사를 하고는 여관의 등불 밑을 지나 어둠 속으로 사라졌다.

남겨진 우리 세 사람은 난롯불이 일렁이고 네 개의 초가 밝게 켜진 응접실의 늘 앉던 자리로 돌아갔다. 우리는 그날 밤 일어난 일을 반추했는데, 처음에는 등골이 오싹했지만 이 놀라움은 곧 호기심으로 바뀌었다. 우리는 밤늦게까지 자리를 지키며 이야기를 나누었다. 내 기억으로는 우리가 조지 여관에서 가장 늦게까지 머문 날이었다. 응접실을 떠나기 전에 우리 각자는 나름의 이론을 세우고 증명하려 애썼다. 우리에겐 사연 많은 친구의 과거를 추적하고 대단한 런던 의사와 공유한 비밀을 알아내는 일이 세상 그 무엇보다 시급하게 느껴졌다. 대단한 자랑은 아니지만, 나는 내가 조지 여관에 있는 다른 친구들보다 비밀스러운 이야기를 슬며시 캐내는 재주가 뛰어나다고 믿는다. 아마도 지금부터 이어지는 역겹고 사악한 사건을 나만큼 잘 설명할 수 있는 사람은 세상에 없을 것이다.

젊은 시절 페티스는 에든버러에 있는 학교에서 의학을 공부했다. 그는 꽤 재능 있는 학생이었다. 특히 들은 내용을 재빨리 파악해서 자기 것으로 소화하는 능력이 뛰어났다. 집에서 열심히 공부하는 편은 아니었지만, 선생들 앞에서는 예의 바르고 주의 깊고 똑똑하게 굴었다. 덕분에 페티스는 강의를 집중해서 듣고 기억력이 뛰어난 젊은이로 인정받았다. 이 말을 처음 들었을 때는 선뜻 이해할 수 없었지만, 젊었을 때 페티스는 훌륭한 외모로 호감을 샀다고 한다. 그 시기에 해부학을 가르쳤던 외래 교수가 있었는데, 여기서는 그를 K라고 부르겠다. K의 이름은 훗날 널리 알려지게 된다. 사람들이 버크의 교수형 집행에 박수를 치고 환호하면서 버크를 고용한 사람도 처형하라고 소리쳐 요구하는 동안, 이 K라는 사람은 변장한 채 에든버러 거리를 숨어 다녀야 했다.[*] 그러나 그보다 한참 전인 이 당시의 K는 최고의 인기를 누리고 있었다. 그는 자신의 재능과 훌륭한 강의 덕분에, 한편으로는 라이벌 교수의 무능 때문에 인기를 누렸다. 아무튼 학생들은 그를 깊이 신뢰했다. 일약 유명해진 이 사람으로부터 총애를 받게 된 페티스는 자기가 성공의 기초를 다졌다고 믿었으며, 그를 지

---

[*] 1820년대 후반에 에든버러에서 여관업을 하던 버크와 해어가 16명의 여관 투숙객을 살해한 뒤 그 시체를 로버트 녹스라는 해부학 교수에게 팔아넘긴 사건이 있었는데, 여기서 K는 그 녹스(Knox)를 말한다.

켜보는 사람들도 그렇게 생각했다. K는 뛰어난 선생이었을 뿐 아니라 인생을 즐길 줄도 아는 사람이었다. 그는 철저히 수업을 준비했고 가끔씩 수업 중에 익살스러운 암시를 던지기도 했다. K의 두 가지 면모를 전부 좋아했던 페티스는 그에게 점점 주목을 받았다. 입학하고 나서 두 번째 해가 되었을 때 페티스는 제2의 조수 혹은 부조교라 할 만한, 반[半]정규직 성격의 직책을 맡게 되었다.

그는 부조교 사격으로 해부학 실험실과 강의실 관리를 담당했다. 두 곳을 청결하게 유지하고 다른 학생들을 안내하는 일이었다. 또한 해부용 시체를 공급, 수령, 분배하는 일도 그의 주요 임무였다. 당시 이런 일은 무척 예민하고 까다로운 사안이었는데, 이 임무를 순탄하게 처리하기 위해 K는 페티스를 해부실 근처 집에서 하숙하게 했고, 나중에는 아예 해부실과 같은 건물에서 지내게 했다. 이곳에서 지내는 동안 페티스는 시끌벅적한 쾌락의 밤을 보낸 뒤에도 겨울 새벽녘 깜깜한 시간에 불결하고 사나운 침입자들이 해부용 시체를 가지고 오면 손이 덜덜 떨리고 눈이 침침하고 정신이 몽롱한 채로 침대에서 나와야 했다. 페티스는 악명 높은 이 사내들에게 문을 열어주고, 그들을 도와 비참해 보이는 시체를 안으로 옮기고, 그들에게 불결한 행위에 대한 대가를 지불했다. 그들이 떠난 뒤 섬뜩한 망자와 함께 덩그라니 남은 그는 밤에 혹사당한 것을 벌충하고 그날 일과를 수행하는 데 필요한 기력을 회복하고자 한두 시간 눈을 붙이곤 했다.

인간은 결국 죽는다는 명제를 실감하게 만드는 시체들 사이에서 페티스만큼 무감각하게 지낼 수 있는 젊은이는 몇 없을 것이다. 그의 마음은 보편적인 가치에 눈을 감았다. 그저 자신의 욕망과 저열한 야망의 노예일 뿐, 다른 사람의 운명이나 미래에 관심을 가질 여유가 없었다. 그는 차갑고 경박하고 이기적인 사람이었지만, 흔히 도덕성으로 착각하는 신중함을 어느 정도는 가지고 있던 터라 남에게 폐를 끼칠 정도로 술주정을 부리거나 처벌받을 만한 도둑질은 하지 않았다. 게다가 스승들과 동료 학생들로부터 존중받고 싶은 욕망이 컸으므로 겉으로 드러나는 오점을 남기고 싶어 하지 않았다. 그래서 그는 우수한 성적을 얻는 데서 기쁨을 느꼈으며, 자신을 믿고 일을 맡겨준 K의 눈에 쏙 들려고 매일같이 노력했다. 페티스는 낮에 열심히 일했기 때문에 밤에는 노고를 보상받는 심정으로 떠들썩하고 거칠게 놀았다. 이 두 가지가 적절하게 균형을 이룰 때면 그는 전혀 양심의 가책을 느끼지 않았다.

해부용 시체 공급은 그의 스승뿐 아니라 페티스에게도 계속 골치 아픈 문제였다. 수강생이 많고 분주한 수업이었기에 해부 실험에 필요한 시체는 늘 부족했다. 따라서 어쩔 수 없이 시체 거래를 했지만, 그 일은 즐겁지 않을뿐더러 자칫하다가는 관련된 사람 모두를 위험에 빠뜨릴 수 있었다. 해부용 시체 공급에 관한 K의 방침은 거래할 때 어떤 질문도 하지 않는 것이었다. "그 사람들은 시체를 가져오고 우리는 그 값을 지불할 뿐이야. 뭔가를 받으면 마땅히 대가를 치러야 하니까." 그러고 나서 조교들을 보며 다소 상스럽게 덧붙이곤 했다. "아무런 질문도 하지 마. 양심을 위해서라도 말이야." 해부용 시체가 살인의 결과로 공급된다는 생각은 아무도 하지 못했다. 만약 K에게 그런 생각을 직접 말한다면 K는 질겁했을 것이다. 그러나 그토록 엄중한 문제에 대해 말을 가볍게 한 것은 결코 좋은 태도가 아니었고, 그 밑에서 일하는 사람들에게는 그런 식으로 행동하라는 유혹이 되었다. 예를 들어 페티스는 종종 시체가 유난히 신선하다고 혼자서 중얼거리곤 했다. 또한 동이 트기 전 그를 찾아오는 악당 같은 사내들의 쭈뼛거리는 행동과 혐오스러운 표정에 매번 충격을 받았다. 그래서 혼자 가만히 전후 사정을 짜맞춰보니, 지금껏 스승의 경솔하고 직설적인 조언에 지나치리만큼 비도덕적이고 단정적인 의미를 부여한 듯싶었다. 그는 자신의 임무를 다음 세 가지로 요약했다. 해부용 시체를 인수하는 것, 돈을 지불하는 것 그리고 범죄의 증거에 대해서는 모른 척하는 것.

　어느 11월 아침, 침묵을 지킨다는 이 방침이 엄중한 시험대에 올랐다. 그날 페티스는 치통이 몹시 심해서 밤새 잠을 설쳤다. 우리에 갇힌 짐승처럼 방 안을 왔다 갔다 하거나 화를 내며 침대에 몸을 던지곤 했다. 그러다가 고통스러운 밤 끝자락에 흔히 그렇듯 깊고 불편한 잠에 빠졌지만, 얼마 지나지 않아 미리 합의된 대로 서너 번 거칠게 문 두드리는 소리가 나는 것을 듣고 잠에서 깼다. 엷은 달빛이 밝게 비쳤다. 바람이 불고 서리가 내리는 몹시 추운 날이었다. 마을은 아직 깨어나지 않았지만, 뭐라고 말할 수 없는 종류의 동요가 그날 벌어질 소동을 미리 예고하는 것 같았다. 그 악귀 같은 자들은 평소보다 늦게 도착한 주제에 평소보다 더 빨리 돌아가고 싶어 안달하는 것 같았다. 페티스는 잠에 취한 채 불을 밝히고 그들을 위층으로 안내했다. 비몽사몽한 가운데 그자들이 아일랜드어로 투덜거리는 소리가 들렸다. 그들이 자루에서 서글프고 불쌍한 상품을 꺼낼 때도 페티스는 벽에 어깨를 기댄 채 졸고 있었다. 페티스는 그들에게 돈을 지불해야 했으므로 몸을 흔들어 잠을 쫓았다. 그러던 중에 문득 페티스의 눈길이 망자의 얼굴에 머무르는 순간, 그는 깜짝 놀랐다. 페티스는 촛대를 높이 들고 두 걸음 가까이 다가갔다.

"하느님 맙소사! 제인 갤브레이스잖아!" 그가 소리쳤다.

사내들은 그의 말에 아무런 대꾸도 없이 발을 질질 끌며 문 쪽으로 물러섰다.

"내가 아는 여자예요. 어제까지만 해도 건강하게 살아 있었다고요. 그런 사람이 죽다니, 이건 말이 안 돼요. 당신들이 이 시체를 정상적인 방법으로 구했을 리 없어요." 페티스가 말했다.

"전혀 그렇지 않아요, 선생. 뭔가 잘못 알고 있는 겁니다." 한 사내가 말했다.

그러나 다른 사내는 페티스의 눈을 음습하게 노려보며 당장 돈을 달라고 요구했다.

사내들의 위협을 오해하거나 페티스가 처한 위험을 과장했을 리가 없었다. 페티스는 겁이 나서 심장이 멎을 것 같았다. 그래서 더듬더듬 변명을 늘어놓으며 돈을 세어 지불한 다음, 살기 어린 방문객들이 떠나는 것을 지켜보았다. 그들이 떠나자마자 서둘러 자신이 잘못 본 것은 아닌지 확인해보았다. 아무리 살펴봐도 바로 전날 밤 농담을 주고받았던 그 아가씨가 확실했다. 두려움에 떨면서 시신을 살펴보니 그녀의 몸 여기저기에 남은 폭력의 흔적들이 눈에 들어왔다. 공황 속에 빠져 숨듯이 자기 방에 들어간 그는 자신이 발견한 사실에 대해 오랫동안 곰곰이 생각했다. K가 제시한 지침의 의미 그리고 이토록 심각한 일에 개입함으로써 자신에게 닥칠 수 있는 위험에 대해서

200

도 냉철하게 생각해보았다. 그는 극심한 당혹감을 느끼며 자신의 직속 상관인 조교에게 조언을 청하기로 마음먹었다.

이 조교가 바로 젊은 의사 울프 맥팔레인이었다. 그는 온갖 부류의 분별없는 학생들 사이에서 호평을 받았다. 똑똑하지만 방탕했고 너무나 부도덕했다. 외국 여행과 유학 생활 경험도 있었다. 성격이 유쾌하면서 조금 뻔뻔한 구석도 있었다. 연극에 대한 조예가 깊었고, 스케이트와 골프에 능했다. 세련되고 대담한 옷을 즐겨 입었으며, 그가 가진 마차와 튼튼한 말 한 필은 그의 멋진 모습에 완벽한 마침표를 찍어주었다. 그는 페티스와 친밀한 사이었다. 실제로 두 사람은 일종의 공생 관계에 있었다. 해부용 시체가 부족해지면 두 사람은 맥팔레인의 마차를 타고 먼 시골로 가서 외딴 무덤을 파헤쳤고, 동이 트기 전에 시체를 챙겨 해부실로 돌아오곤 했다.

그 특별한 날 아침, 맥팔레인은 평소보다 약간 일찍 도착했다. 그가 오는 소리를 듣고 계단을 내려가다가 그와 마주친 페티스는 자신이 밤새 겪은 이야기를 들려주었다. 그런 다음 자기가 무엇 때문에 놀랐는지 직접 보여주었다. 맥팔레인은 여자의 몸에 난 상처 자국들을 살펴본 뒤 끄덕이며 말했다.

"맞아, 수상한 냄새가 나는데."

"그럼 어떻게 해야 하죠?" 페티스가 물었다.

맥팔레인이 되물었다. "어떻게 하다니? 뭐가 하고 싶은 거야? 말을 적게 할수록 재앙도 적은 법이야."

"누군가 이 여자를 알아볼 수도 있어요. 알 만한 사람들은 다 아는 여자라고요." 페티스가 물러서지 않고 대꾸했다.

"그런 일이 없기를 바라야지. 만약 누가 알아본다면, 음, 자네는 이 여자를 모르는 척하는 거야. 알겠지? 그럼 그걸로 끝이야. 솔직히 이런 일은 꽤 오래전부터 있어 왔어. 이 진흙탕을 휘젓는 순간 K 교수는 끔찍한 곤경에 빠지고 말 거야. 자네 역시 궁지에 몰리게 될 테고. 자네가 곤란해지면 당연히 나도 그렇게 되겠지. 우리가 이 기독교 국가의 증인석에 서면 사람들 눈에 어떻게 보일지 궁금하군. 우리 자신을 변호하기 위해 무슨 말을 해야 할지 그것도 궁금하고. 솔직히 말해 우리가 쓴 시체는 다 살해된 거였어."

"맥팔레인!" 페티스가 소리쳤다.

"그래, 어디 한번 말해봐! 자넨 전혀 의심하지 않았다는 거야?" 맥팔레인이 비웃었다.

"의심은 어디까지나 의심일 뿐이고…."

"증거가 나오는 것과는 다르다는 말이지? 그래, 나도 알아. 이 시체가 여기로 온 건 나도 안타깝고 유감스럽다네." 맥팔레인이 지팡이로 시체를 툭툭 쳤다. "그렇지만 나에게 차선책은 못 알아보는 척하는 거야." 그가 냉정하게 덧붙였다. "나는 모르는 사람이야. 자네는 자네 좋을 대로 해. 이래라저래라 지시하지는 않겠어. 하지만 세상 물정에 밝은 사람이라면 다들 나처럼 할 거야. 그리고 덧붙이자면, 그것이 K 교수가 우리에게 바라는 바라고 생각해. 왜 K는 우리 두 사람을 조수로 뽑았을까? 이 문제를 생각해봐. 그건 K가 말 많은 마누라 같은 사람을 원치 않았기 때문일 거야."

그의 말은 페티스 같은 젊은이의 마음을 흔들어놓기에 충분했다. 페티스는 맥팔레인의 말을 따르기로 했다. 불행한 여자의 시체는 예정대로 해부되었고, 그녀를 안다고 말하거나 그녀가 누구인지 눈치챈 듯한 사람은 아무도 없었다.

하루 일과가 끝난 어느 날 오후, 페티스는 한 유명한 선술집에 들렀다가 맥팔레인이 처음 보는 낯선 사내와 앉아 있는 것을 보았다. 그 남자는 체구가 작고 피부색이 창백했으며 눈동자는 석탄처럼 새까맸다. 이목구비에서 지적이고 세련된 분위기가 느껴졌으나, 태도에서는 그런 느낌이 거의 나지 않았다. 가까이에서 보니 그는 거칠고 저속하고 어리석은 사람이었다. 그러나 맥팔레인은 그 앞에서 꼼짝도 하지 못했다. 그는 독재자처럼 지시를 내렸는데, 맥팔레인이 조금이라도 말대꾸를 하거나 꾸물거리면 격앙된 얼굴로 자신의 말에 무조건 복종해야 한다고 거칠게 그를 훈계했다. 하지만 이렇게 무례하고 공격적인 사람이 정작 페티스에게는 호의를 보이며 술을 권하고, 자신의 과거 이력을 술술 털어놓았다. 만약 그 사람이 고백한 내용 중 10분의 1만 사실이라 해도 그는 참으로 역겨운 악당이 분명했다. 그처럼 세상 경험이 많은 남자가 보이는 호감은 젊은 페티스의 허영심을 자극하기에 충분했다.

그 낯선 사내가 말했다. "난 정말 나쁜 놈이야. 그러나 맥팔레인은 아직 애송이일 뿐이라네. 나는 저 녀석을 토디◆ 맥팔레인이라고 부르지. 토디, 자네 친구에게 술 한 잔 더 시켜줘." 그리고 이렇게 명

◆ 토디라는 단어에는 여우라는 뜻이 있는데, 맥팔레인의 원래 이름이 늑대를 뜻하는 울프 맥팔레인인 것을 감안하면 토디는 조롱할 의도로 폄하해서 부른 이름인 듯하다.

령하기도 했다. "토디, 얼른 뛰어가서 저 문 좀 닫아." 심지어 이런 말도 했다. "토디는 날 싫어해." 그런 다음 같은 말을 반복했다. "사실이잖아, 토디. 넌 날 싫어해!"

"나를 그 빌어먹을 이름으로 부르지 마." 맥팔레인이 그를 향해 으르렁거렸다.

"저 녀석 말하는 것 좀 봐! 자네, 애들이 칼 가지고 노는 걸 본 적 있나? 저 녀석은 내 온몸을 그런 식으로 난도질하고 싶을 거야." 그 낯선 사내가 말했다.

"우리 의사들에겐 그보다 더 좋은 방법이 있답니다. 우린 싫어하는 친구가 죽으면 그 친구를 해부해버리죠." 페티스가 말했다.

맥팔레인이 그따위 농담은 하지 말라는 듯이 페티스를 날카롭게 쏘아보았다.

그렇게 오후 시간이 흘러갔다. 낯선 사내의 이름은 그레이였는데, 그가 페티스에게 저녁도 함께 먹자고 권했다. 그런 다음 이 선술집이 한바탕 부산스러워질 정도로 호화로운 음식을 주문했고, 식사가 다 끝나자 맥팔레인에게 음식값을 계산하라고 명령했다. 그들은 늦은 시간에 헤어졌다. 그레이는 몸을 가누지 못할 정도로 취했다. 맥팔레인은 화가 치밀어서 술이 다 깬 상태였다. 그는 어쩔 수 없이 낭비해야 했던 돈과 꾹 참고 삼켜야 했던 모욕을 되새겼다. 여러 종류의 술을 섞어 마시는 바람에 머릿속이 어지러웠던 페티스는 비틀거리는 발걸음으로 집에 돌아왔다. 정신이 작동을 멈춘 듯 몽롱했다. 다음 날 맥팔레인은 수업에 결석했다. 페티스는 맥팔레인이 참고 봐주기 힘든 그레이를 시중들면서 이 술집 저 술집 돌아다니는 모습을 떠올리며 혼자 배시시 웃었다. 수업이 끝나고 자유 시간이 되자마자 페티스는 지난밤에 어울렸던 두 술친구를 찾아 이곳저곳을 기웃거렸지만 어디에서도 그들을 만날 수 없었다. 결국 그는 일찍 자기 방으로 돌아와 곤히 잠을 잤다.

새벽 4시경, 페티스는 익숙한 신호 소리에 잠에서 깨어났다. 계단을 내려와 문을 연 그는 맥팔레인이 자신의 마차를 끌고 와서 문 앞에 서 있는 걸 보고 깜짝 놀랐다. 마차 안에는 눈에 익은 길쭉하고 오싹한 자루가 하나 놓여 있었다.

"어찌 된 일이에요? 혼자 다녀온 겁니까? 어떻게 혼자서…?" 페티스가 소리쳤다.

그러나 맥팔레인은 거칠게 페티스의 말을 끊더니 어서 일이나 하라고 다그쳤다. 시체를 위층으로 옮기고 탁자에 내려놓자마자 맥팔레인은 그냥 갈 것 같은 동작을 취했다. 그러더니 잠시 멈춰 서서 머뭇거리다가 입을 열었다. "시체의 얼굴을 확인해보는 게 좋을 거야." 말투에서 곤혹스러움이 느껴졌다.

"얼굴을 확인하라고." 페티스가 의아한 표정으로 그를 쳐다보기만 하자 그가 다시 말했다.

"그런데 언제, 어디서, 어떻게 구한 거예요?" 페티스가 물었다.

"얼굴을 확인하라니까." 맥팔레인은 그렇게만 대답했다.

페티스는 더럭 겁이 났다. 이상한 의심이 엄습했다. 그는 이 젊은 의사에게서 눈을 떼고 시체 자루를 쳐다보다가 다시금 그에게로 눈길을 돌렸다. 페티스는 마침내 놀란 마음을 애써 다독이며 맥팔레인이 시키는 대로 했다. 예상했던 광경이 눈앞에 펼쳐졌다. 그럼에도

시체도둑

페티스는 온몸이 오싹해질 만큼 커다란 충격을 받았다. 근사한 옷을 차려입고 고기를 배불리 먹으며 허랑방탕한 언행을 즐기다 자신과 헤어진 사내가 죽어서 빳빳하게 굳어진 알몸 상태로 거친 삼베 자루에 담겨 있는 모습을 보니, 무심하고 인정머리 없는 페티스의 마음속에서도 양심의 가책과 공포가 새삼스레 깨어났다. 아는 사람 둘이나 이 차가운 탁자 위에 놓이는 상황을 겪으니 "내일은 네 차례"♦라는 말이 마음속에서 연신 메아리쳤다. 그러나 이런 생각들은 부차적일 뿐, 당장 울프 맥팔레인을 어떻게 상대할지가 먼저였다. 이처럼 중대한 도전에 대처할 준비가 되어 있지 않은 페티스는 동료의 얼굴을 어떻게 처다보아야 할지 몰랐다. 그는 감히 맥팔레인과 눈을 마주칠 용기가 나지 않았고, 그의 지시에 찍소리도 하지 못했다.

먼저 입을 연 사람은 맥팔레인이었다. 조용히 페티스 뒤로 다가온 그는 부드러우면서도 단호하게 한 손을 페티스의 어깨에 얹었다.

"머리는 리처드슨에게 줘."

리처드슨은 아주 오래전부터 사람의 머리 부분을 해부하고 싶어 했으며, 그런 갈망을 공공연히 드러내온 학생이었다. 페티스가 아무런 대답도 하지 않자, 살인자는 화제를 돌려 말했다. "사무적인 얘기로 돌아가서, 자네는 지금 내게 돈을 지불해야 해. 자네가 가진 장부에도 기록해두고 말이야."

페티스는 겨우 정신을 차리고 소리쳤다. "돈을 지불하라고요? 이

♦ 로마 공동묘지 입구에 새겨진 '오늘은 내 차례, 내일은 네 차례'라는 경구에서 나온 말

시체에 대한 대가로 말입니까?"

"물론이지. 당연히 그렇게 해야 해. 어느 모로 보나 그렇게 하는 게 지당한 거야. 내가 이걸 공짜로 넘겨주는 건 말이 안 돼. 자네가 이걸 공짜로 받는 것도 말이 안 되고. 그렇게 하면 우리 둘 다 위험해질 테니까. 제인 갤브레이스의 경우와 마찬가지라고 생각하게. 그릇된 일일수록 지극히 정상적인 일인 것처럼 행동해야 한단 말이야. 자, K 는 돈을 어디에 보관하고 있나?"

"저쪽이요." 페티스가 구석에 놓인 찬장을 가리키며 쉰 목소리로 대답했다.

"그럼 열쇠를 줘." 맥팔레인이 손을 내밀며 차분히 말했다.

페티스는 잠깐 망설였지만 이미 주사위는 던져졌다. 손가락 사이에 열쇠가 닿는 순간 맥팔레인은 신경에 경련이 이는 것을 억누를 수 없었는데, 이는 크나큰 안도감을 나타내는 미세한 표시였다. 그는 찬장을 열고 한쪽 칸에서 펜과 잉크와 장부를 꺼냈다. 그런 다음 서랍에 들어 있던 돈뭉치에서 적당한 금액을 챙겼다.

"자, 여기를 봐. 돈은 지불되었어. 자네가 성실하게 일을 처리했다는 첫 번째 증거지. 자네의 안전을 위한 첫 번째 조치이기도 하고. 이제 자네는 두 번째 조치를 취해야 해. 장부에 지불 내역을 기입하게. 그러면 자네가 이 일로 골치 아플 일은 없을 거야."

다음 몇 초 동안 페티스는 고민했다. 그러나 맞닥뜨린 여러 가지 두려움 가운데 당장 눈앞에 닥친 두려움이 승리했다. 그는 지금 맥팔레인과 상대하는 것을 피할 수만 있다면 미래에 생길 어려움이 무엇이든 기꺼이 받아들일 수 있을 것 같았다. 페티스는 계속 들고 있었던 촛불을 내려놓고 날짜, 내역, 거래 금액을 침착하게 적었다.

"자, 이제 자네도 돈을 좀 챙겨야 공평하지. 난 이미 내 몫을 챙겼으니까. 돈 얘기가 나왔으니까 하는 말인데, 운이 좋아서 호주머니에 돈이 좀 들어온다면 말이야, 이런 말하기 좀 창피하지만, 세상 물정에 밝은 사람들이 따르는 규칙이 있어. 한턱내지 않기, 비싼 교재 구입하지 않기, 묵은 빚 갚지 않기, 빌려주지 않고 빌리기."

"조교님, 나는 목이 매달릴 각오를 하고 당신을 지켜준 겁니다." 페티스가 여전히 쉰 목소리로 말했다.

"나를 지켜주기 위해서라고? 오, 이런! 내가 보기에 자네는 철저히 자네 자신을 지키기 위해서 그렇게 행동한 거야. 나에게 문제가 생기면 자네는 어떻게 될 것 같아? 사소한 이 두 번째 일은 명백히 첫 번째 일의 연장선에 있어. 이 그레이 건은 제인 갤브레이스 건의 속편이란 말이지. 시작해놓고 멈출 순 없어. 일단 걸음을 떼었으면 계속 나아가는 수밖에 없단 말일세. 그게 진리니까. 악인들에게는 휴식이 없는 법이라네." 맥팔레인이 소리쳤다.

눈앞이 캄캄해지는 암울한 기분과 운명에게 배신당했다는 느낌이 불행한 학생 페티스의 영혼을 움켜쥐었다.

"하느님 맙소사! 도대체 내가 뭘 했는데요? 언제 내가 시작했는데요? 상식적으로 생각해서 부조교가 된 것이 뭐가 잘못이란 말입니까? 서비스라는 친구도 이 자리를 원했어요. 서비스가 이 자리를 맡을 뻔했다고요. 그렇다면 그 친구도 지금의 내 처지가 되었을까요?" 페티스가 소리쳤다.

"이봐, 친구. 자네, 정말 어린애 같군! 자네가 무슨 피해를 입었지? 자네가 입을 다물면 자네한테 무슨 피해가 가겠어? 페티스, 자네는 인생이란 것이 뭔지 아나? 이 세상에는 사자와 양, 두 부류의 인간이 있어. 만약 자네가 양이라면, 자네는 그레이나 제인 갤브레이스처럼 이 탁자 위에 놓일 거야. 반면에 자네가 사자라면 나처럼, K처럼, 기지와 용기를 지닌 모든 사람처럼 살아남아서 마차를 몰고 다닐 거야. 자네도 처음엔 많이 흔들렸지. 하지만 K를 봐! 친구, 자네는 똑똑하고 용기가 있어. 나는 자네가 마음에 들어. K도 자네를 좋아하지. 자네는 사냥당하기 위해서가 아니라 사냥을 하기 위해 태어난 사람이야. 내 명예를 걸고 말하는데, 앞으로 사흘만 지나면 자네는 이 모든 허깨비 같은 일들을 비웃게 될 거야. 광대극을 보고 웃는 고등학교 학생들처럼 말이야. 여태껏 살아온 경험으로 알 수 있지"

말을 마치고 나서 맥팔레인은 날이 밝기 전 안전한 곳으로 들어가 숨기 위해 마차를 몰고 골목길을 빠져나갔다. 혼자 남은 페티스는 자기가 한 일을 떠올리며 후회에 젖었다. 끔찍한 범죄에 연루되어 위태로워진 것이다. 형언할 수 없는 절망감 속에서 자신이 한없이 나약하다는 사실을 깨달았다. 양보에 양보를 거듭하다 보니 맥팔레인의 운명을 결정할 수 있는 위치에서 그 작자의 돈을 받은 무기력한 공범으로 전락하고 말았다. 중요한 시점에 좀 더 용감히 대처했더라면 얼마나 좋았을까 하는 자책감이 들었지만, 페티스는 자기가 그처럼 용기 있게 행동할 수는 없다는 걸 알고 있었다. 제인 갤브레이스에 관한 비밀과 장부에 기입한 가증스러운 내용들에 발목이 잡힌 페티스는 입을 다물 수밖에 없었다.

시간이 흘러 수업 시간이 되었다. 불행한 그레이의 신체 부위는 이 학생, 저 학생에게로 배분되었고, 다들 아무 말 없이 받았다. 머리를 받은 리처드슨은 행복해했다. 수업 종료를 알리는 종이 울리기도 전에 페티스는 이미 그레이의 신체 부위가 안전지대로 갔다는 것을 깨닫고서 몸을 부르르 떨며 기뻐했다.

그는 이틀 동안 범죄가 위장되는 오싹한 과정을 지켜보면서 더 큰 기쁨을 느꼈다.

사흘째 되는 날 맥팔레인이 모습을 드러냈다. 그동안 몸이 좀 아팠다고 했다. 그는 활기 넘치는 모습으로 학생들을 지도하면서 결강한 수업을 보충했다. 특히 리처드슨에게 대단히 소중한 조언을 건네며 도와주었다. 조교의 칭찬에 고무된 리처드슨은 야심만만한 희망에 부풀어 이미 우등상을 거머쥔 것처럼 보였다.

맥팔레인의 예언은 그 주가 지나기 전에 실현되었다. 페티스는 두려움에서 벗어났다. 자신이 나약하고 비열한 사람이라는 생각도 잊어버렸다. 그는 자신의 용기를 자랑스럽게 여기기 시작했고, 마음속에서 이야기를 적당히 짜깁기해 온당치 못한 자부심마저 느끼며 이 사건을 돌아보게 되었다. 페티스가 공범인 맥팔레인을 자주 만난 것은 아니었다. 물론 수업 때문에 만나기는 했고, K로부터 함께 지시를 받기도 했다. 두 사람은 때때로 한두 마디 사적인 대화를 나누었는데, 맥팔레인은 시종일관 유난히 친절하고 유쾌한 태도를 보였다. 하지만 두 사람이 공유하는 비밀에 관해서는 언급을 피했다. 심지어 페티스가 그에게, 자신은 사자의 삶을 살 것이며 양처럼 살지 않겠다고 속삭였을 때도 그는 싱긋 웃으면서 페티스에게 입을 다물라는 신호를 보냈을 뿐이다.

이윽고 두 사람이 다시 한번 긴밀하게 힘을 합쳐야 할 일이 생겼다. K는 또다시 시체가 부족해졌고 학생들은 해부 실험을 할 시체를 간절히 원했다. K 교수는 시체를 원활히 공급한다는 것에 자부심을 느끼는 사람이었다. 마침 그때 글렌코스의 시골 묘지에서 장례식이 있었다는 소식이 들려왔다. 문제의 그곳은 세월이 흘러도 거의 변하지 않았다. 당시 묘지는 지금과 마찬가지로 인가에서 멀리 떨어진 사거리에 접해 있고, 시신은 잎이 무성한 삼나무 여섯 그루가 둘러싼 곳에 깊숙이 묻혀 있었다. 근처 언덕에서 양들의 울음소리가 들리고, 언덕 양쪽으로 작은 개울이 흘렀다. 어떤 개울은 조약돌 사이를 지나면서 큰 소리를 냈고, 다른 개울은 군데군데 웅덩이진 물길을 따라 조용히 흘러내렸다. 꽃이 흐드러지게 핀 늙은 밤나무 사이로 바람이 불었다. 일주일에 한 번 울리는 종소리와 성가대 선창자의 낯익은 노랫소리만이 시골 교회 주변의 정적을 깨뜨리곤 했다. 당시 '부활시키는 자'로 불렸던 시체 도굴꾼은 전통적인 신앙심 따위는 무시한 터라 그런 데 개의치 않고 자기 일을 해나갔다. 두루마리와 나팔로 상징되는 그들의 신앙*, 예배자와 추모객의 발걸음으로 다져진 오솔길, 유족의 애정이 깃든 예물과 비문 등은 도굴꾼들에게 경멸과 훼손의 대상일 뿐이었다. 시골 지역은 다른 곳보다 훨씬 더 사랑으로 결속되었고, 교구 전체가 혈연이나 우정으로 끈끈하게 뭉쳐져 있었다. 이런 경향

---

* 신약성경 요한계시록에 나오는 상징으로, 죽은 자들이 무덤에서 깨어날 최후의 날과 연관된다.

을 존중할 리 없는 시체 도굴꾼은 그런 곳을 피하기는커녕 오히려 일하기 쉽고 안전하다는 이유로 더 선호했다. 전혀 다른 부활을 기대하며 땅속에 누워 있던 시신들은, 겁을 잔뜩 집어먹은 채로 등불에 의존해서 성급히 삽과 곡괭이를 휘두르는 시체 도굴꾼들 때문에 원치 않는 부활을 해야 했다. 관이 강제로 열리고 수의가 찢겨나갔다. 구슬픈 시신들은 자루에 담긴 채로 마차에 실려 달빛도 없는 샛길을 몇 시간 동안이나 덜컹거리며 달려와서는, 마침내 입을 떡 벌린 학생들 앞에 더없이 치욕적인 모습으로 몸을 드러내곤 했다.

두 마리 독수리가 죽어가는 양을 덮치듯 페티스와 맥팔레인은 그 푸르고 조용한 안식처에 자리 잡은 무덤 하나를 유린할 작정이었다. 목표물은 60세의 나이로 세상을 떠난, 농촌 아낙네의 시신이었다. 질 좋은 버터를 만들고 경건한 대화를 나누며 살았던 그녀는 한밤중에 무덤에서 파헤쳐져 발가벗겨진 채 언제나 잘 차려입고 방문하길 원했던 도시로 옮겨질 예정이었다. 가족 무덤 옆에 자리 잡은 그녀의 무덤은 최후의 심판을 알리는 천둥소리가 날 때까지 비어 있을 것이며, 그녀의 순박하고 존귀한 사지는 호기심의 대상이 되어 의학도들 앞에 놓일 것이다.

어느 날 늦은 오후, 두 사람은 망토로 몸을 푹 감싸고 독한 술 한 병을 챙긴 다음 길을 떠났다. 궂은 날이었다. 차갑고 굵은 빗방울이 맹렬히 쏟아졌다. 때때로 바람이 한바탕 휙 몰아치기도 했지만 억수 같은 비는 계속 내렸다. 을씨년스러운 분위기에 술까지 마신 터라 두 사람이 저녁을 보내기로 한 페니퀵까지 가는 길은 울적하고 조용했다. 그들은 마차를 멈춰 세우고 교회 묘지에서 그리 멀지 않은 무성한 덤불 속에 도굴 도구들을 숨겨놓았다. 그리고 피셔스 트리스트라는 술집에서 다시 한번 마차를 멈춰 세웠다. 두 사람은 술집에 들어가 주방 난로 앞에서 건배했으며, 위스키를 마시다가 나중에는 에일 맥주로 바꿔 마셨다. 이윽고 목적지에 이른 그들은 마차를 보관소에 넣은 다음 말에게 먹이를 주고 쉬게 했다. 두 젊은 의사는 별실에 앉아 주인장이 차려준 훌륭한 음식과 와인으로 저녁을 해결했다. 조명, 난롯불, 창문을 두드리는 빗줄기, 눈앞에 놓인 춥고 곤욕스러운 일 등이 식사를 즐기는 그들의 흥을 돋구어주었다. 술잔을 기울일 때마다 그들의 친근감은 더욱 깊어졌다. 얼마 뒤 맥팔레인이 페티스에게 금화 몇 닢을 건넸다.

"수고비일세. 친구 사이에 이 정도 수고비쯤은 선뜻 주고받을 수 있어야 해."

페티스는 돈을 받아 호주머니에 넣은 뒤 분위기에 취해서 소리 높여 화답했다. "조교님은 인생을 아는 분이에요. 전 당신을 알기 전까지는 바보였어요. 조교님과 K 교수님께 축복을! 두 분은 저를 사내대장부로 만들어줄 겁니다."

"물론 그래야지." 맥팔레인이 박수를 치며 말했다. "사내대장부라. 정말이지, 지난번 아침에는 나를 도와줄 사내대장부가 필요했어. 나이가 마흔이나 되는 덩치 크고 싸우기 좋아하는 남자들 중에도 빌어먹을 시체를 보면 메스꺼워하는 겁쟁이가 많다네. 그렇지만 자네는 그런 부류가 아니었어. 똑바로 고개를 들고 시체를 쳐다봤으니까. 난 자네를 지켜보고 있었다네."

"그러지 않을 이유가 없었으니까요." 페티스가 허풍스럽게 말했다. "그것은 제가 끼어들 일이 아니었는걸요. 일이 시끄러워지면 혼란스러울 뿐 득이 될 게 하나도 없잖아요. 그렇게 하지 않으니 조교님에게 이런 사례라도 받는 것 아니겠습니까?" 페티스는 금화 소리가 짤랑짤랑 울릴 때까지 호주머니를 툭툭 쳤다.

맥팔레인은 이 말을 듣고 불쾌해지면서 경계심을 느꼈다. 그는 자기보다 어린 친구를 지나치게 성공적으로 가르친 것은 아닌지 후회스럽기도 했다. 그렇지만 페티스가 계속 허풍을 떨었기에 맥팔레인은 끼어들 틈이 없었다.

"두려워하지 않는 게 무엇보다 중요해요. 우리끼리 하는 얘기인데, 저는 교수형을 당하고 싶지 않아요. 지극히 현실적인 얘기잖아요. 저는 태생적으로 위선적인 말을 경멸하는 사람이에요. 지옥, 하느님, 악마, 옳고 그름, 죄, 범죄처럼 오래된 유물 같은 말이라면 깡그리 경멸하죠. 어린애들은 이런 말에 지레 겁을 먹겠지만, 조교님과 저처럼 세상 물정에 밝은 사나이들은 당연히 그런 말들을 경멸하니까요. 자, 그레이를 추억하며 건배하시죠!"

시간이 조금 지체되었다. 미리 부탁한 대로 마차는 양쪽 등불을 환히 밝히고 문 앞에서 대기하고 있었다. 두 사람은 돈을 지불하고 길을 떠났다. 그들은 피블스로 간다고 말한 후, 실제 그쪽 방향으로 마차를 몰았다. 그 마을의 마지막 집을 벗어날 때까지 계속 그 방향으로 나아갔다. 그런 다음 마차의 등불을 끄고 왔던 길을 되돌아가다가 샛길로 접어들어 글렌코스로 향했다. 그들이 마차를 몰고 지나가는 소리, 끊임없이 세차게 쏟아지는 빗소리 외에는 어떤 소리도 들리지 않았다. 주위는 칠흑처럼 어두웠다. 그나마 군데군데 흰색 대문과 벽에 박힌 흰색 돌이 있어서 앞으로 나아갈 수 있었다. 그러나 짙은 어둠을 가르며 장엄하고 외딴 목적지를 향해 나아가는 동안, 마차는 걷는 듯한, 아니 거의 더듬으며 나아가는 듯한 속도로 움직였다. 묘지 근처를 가로지르는, 움푹 가라앉은 숲에 이르니 마지막으로 남아 있던 흐릿한 빛마저 사라졌다. 그들은 어쩔 수 없이 성냥에 불을 붙여 마차에 달린 두 개의 등 가운데 하나를 다시 밝혔다. 마침내 그들은 빗물이 뚝뚝 떨어지는 나무 아래, 흔들리는 거대한 그림자가 둘러싼 곳에 이르렀다. 불경스러운 노동을 할 현장이었다.

둘 다 이런 일을 한 경험이 많았으므로 힘차게 삽질을 했다. 일을 시작한 지 20분이 채 되지 않아 삽이 관 뚜껑을 건드리는 둔탁한 소리가 났다. 바로 그때 돌에 손을 찧어서 다친 맥팔레인은 별 생각 없이 돌을 머리 위로 내던졌다. 그들이 어깨 높이까지 파 내려간 무덤은 묘지에서 높게 솟아오른 부분 가장자리께에 있었다. 마차의 등불은 작업 현장을 잘 비추도록 개울을 향해 내려가는 가파른 비탈 가장자리의 나무에 받쳐놓았다. 그런데 우연히도 맥팔레인이 던진 돌이 정확히 그 등을 향해 날아갔다. 쨍그랑, 유리 깨지는 소리가 났고, 어둠이 순식간에 그들을 덮쳤다. 둔탁한 소리와 쨍그랑 소리가 번갈아 나는 것으로 볼 때 등이 둑을 따라 굴러 떨어지면서 나무들과 부딪치는 것 같았다. 등이 떨어지면서 튕긴 돌멩이도 등을 따라 깊은 계곡으로 굴러가는 소리가 났다. 그러고 나자 어둠이 그들을 덮쳤던 것처럼 정적이 엄습해왔다. 그들은 극도로 집중해서 귀를 기울였지만 빗소리 말고는 아무 소리도 들리지 않았다. 비는 드넓게 펼쳐진 대지 위로 바람을 가르며 줄기차게 내리고 있었다.

역겹고 혐오스러운 작업이 거의 끝나가고 있었으므로 두 사람은 어둠 속에서 일을 마치는 게 낫겠다고 판단했다. 그들은 관을 꺼내서 부수고 뚜껑을 열었다. 시체를 물이 뚝뚝 떨어지는 자루에 넣은 다음, 자루의 양쪽 끝을 들어 마차로 옮겼다. 한 사람은 시체가 든 자루를 잘 간수하려고 마차에 올라탔으며, 다른 사람은 말고삐를 잡고 담과 덤불숲을 따라 더듬더듬 나아갔다. 그들은 피셔스 트리스트 술집 옆 넓은 길에 이를 때까지 그렇게 느릿느릿 이동했다. 이곳에 이르자 흐릿한 빛이 보였는데, 두 사람은 한낮의 햇빛이라도 만난 듯 반가워했다. 이제 그들은 빛에 의지해 꽤 빠른 속도로 말을 몰았고, 도시를 향해 즐거운 기분으로 덜컹덜컹 달리기 시작했다.

두 사람 모두 작업하는 동안 비에 흠뻑 젖은 상태였다. 그런데 마차가 깊게 파인 바큇자국 사이를 지나다 튀어 오르는 바람에 둘 사이에 고정되어 있던 시체가 한 번은 패티스에게로, 또 한 번은 맥팔레인에게로 번갈아가며 넘어졌다. 시체가 몸에 닿을 때마다 오싹해진 두 사람은 본능적으로 다급히 밀쳐냈다. 시체가 넘어지는 것은 당연한 일이었지만, 자꾸만 되풀이되자 신경이 곤두서기 시작했다. 맥팔레인이 농부의 아내에 대해 저질스러운 농담을 던졌다. 하지만 공허하게 흘러나온 그 농담은 아무런 반응 없이 정적에 묻히고 말았다. 이 부자연스러운 짐덩이는 여전히 왼쪽, 오른쪽을 오가며 부딪쳤다. 그러다가 이제는 은밀한 말이라도 하려는 듯 그들의 어깨에 머리를 올리기도 했고, 심지어 흠뻑 젖어 차가운 자루가 두 사람의 얼굴을 철썩 하고 때리기까지 했다.

오싹한 냉기가 페티스의 영혼에 스멀스멀 스며들었다. 그는 자루를 노려보았다. 왠지 처음보다 커 보였다. 시골 마을을 달리는 동안 가까운 곳에서건 먼 곳에서건 농장의 개들이 비통한 울음소리로 짖어댔다. 어떤 기이한 일이 벌어진 것 같은 느낌, 시체에 알 수 없는 변화가 생긴 것 같은 느낌, 개들이 구슬프게 짖어대는 이유가 그 불경한 짐에 대한 두려움 때문인 것 같다는 느낌이 갈수록 커졌다.

"이런 젠장, 불을 좀 켜자고요!" 페티스가 간신히 말을 꺼냈다.

맥팔레인도 같은 생각이있는지 아무 말 없이 마차를 세웠다. 그는 고삐를 페티스에게 넘긴 다음, 마차에서 내려 남아 있는 등에 불을 붙이려 했다. 이때 그들은 겨우 오첸클리니로 가는 교차로에 당도했을 뿐이었다. 비는 홍수 때처럼 세차게 쏟아졌다. 이렇듯 축축하고 어두운 상황에서 불을 붙이기란 무척 어려웠다. 마침내 푸른 불꽃이 등의 심지로 옮겨붙었고, 그 불은 서서히 밝아져 마차 주변에 부옇게 밝은 원을 펼쳐놓았다. 이제 두 젊은이는 상대방은 물론이고, 그들이 가져온 물건도 볼 수 있었다. 거친 삼베 자루가 비에 축축하게 젖은 탓에 안에 든 시체의 윤곽이 드러났다. 머리가 몸통과 구분되어 보였고, 어깨 모양도 또렷했다. 유령 같으면서도 동시에 인간적인 분위기가 느껴진 터라 둘은 마차를 함께 타고 온 이 생명 없는 섬뜩한 동행에게서 눈을 뗄 수 없었다.

한동안 맥팔레인은 등불을 든 채 꼼짝 않고 서 있었다. 형언할 수 없는 공포가 젖은 시트처럼 페티스의 몸을 감쌌다. 창백해진 얼굴에서 팽팽한 긴장감이 감돌았다. 알 수 없는 두려움, 있을 수 없는 일이 일어났다는 공포가 페티스의 마음속에서 점점 커졌다. 시체 자루를 한 번 더 쳐다보고 나서 그가 무언가 말하려는 순간 맥팔레인이

그보다 먼저 입을 열었다.

"저건 여자가 아니야." 맥팔레인이 숨죽인 목소리로 말했다.

"자루에 넣을 땐 여자였잖아요." 페티스가 나직이 말했다.

"이 등을 좀 들어줘. 얼굴을 봐야겠어."

페티스가 등을 받아 들자 맥팔레인이 끈을 풀고 머리 쪽부터 자루를 벗겨 내렸다. 거무스름하고 잘생긴 이목구비와 깨끗하게 면도한 뺨이 불빛에 드러났다. 두 젊은이가 꿈에서 종종 보았던, 너무도 익숙한 얼굴이었다. 거칠고 사나운 비명이 밤하늘에 울려 퍼졌다. 두 사람은 길가로 앞다투어 뛰어내렸다. 등은 바닥에 떨어져 부서지고 불이 꺼졌다. 말은 이 기괴한 소동에 겁을 집어먹고 펄쩍 뛰더니 에든버러를 향해 마구 질주했다. 말에 이끌려 내달리는 마차의 유일한 탑승자는 오래전에 죽어 해부된 그레이의 시체였다.

Markheim

마크하임

"아무렴요, 뜻밖의 횡재야 여기저기서 얻지요. 무지한 손님을 만나면 제 탁월한 지식을 제공하고 이문을 남깁니다. 물론, 정직하지 않은 손님도 있어요." 이 말을 하면서 상점 주인은 촛불을 들어 방문객의 얼굴을 환히 비추었다. "그럴 땐 정직함이라는 미덕에 대한 값을 받아낸답니다."

　　마크하임은 한낮의 밝은 거리에 있다가 상점 안으로 막 들어온 터라 빛과 어둠이 뒤섞인 실내가 눈에 잘 들어오지 않았다. 그는 상점 주인의 이 신랄한 말에 그리고 눈앞 가까이 너울거리는 불꽃 때문에 눈을 고통스럽게 깜빡이다가 눈길을 옆으로 돌렸다.

　　주인이 킬킬거리며 말을 이었다. "크리스마스 당일에 오시면 어떡합니까? 상점에 혼자뿐인 데다 덧문까지 닫고 쉬는 날이라는 걸 알면서 들어오셨잖아요. 아무튼 그 값은 쳐주셔야 합니다. 장부 정리

할 시간을 빼앗으셨으니 그 값도 쳐주셔야 하고요. 게다가 내가 보기엔 손님의 태도가 무척 수상해요. 그 값도 치러야 할 겁니다. 나는 대단히 신중한 사람이라 불편한 질문은 하지 않겠습니다. 그러나 내 눈을 똑바로 쳐다보지 못하는 손님은 그 값도 지불해야 하거든요." 상점 주인이 한 번 더 킬킬거렸다. 그러고 나서 평소의 사무적인 말투로 돌아갔는데, 빈정거리는 어조는 여전했다. "매번 그랬듯이, 어떻게 물건을 손에 넣었는지 설명해주시겠습니까? 이번에도 삼촌 장식장에서 나온 건가요? 그분은 굉장한 수집가인가 봅니다?"

작고 구부정한 몸에 창백한 얼굴을 한 상점 주인은 거의 까치발로 서서 금테 안경 너머로 마크하임을 바라보며 의심 가득한 표정으로 고개를 끄덕였다. 마크하임은 다시 눈길을 돌려 주인을 바라보았다. 그의 눈에는 한없는 동정심과 약간의 두려움이 담겨 있었다.

"이번에는 잘못 짚었어요. 팔러 온 게 아니라 사러 온 겁니다. 이제는 처분할 만한 물건이 없어요. 삼촌의 장식장도 거의 바닥이 드러났거든요. 설령 골동품이 남아 있다 해도 주식으로 돈을 좀 벌었으니 이제는 물건을 사서 채워넣어야지 팔 일은 없을 겁니다. 오늘 여기에 온 용건은 아주 간단합니다. 어떤 숙녀에게 줄 크리스마스 선물을 찾고 있어요." 미리 준비한 말을 꺼낸 뒤 마크하임은 한결 능숙하게 말을 이어갔다. "이런 사소한 일로 귀찮게 해 정말 죄송합니다. 어제 왔어야 했는데 깜빡 잊었거든요. 오늘 저녁 만찬 때 작은 선물을 하나 해야 합니다. 잘 아시다시피, 부유한 집안의 숙녀와 결혼하는 일을 소홀히 할 수는 없지 않겠습니까?"

잠시 침묵이 흘렀다. 그사이에 상점 주인은 미심쩍은 표정으로

이 말을 따져보는 것 같았다. 상점 안의 흥미로운 잡동사니들 속에서 시계들이 똑딱대는 소리와 인근 도로를 달리는 희미한 마차 소리가 침묵의 공간을 채웠다.

"알겠습니다. 그렇게 하시지요. 어쨌든 손님은 오랜 단골이니까요. 게다가 손님 말씀대로 좋은 집안과 혼담이 오간다면 방해해선 안 되겠지요. 여기, 숙녀분께 어울리는 물건이 하나 있습니다. 이 손거울을 보세요. 15세기에 만든 제품이에요. 보증서도 있습니다. 훌륭한 수집가가 구해 온 거랍니다. 하지만 그분 이름은 알려드리지 않을 거예요. 고객을 보호하기 위해서죠. 아무튼 그분도 당신처럼 대단히 훌륭한 수집가의 조카이자 유일한 상속인이랍니다."

상점 주인은 건조한 목소리로 빈정대면서 물건을 꺼내기 위해 몸을 숙였다. 주인이 물건을 집어드는 순간 어떤 충동이 마크하임의 몸을 훑고 지나갔다. 처음에는 손과 발이 떨리더니 얼굴에까지 격정적인 감정이 솟구쳤다. 그러나 그 충동은 올 때만큼 재빨리 사라져서 손거울을 받아든 손이 약간 떨리는 것을 제외하고는 아무런 흔적도 남기지 않았다.

"손거울?" 마크하임이 쉰 목소리로 말했다. 그러고 나서 잠시 말을 멈추었다가 더 또렷하게 반복했다. "손거울? 크리스마스 선물로 손거울이라고요? 그게 말이 됩니까?"

"안 될 이유가 뭐 있겠습니까? 손거울이 뭐가 어떻다고요?" 상점 주인이 목소리를 높였다.

마크하임은 미묘한 표정으로 주인을 바라보았다. "안 될 이유를 묻는 거예요? 자, 여기 거울을 들여다보세요. 거울에 비친 당신 모습을 보란 말입니다! 그걸 들여다보고 싶나요? 아닐 거요! 나도 들여다보고 싶지 않거든요. 아마 그 누구도 보고 싶지 않을 겁니다."

마크하임이 느닷없이 주인에게 손거울을 들이대자 작은 체구의 주인은 뒤로 펄쩍 물러섰다. 하지만 그는 곧 마크하임이 손에 든 게 단지 손거울일 뿐 위험한 물건은 아님을 깨닫고 킬킬거리며 말했다. "미래의 부인이 별로 아름답지 않나 보군요."

"내가 부탁한 건 크리스마스 선물인데, 이걸 내놓다니. 이 빌어먹을 물건은 지나온 세월과 죄악과 어리석은 행동을 생각나게 하는, 그러니까 손에 들린 양심 같은 것 아닙니까! 일부러 그러는 건가요? 무언가 꿍꿍이가 있었던 거 아닌가요? 어디 한번 말해보세요. 솔직히 말하는 게 좋을 겁니다. 자, 당신이 어떤 사람인지 고백해보세요. 감히 추측해보자면, 당신은 남몰래 좋은 일을 많이 하는 너그러운 사람일 겁니다. 그렇지 않나요?"

주인은 손님을 유심히 쳐다보았다. 무척 기이한 느낌을 받았다. 마크하임은 웃고 있지 않았다. 그의 얼굴에는 간절한 희망 같은 것이 서려 있었지만, 장난기는 전혀 없었다.

"무슨 얘기를 듣고 싶은 겁니까?" 주인이 물었다.

"너그러운 사람은 아닌가 보죠? 너그럽지도 않고, 경건하지도 않고, 양심적이지도 않고, 사랑하지도 않고, 사랑받지도 않고…. 그저 돈을 세는 손과 센 돈을 넣어두는 금고만 있을 뿐. 그게 전부예요? 하느님 맙소사, 그게 전부예요?" 손님이 우울한 표정으로 말했다.

"그럼 내가 한마디 하리다." 주인이 날카로운 어조로 말을 시작했다가 갑자기 입을 꾹 다물더니 다시 킬킬 웃었다. "그런데 생각해

보니까 이건 당신의 연애결혼 문제군요. 게다가 당신은 그 숙녀분의 건강을 빌며 한잔했고요."

"아, 당신도 사랑해본 적이 있군요? 그 얘기나 좀 들어봅시다." 마크하임이 엉뚱한 호기심을 보이며 탄성을 질렀다.

"내가 사랑을 해봤다고요? 나에겐 그럴 시간이 없었소. 오늘 이런 허튼소리를 주고받을 시간도 없고요. 자, 어떻게 하실래요? 이 손거울을 살 겁니까?" 주인이 소리쳤다.

마크하임이 대꾸했다. "서두를 거 없잖아요? 여기 서서 이야기를 나누는 것도 얼마나 즐거운 일입니까. 인생은 너무 짧고 위태로우니 즐거운 일이라면 뭐든 빨리 끝내고 싶지 않아요. 이런 사소한 즐거움도 소홀히 하지 않을 거란 말입니다. 꼭, 꼭 붙들어야 해요. 낭떠러지 끝에 매달려 있는 사람처럼 말입니다. 사실, 생각해보면 매 순간이 낭떠러지죠. 인생은 까마득히 높은 낭떠러지여서, 떨어지는 순간 모든 인간적 특성은 산산이 부서지고 말 겁니다. 그러니까 즐거이 이야기를 나누는 게 제일 아니겠어요? 우리, 터놓고 이야기해봅시다. 구차하게 이런 가면을 쓸 필요는 없잖아요? 비밀은 지키기로 하지요. 누가 알겠어요? 우리 둘이 친구가 될지?"

"손님께 드릴 말씀은 한마디뿐입니다. 물건을 살 게 아니라면 내 가게에서 당장 나가세요!" 주인이 외쳤다.

"맞아요, 맞는 말이에요. 내가 바보 같은 짓을 했어요. 다시 용건으로 돌아가지요. 다른 물건을 보여주시겠어요?"

상점 주인은 다시 몸을 숙였다. 이번에는 손거울을 제자리에 두기 위해서였다. 그러자 가느다란 금발이 그의 두 눈 위로 흘러내렸다.

마크하임은 한 손을 외투 주머니에 넣은 채 좀 더 가까이 다가갔다. 이어 가슴을 펴고 똑바로 서서 크게 심호흡했다. 그 순간 공포, 전율, 결의, 매혹, 혐오 등 여러 가지 감정이 그의 얼굴에 한꺼번에 나타났다. 윗입술이 험상궂게 치켜 올라가면서 이가 드러났다.

"이 정도면 적당할 것 같소." 주인은 그렇게 말하며 다시 상체를 일으켰다. 그 순간 마크하임이 뒤에서 그를 덮쳤다. 꼬챙이 같은 단검이 번쩍이더니 아래로 내리꽂혔다. 주인은 암탉처럼 버둥거리다가 선반에 관자놀이를 부딪치고는 풀썩 쓰러져 바닥에 널브러졌다.

가게 안에 있는 시계들이 수십 종류의 소리를 냈다. 어떤 시계는 세월에 걸맞게 묵직하고 느긋했으며, 어떤 시계는 수다스럽고 촐싹댔다. 모든 시계가 똑딱똑딱 째깍째깍 섬세한 화음을 이루며 매 순간을 노래했다. 그때 보도를 달리는 한 젊은이의 묵직한 발소리가 시계의 작은 목소리 사이로 끼어들었고, 마크하임은 깜짝 놀라 두려운 마음으로 주변을 둘러보았다. 카운터 위에 놓여 있는 초의 불꽃이 한 줄기 외풍을 맞아 음험하게 흔들렸다. 그 하찮은 움직임에 방 전체가 소리 하나 없이 소란스러워지고 바다처럼 출렁거렸다. 키 큰 그림자가 일렁이고, 흉한 얼룩 같은 어둠이 숨 쉬듯 부풀었다가 가라앉았다. 초상화와 도자기 신상들이 물에 비친 상처럼 아른거렸다. 살짝 열린 안쪽 문틈 사이로 가늘고 기다란 햇빛이 뭔가를 가리키는 손가락처럼 들어와 실내를 점령한 어둠을 빼꼼히 들여다보았다.

두려움에 사로잡혀 실내를 둘러보던 마크하임의 시선이 다시 희생자의 시체로 돌아왔다. 시체는 몸을 웅크린 자세로 축 늘어져 있었다. 살아 있을 때보다 믿기 어려울 정도로 작고 기이하리만큼 초라해

보였다. 남루한 싸구려 옷을 입고 볼품없는 자세로 누워 있는 주인의 모습은 흡사 톱밥 덩어리 같았다. 마크하임은 시체를 보는 게 두려웠다. 하지만 보라! 아무것도 아니지 않은가. 그런데도 그걸 보고 있으려니 낡은 옷가지와 핏덩이가 힘차게 목소리를 내기 시작했다. 시체는 분명 누워 있었다. 관절을 움직이고 자리를 이동하는 기적은 일어나지 않을 테니, 시체는 발견될 때까지 그 자리에 누워 있을 것이다. 발견된다? 그렇다면 그다음에는? 죽은 몸뚱이가 비명을 지를 것이고, 그 비명이 온 영국에 울려 퍼질 것이며, 온 세상을 추적의 메아리로 채울 것이다. 이자는 살아 있을 때든 죽었을 때든 여전히 그의 적인 셈이다. '이자의 넋이 빠져나갔을 때도 시간은 내 적이었지.' 그는 생각했다. 그러자 '시간'이라는 단어가 그의 마음속에 들어와 박혔다. 시간, 살인 행위를 끝낸 지금 이 시간. 희생자에겐 영원히 닫힌 시간이 살인자에겐 절박하고 중대해졌다.

여전히 이런 생각을 하고 있을 때, 상점 안의 시계들이 오후 3시를 알리는 종을 쳤다. 맨 처음 하나가 소리를 내더니, 이어 다른 시계들이 저마다의 속도와 소리로 종을 울려댔다. 어떤 시계는 대성당 첨탑에서 울리는 종처럼 깊은 소리를 냈고, 어떤 시계는 왈츠의 서곡처럼 높은 소리를 냈다.

침묵이 흐르던 실내에서 갑작스럽게 그처럼 많은 소리가 터져 나오자 마크하임은 순간 중심을 잃고 휘청거렸다. 정신을 차리고 나서는 촛불을 들고 상점 안을 이리저리 걸었다. 움직이는 그림자에 둘러싸여 서성이다가 우연히 거울에 비친 자기 모습을 보고는 화들짝 놀랐다. 값비싼 거울이 많았다. 국내산도 있었지만 어떤 것들은 베네

치아나 암스테르담산이었다. 그는 거울들에 비친 자기 얼굴을 보고 또 보았다. 그 얼굴들은 마치 한 무리의 정보원 같았다. 그 눈들이 그를 지켜보며 감시했다. 조심스럽게 걸음을 옮겼지만 그의 발소리가 주위의 정적을 깨뜨렸다. 그는 여전히 호주머니에 손을 넣은 채 자신의 계획에 수천 가지 결함이 있다고 자책했다. 더 조용한 시간을 선택했어야 했는데. 알리바이를 준비했어야 했는데. 칼을 사용하지 말았어야 했는데. 좀 더 신중했어야 했는데. 주인을 죽이지 말고, 몸을 묶은 다음 입에 재갈을 물리기만 할걸. 아니, 더 대담하게 하녀도 죽였어야 했는데. 모든 것을 완전히 다른 방법으로 처리했어야 했는데. 이미 바꿀 수 없는 것을 바꾸고, 아무 소용 없는 계획을 세우고, 돌이킬 수 없는 시간을 설계하려고 뒤늦게 노심초사하다 보니 가슴이 아리도록 후회가 밀려들면서 온몸의 기운이 빠졌다. 이 모든 고역 이면에 맹목적인 공포가 자리 잡고 있어서, 마치 버려진 다락방에서 쥐들이 허둥대는 것처럼 공포가 머릿속 으슥한 곳을 난폭하게 들쑤시고 어지럽혔다. 경찰관의 손이 그의 어깨를 꽉 붙잡는 듯했고, 그때마다 그는 낚싯바늘에 걸린 물고기처럼 움찔거렸다. 피고석과 감옥과 교수대와 검은 관이 줄지어 눈앞을 빠르게 스쳐 지나갔다.

거리를 오가는 사람들이 마치 그를 포위한 군대처럼 두렵게 느껴졌다. 터무니없는 상상이겠지만, 상점 주인과 다툰 소리가 밖으로 새나가 그들의 호기심을 끌 수도 있지 않을까? 이웃들이 꼼짝하지 않고 앉아 귀를 쫑긋 세우고 있을지도 몰라. 혼자 과거의 추억을 떠올리며 크리스마스를 보내다가 지금은 깜짝 놀라 현실로 돌아온 사람. 식탁에 둘러앉아 행복한 파티를 벌이다 갑자기 침묵에 빠진 가족들.

그들의 어머니는 여전히 손가락 하나를 치켜올려 조용히 하라는 신호를 보내고 있겠지. 온갖 신분과 나이와 기질의 사람들이 하나같이 난롯가에 자리 잡고 앉아 동정을 살피고 귀를 기울이며 그의 목에 걸 밧줄을 꼬고 있을 테지. 아무리 사뿐사뿐 걸어도 소리를 내지 않을 수 없다는 생각이 들었다. 길쭉한 보헤미안 잔들이 쨍그랑거리는 소리가 종소리처럼 크게 울렸다. 똑딱거리는 소리가 유난히 크게 들려서 시계를 죄다 멈춰버리고 싶은 충동을 느꼈다. 그러다가 어느 순간, 두려움의 대상이 바뀌었다. 이 상점의 괴괴한 정적이 문제의 원인처럼 보였다. 이 정적이 도리어 행인들을 놀라게 하고 얼어붙게 만들지는 않을까? 그래서 그는 좀 더 대담하게 발을 내디디며 상점의 물건 사이를 부산스럽게 오갔다. 마치 바쁜 사람이 자기 집에서 함부로 걸어 다니는 것처럼 짐짓 허세를 부리며 움직였다.

하지만 마크하임은 이제 다른 불안감에 끌려 들어갔다. 마음속 한 부분은 여전히 긴장을 늦추지 않고 기민하게 움직였지만, 다른 부분은 미칠 정도로 심하게 떨렸다. 특히 어떤 환각 하나가 그의 불안한 마음을 강하게 사로잡았다. 창백한 얼굴로 창문 옆에서 귀를 기울이는 사람, 길을 걷다가 끔찍한 추측에 사로잡혀 걸음을 멈춘 행인. 이들은 기껏해야 의심스러워만 할 뿐, 진상은 알 수 없을 것이다. 벽돌담과 닫힌 창문을 통과할 수 있는 것은 소리밖에 없으니. 그런데 이 상점 안에는 정말 주인 혼자만 있었을까? 마크하임은 그렇게 알고 있었다. 한껏 꾸민 하녀가 애인을 만나러 나서는 것을 보지 않았던가. 그녀의 리본과 미소에 "오늘은 외출해요"라고 쓰여 있는 것 같았다. 그렇다. 주인은 분명 혼자 있었다. 그렇지만 마크하임은 이 빈 상점 위층에서 누군가 살며시 걸음을 옮기는 소리를 분명히 들었다. 뭐라고 설명할 수는 없지만 누군가의 존재를 확실히 느꼈다. 맞아, 확실해. 마크하임의 상상력이 그 누군가를 뒤쫓아 방과 방, 구석과 구석을 모조리 뒤졌다. 그에게는 얼굴이 없었지만 눈은 달려 있었다. 다시 보니 그것은 마크하임의 그림자였고, 또다시 보니 교활함과 증오로 되살아난 죽은 상점 주인이었다.

마크하임은 때때로 살짝 열린 안쪽 문을 흘끗 쳐다보았다. 그 정도 일에도 적잖은 노력이 필요했다. 그 문은 여전히 그의 시선을 거부하는 듯했다. 이 집은 천장이 높았다. 천장에 난 채광창은 작고 더러웠는데, 이날은 안개까지 자욱해 평소보다 더 탁해 보였다. 채광창을 통해 아래층까지 내려온 빛은 무척 흐릿해서 상점 문지방을 희미하게 비출 뿐이었다. 그런데 그 가느다랗고 흐릿한 빛 속에 그림자 하나가 흔들거리지 않았던가?

갑자기 바깥 거리에서 성격이 쾌활한 신사가 지팡이로 상점 문을 두드리며 큰 소리로 주인의 이름을 거듭 불렀다. 놀라서 얼어붙은 마크하임은 죽은 상점 주인을 힐끗 내려다보았다. 당연히 주인은 꼼짝 않고 누워 있었다. 그는 이미 노크 소리와 농담 섞인 고함 소리가 들리지 않는 머나먼 곳으로 떠났다. 침묵의 바다 밑으로 가라앉은 것이다. 전에는 휘몰아치는 폭풍 속에서도 알아들을 수 있었을 자신의 이름이 이제는 공허한 메아리에 지나지 않았다. 이윽고 쾌활한 신사는 단념하고 그 자리를 떠났다.

이제는 남은 일을 서둘러 처리해야 할 때다. 비난의 눈초리를 던지는 이웃 사람들로부터 벗어나 런던의 인파 속으로 숨어든 다음, 밤이 되면 안식처이자 결백을 증명해줄 침대로 들어가야 한다. 이미 방문객 한 사람이 찾아왔으니, 언제든 다른 손님이 더 집요하게 주인을 찾을지도 모른다. 살인까지 저질러놓고 아무것도 손에 넣지 못한다면 이보다 끔찍한 실패가 어디 있겠는가. 이제 마크하임의 관심은 돈뿐이다. 돈을 손에 넣기 위해서는 열쇠가 필요했다.

　　그는 열려 있는 안쪽 문을 어깨 너머로 힐끗 쳐다보았는데, 조금 전 그림자가 여전히 흔들거리고 있었다. 마크하임은 시신 가까이로 다가갔다. 마음속에서 혐오감을 떨쳐내려 애썼지만, 몸이 떨리는 것은 어쩔 수 없었다. 시신은 더 이상 인간으로 보이지 않았다. 팔다리는 절반쯤 왕겨로 채운 옷처럼 축 늘어진 채 아무렇게나 놓여 있고, 몸통은 고꾸라진 자세로 바닥에 엎어져 있었다. 그런데도 마크하임은 시신을 쉽게 만지지 못했다. 눈에는 우중충하고 하찮아 보였지만, 만지면 한결 심각한 상황이 벌어질 것 같았다. 그는 시신의 어깨를 잡고 몸을 돌려 똑바로 눕혔다. 이상하리만큼 가볍고 부드러웠다. 팔다리는 마치 부러지기라도 한 것처럼 기이한 자세를 취했다. 모든 표정을 잃어버린 얼굴은 밀랍처럼 창백했으며, 한쪽 관자놀이 주위는 피범벅이 되어 끔찍했다. 마크하임은 불쾌하고 메스꺼웠다. 문득 어느 장날 어촌 마을을 갔던 때가 떠올랐다. 흐리고 바람이 스산하게 부는 날이었다. 거리에는 사람들이 많았다. 나팔 소리와 북소리가 요란하게 울려 퍼졌으며, 발라드 가수의 비음 섞인 노랫소리도 들렸다. 한 소년이 흥미 반 두려움 반으로 군중 사이에 끼여 여기저기 돌아다니고 있었다. 이윽고 소년은 사람이 가장 많이 모여 있는 장터 한가운데 이르렀다. 커다란 벽에 형편없는 솜씨로 요란하게 색칠한 그림들이 잔뜩 걸린 부스가 눈에 들어왔다. 브라운리그와 그녀의 견습생을 그린 그림, 매닝 부부와 그들에게 살해된 손님을 그린 그림, 서틀에게 살해당하는 위어를 그린 그림[*]이 눈에 띄었다. 그 밖에도 악명 높은 범죄 사건을 소재로 한 그림이 스무 점쯤 걸려 있었다. 그때의 기억이 환영처럼 선명하게 떠올랐다. 마크하임은 다시금 어린 소년이 되었다. 사악한 그림들을 보면서 그때처럼 혐오감을 느꼈다. 쿵쿵 울리는 북소리가 새삼 귀를 먹먹하게 했고, 그날 들은 음악 한 소절이 떠올랐다. 그러자 처음으로 어지럼증이 일고 욕지기가 났으며 관절에서 힘이 빠졌다. 그는 억지로 힘을 내어 이겨냈다.

마크하임은 이런 생각들로부터 도망치기보다는 맞서는 것이 현명한 행동이라고 판단했다. 죽은 자의 얼굴을 더 대담하게 바라보고, 자신이 저지른 범죄의 본질과 중요성을 정확히 인식하기로 했다. 조금 전까지만 해도 저 얼굴은 온갖 감정의 변화에 따라 움직였고, 저 창백한 입은 말을 했으며, 저 몸뚱이는 자기 의지대로 힘차게 움직였다. 그런데 지금은 마치 시계공이 손가락을 집어넣어 시계의 작동을 멈추듯, 마크하임 자신이 그의 생명을 멈추게 한 것이다. 그는 부질없는 논리로 스스로를 설득했고, 이제 더는 후회하는 마음이 들지 않았다. 범죄 행위를 그린 그림 앞에서 덜덜 떨었던 마음이 이제는 현실을 냉정하게 바라보고 있었다. 세상을 아주 멋진 정원으로 만들 능력을 부여받았음에도 그 재능을 헛되이 날려버린 사람, 삶다운 삶을 살

◆　세 그림 모두 18~19세기에 영국에서 발생한 살인 사건을 소재로 했다.

지 못한 채 죽어버린 사람에 대해 마크하임은 기껏해야 희미한 동정심을 느낄 뿐이었다. 그러나 참회 따위는 하지 않았다, 전혀.

불안한 생각을 떨쳐낸 마크하임은 열쇠를 찾아낸 다음 열려 있는 안쪽 문을 향해 걸음을 옮겼다. 밖에는 비가 세차게 내리기 시작했다. 지붕 위로 떨어지는 빗소리가 정적을 몰아냈다. 물방울이 떨어지는 동굴처럼 방에서는 빗방울 소리가 끊임없이 메아리치듯 울려 퍼졌다. 그 소리는 시계의 똑딱거리는 소리와 함께 어우러져 귓전을 울렸다. 마크하임이 안쪽 문에 가까이 다가갔을 때 자신의 조심스러운 발걸음에 화답하듯 뒤로 물러나 계단을 올라가는 또 다른 발소리가 들리는 것 같았다. 그림자는 여전히 문지방 위에서 가볍게 꿈틀거리고 있었다. 그는 마음을 단단히 먹고 힘껏 문을 뒤로 밀었다.

아무것도 깔지 않은 바닥과 계단에도, 층계참에 둔 빛나는 갑옷을 입고 손에 미늘창[창과 도끼를 결합한 형태의 무기]을 든 조각상에도, 어두운 나무 조각에도, 노란색 징두리 판벽에 걸린 그림 액자에도 희뿌연 빛이 희미하게 아른거렸다. 이 집 전체를 두드리는 빗소리가 꽤나 요란했지만, 마크하임의 귀에는 점차 다른 여러 소리가 구분되어 들리기 시작했다. 발걸음 소리와 한숨 소리, 멀리 떨어진 곳에서 행진하는 군대의 발소리, 동전을 짤랑거리며 세는 소리, 문이 삐걱하고 슬며시 열리는 소리 등이 둥근 지붕 위로 후드득후드득 떨어지는 빗소리, 빗물받이를 타고 콸콸 쏟아지는 물소리와 뒤섞여 들려왔다. 이 집에 자신만 있는 게 아니라는 느낌이 들어서 그는 미칠 것만 같았다. 사방에서 무언가 나타나 그를 둘러싸고 있는 것 같았다. 위층 방에서는 그것들이 움직이는 소리가 들렸다. 상점에서는 죽은 주인이 몸을 일으키는 소리가 들렸다. 마크하임이 있는 힘껏 계단을 오르기 시작했을 때, 앞에서 들리던 발소리가 조용히 사라지더니 이제는 뒤에서 슬며시 따라왔다. 그는 생각했다. '내가 귀머거리라면 참으로 평온하고 차분할 텐데!' 그러다 마크하임은 다시금 바짝 주의를 집중해서 귀를 기울였다. 전초 기지의 초병처럼 생명을 구하기 위해 쉬지 않고 보초를 서는 자신의 감각을 칭찬해야 하지 않겠는가. 그는 계속해서 고개를 두리번거렸고, 눈알이 튀어나올 것처럼 뚫어져라 주위를 살펴보았다. 그가 살펴본 곳마다 무언가 사라지는 게 느껴졌으므로 그의 행동은 절반쯤 보상을 받은 셈이었다. 2층으로 올라가는 24개의 계단은 바로 24개의 고통이었다.

2층에 있는 방문 세 개는 매복지처럼 조금씩 열려 있었는데, 대포 구멍처럼 보여서 그의 신경을 날카롭게 건드렸다. 이제 다시는 그를 지켜보는 사람들 눈으로부터 안전하게 숨거나 피하지 못할 거라는 느낌이 들었다. 그는 집에 가고 싶었다. 벽에 둘러싸인 방에 틀어박혀 이불을 뒤집어쓰고 누웠으면 하는 생각이 간절했다. 하느님 말고는 누구의 눈에도 띄고 싶지 않았다. 그런 생각을 하고 보니 다른 살인자들의 이야기가 떠올랐고, 그들이 천벌을 받을까 봐 두려워했다는 말이 떠올라 의아한 생각도 들었다. 적어도 마크하임 자신은 그렇지 않았다. 그는 자연법칙이 두려웠다. 그 냉엄하고 변치 않는 전개 과정 속에 마크하임 자신이 저지른 범죄에 대한 꼼짝 못할 증거가 보존될까 봐 두려웠던 것이다. 그런데 그가 맹목적이고도 미신적인 두려움으로 그보다 열 배나 더 두려워한 것이 있었다. 바로 인간 경험의 연속성에 균열을 내는 것, 즉 자연이 의도적으로 일으키는 위법 행위였다. 마크하임은 규칙에 의거해 원인에서 결과를 추정하는, 숙련된 기술이 필요한 게임을 했다. 그런데 패배한 폭군이 체스보드를 엎어버리듯 자연이 고유한 연속성의 틀을 깨뜨려버린다면 어찌 될 것인가? 역사가들의 기록에 따르면, 겨울이 등장 시기를 바꿨을 때 나폴레옹에게 그 같은 일이 일어났다[*]. 그 같은 일이 마크하임에게도 일어날 수 있다. 견고한 벽이 투명해져서 유리로 된 벌집의 벌처럼 그의 행동이 고스란히 드러날 수도 있다. 발밑의 튼튼한 널빤지가 모래처럼 가라앉아 그를 옴짝달싹하지 못하게 가두어버릴 수도 있다. 아니, 좀 더 현실적인 사고를 당해서 파멸에 이를 수도 있다. 예를 들면 집이 갑자기 무너져 상점 주인의 시신과 함께 갇히거나, 옆집에 불이 나 소방관들이 사방에서 그를 향해 몰려든다면 어떻게 되겠는가? 마크하임은 두려웠다. 어떤 면에서 이런 것들은 죄를 심판하는 하느님의 손길이라 할 수 있을 것이다. 그러나 마크하임은 하느님에 대해서는 걱정하지 않았다. 자신의 행동과 명분에 타당한 이유가 있음을 하느님은 아실 터였다. 사람들 앞에서는 몰라도 하느님 앞에서는 자신이 정의롭다고 그는 확신했다.

무사히 거실로 들어가 문을 닫자 불안에서 벗어났다는 안도감이 들었다. 거실은 어수선하기 짝이 없었고, 양탄자도 깔려 있지 않았다. 어울리지 않는 가구들과 포장용 상자가 이리저리 흩어져 있기도 했

---

[*] 러시아원정에 나선 프랑스 황제 나폴레옹이 2주나 일찍 찾아온 추위 때문에 전쟁에서 패했던 사실을 말한다.

다. 커다란 거울이 몇 개 설치되어 있어 마치 무대 위의 배우처럼 다양한 각도에서 그를 비춰주었다. 액자를 끼웠건 그렇지 않건 간에 많은 그림이 벽을 향하도록 놓여 있었다. 고급 셰러턴*풍의 멋진 찬장과 상감 세공으로 제작한 진열장, 태피스트리 가리개로 장식한 크고 고풍스러운 침대도 있었다. 창문은 열려 있었지만 다행스럽게도 덧문 아랫부분이 닫혀 있어 이웃의 눈길을 피해 몸을 숨길 수 있었다. 마크하임은 포장용 상자 하나를 진열장 앞으로 끌어다 놓은 다음 열쇠 꾸러미에서 맞는 열쇠를 찾기 시작했다. 열쇠가 많았기 때문에 시간이 아주 오래 걸리는 일이었다. 게다가 짜증스러운 일이기도 했다. 진열장 안에는 아무것도 없을지 모르는 데다 시간은 자꾸만 흘러갔기 때문이다. 그러나 그 일에 집중하다 보니 점차 마음이 진정되었다. 그는 종종 곁눈으로 흘깃 문을 쳐다봤다. 포위당한 사령관이 잘 구축된 방어막을 확인하며 흐뭇해하는 것처럼 그 문을 똑바로 응시하기도 했다. 그러나 사실 그의 마음은 이제 편안해졌다. 거리에 내리는 빗소리가 자연스럽고 기분 좋게 들려왔다. 맞은편 어디에선가 찬송가를 연주하는 피아노 소리가 들리더니 그에 맞추어 많은 아이가 노래를 부르기 시작했다. 얼마나 위풍당당하고 포근한 멜로디인가! 아이들의 목소리는 또 얼마나 청량한가! 마크하임은 열쇠를 찾으면서도 빙긋 웃음을 띠고서 그 소리에 귀 기울였다. 찬송가 소리에 걸맞은 생각과 형상이 마음속 가득 떠올랐다. 교회에 가는 아이들과 웅장

─────────

◆　간소하고 우아한 가구 제작으로 유명한 영국의 가구 제작자

하게 울리는 오르간 소리, 들판에서 뛰놀거나 개울가에서 멱 감는 아이들, 가시덤불 공원을 거니는 사람들, 바람이 불고 구름이 흐르는 하늘에 연을 날리는 사람들…. 그때 다른 선율의 찬송가가 들렸고, 마음속에 다시 교회가 떠올랐다. 졸음이 쏟아지는 여름철 주일날의 풍경, 목사님의 점잖은 체하는 목소리(마크하임은 이 목소리를 떠올리며 슬며시 미소를 지었다), 17세기 초반 양식으로 채색한 무덤, 강단에 희미하게 새긴 십계명….

마크하임은 한편으로는 바삐 손을 놀리고 다른 한편으로는 방심한 상태로 앉아 있다가 어느 순간 깜짝 놀라 벌떡 일어섰다. 얼음장 같은 것이, 혹은 불덩이 같은 것이 그를 덮치고, 몸속의 피가 마구 날뛰었다. 그는 못 박힌 듯 그 자리에 서서 덜덜 떨었다. 느긋하고 꾸준히 계단을 올라오는 발걸음 소리가 들렸다. 이윽고 어떤 손이 방문 손잡이를 잡더니 딸깍하며 자물쇠가 풀리고 문이 열렸다.

두려움이 마크하임을 옥죄었다. 죽은 주인이 걸어온 것인지, 경관이 온 것인지, 아니면 우연히 살인 현장을 목격한 사람이 그를 교수대로 끌고 가려고 무턱대고 들어온 것인지 전혀 알 수가 없었다. 어떤 사람이 조금 열린 문틈으로 얼굴을 들이밀어 방을 휙 둘러보더니 그와 눈을 마주치자 마치 친한 사람을 만났다는 듯 고개를 끄덕이며 미소 지었다. 그런 다음 얼굴을 뒤로 빼고 문을 닫았다. 마크하임은 무서운 나머지 자제력을 잃고 쉰 목소리로 비명을 질렀다. 그러자 방문객이 다시 문을 열고 얼굴을 내밀었다.

"나를 부른 겁니까?" 방문객이 유쾌한 표정으로 물으며 방 안으로 들어와 문을 닫았다.

마크하임은 그 자리에 서서 방문객을 뚫어져라 쳐다보았다. 마치 자신의 눈에 얇은 막이라도 씌운 듯 방문객의 윤곽이 상점 촛불에 어른거렸던 성상들처럼 흔들리면서 변하는 것 같았다. 언뜻언뜻 자기가 아는 사람 같다는 생각이 들었다. 그가 자신과 닮았다는 생각도 했다. 그러면서도 이자는 지상의 존재도, 천상의 존재도 아니라는 확신이 생생한 공포가 되어 가슴을 짓눌렀다.

그런데 빙긋 웃으며 마크하임을 바라보고 서 있는 그자는 이상하게도 흔하고 평범해 보였다. "돈을 찾고 있지요? 그렇지 않습니까?"라는 말에는 일상적이고 공손한 어조가 깃들어 있었다.

마크하임은 그자의 말에 대답하지 않았다.

방문객이 다시 입을 열었다. "경고할 게 있습니다. 이 집 하녀가 평소보다 일찍 애인과 헤어져 곧 이리로 올 거예요. 만약 마크하임 씨가 이 집에 있다는 사실이 드러난다면, 그 결과에 대해서는 굳이 말할 필요가 없겠지요."

"당신, 나를 알아?" 살인자 마크하임이 소리쳤다.

방문객은 미소를 지었다. "당신은 오랫동안 내가 가장 좋아했던 사람입니다. 나는 당신을 지켜보았고, 종종 도와주려 했지요."

"당신, 뭐야? 악마인가?" 마크하임이 거듭 소리쳤다.

"내가 누구든 당신을 도우려는 마음과는 아무 상관이 없어요."

"상관이 없다고? 그렇지 않아! 내가 당신의 도움을 받는다? 천만에. 있을 수 없는 일이야. 당신에게 도움받을 일은 절대 없을 거야! 당신은 아직 나를 몰라. 다행스럽게도 당신은 나를 모른다고!"

"나는 당신을 압니다. 당신의 영혼 속속들이 알고 있지요." 방문객이 부드럽지만 엄숙하게 말했다.

"나를 안다고? 누가 나를 알 수 있겠어? 나는 나 자신을 조롱하고 비하하면서 살아왔을 뿐인데. 난 나의 본성을 속이며 살아왔어. 누구나 다 그렇잖아. 사람은 누구나 그가 쓰고 있는 가면보다 나은 존재야. 가면은 점점 커져서 그를 숨막히게 만들지. 사람들은 다들 삶에 질질 끌려 다니고 있어. 힘센 자들에게 보쌈당한 채 끌려 다니는 사람처럼 말이야. 만약 사람들이 자기 뜻대로 살 수만 있다면, 그때 그들의 얼굴은 완전히 달라 보일 거야. 영웅이나 성자처럼 환하게 빛날 거라고! 하지만 나는 그런 사람들보다 더 나쁜 인간이야. 난 훨씬 큰 어둠에 가려져 있어. 그 이유는 나와 하느님만 알고 있지. 시간이 있다면 나의 본모습을 보여줄 수 있을 텐데."

"나에게 말입니까?" 방문객이 물었다.

"누구보다도 먼저 당신에게 말이야. 난 당신이 똑똑하다고 생각했어. 당신이 나타난 뒤로, 당신은 사람의 마음을 읽을 줄 안다고 생각한 거야. 그런데도 당신은 나를 마음이 아닌 행동으로 판단하려 했어! 잘 생각해봐. 행동으로 날 판단하려 했잖아! 나는 거인의 나라에서 태어나고 살아왔어. 어머니가 나를 낳은 뒤 줄곧 거인들이 내 손목을 붙잡아 끌고 다녔어. 환경이라는 거인들 말이야. 그런데도 당신은 나를 행동으로 판단하려 해! 내 마음을 들여다볼 수는 없는 거야? 내가 악을 증오한다는 걸 이해하지 못하는 거야? 내 안에 양심이 뚜렷하게 자리 잡고 있는 걸 보지 못하는 거야? 비록 번번이 무시되기는 했지만 그 어떤 궤변에도 무너진 적 없는 이 양심이 안 보이는 거냐고? 당신은 인류의 공통된 속성을, 즉 마지못해 죄인이 될 수밖에 없음을 나에게서 읽을 수 없나?"

"대단히 인상적인 말씀이군요. 하지만 난 그런 것은 신경 쓰지
않아요. 그런 무모순성에 관한 논지는 내 소관이 아닙니다. 당신이 올
바른 방향으로 가고 있기만 하면 어떤 힘에 이끌려 가든 전혀 개의치
않는단 말입니다. 아무튼 시간이 흐르고 있네요. 하녀의 귀가가 늦어
지고 있군요. 오가는 사람들도 쳐다보고 광고판 그림도 보느라 말입
니다. 그렇지만 점점 가까워지고 있어요. 명심하세요. 이건 교수대가
크리스마스의 거리를 지나 당신을 향해 성큼성큼 걸어오는 것과 같
습니다! 모든 것을 알고 있는 내가 당신을 도와줄까요? 돈이 어디에
있는지 알려줄까요?"

"그 대가는 뭐지?"

"크리스마스 선물로 드리는 거예요."

마크하임은 일종의 쓸쓸한 승리감에 미소 짓지 않을 수 없었다.

"싫어. 당신 도움은 절대 받지 않겠어. 내가 목이 말라 죽어갈 때
당신이 물 주전자를 들고 내 입에 갖다 댄다 해도 나는 그걸 거부할
거야. 경솔한 짓일지 모르지만, 아무튼 나 자신을 악마에게 맡기는 일
은 절대 하지 않겠어."

"임종의 자리에서 하는 회개에 반대하지 않습니다."

"그건 당신이 회개의 효력을 믿지 않기 때문이잖아!"

"그런 말이 아닙니다. 나는 이 일을 다른 측면에서 보고 있어요.
그래서 생명이 끝나면 내 관심도 사라진답니다. 저 사람도 나를 경배
하며 살았습니다, 종교의 허울 아래 검은 욕망을 내보이면서요. 혹은
당신처럼 욕망에 이끌려서 밀밭에 가라지를 심으며 살았을지 모르겠

군요. 죽음을 눈앞에 둔 사람은 나에게 도움이 되는 행동 하나를 추가할 수 있어요. 그건 바로 회개하고 웃으면서 죽는 겁니다. 그럼으로써 나를 따르며 사는 겁 많은 사람들에게 자신감과 희망을 고취시키는 거죠. 나는 그렇게 매정한 주인이 아닙니다. 한번 시험해보세요. 내 도움을 받아들여요. 여태껏 해왔던 것처럼 인생을 즐기세요. 팔꿈치를 식탁 위에 올려놓고 한껏 즐기란 말입니다. 당신에게 위안이 될까 해서 하는 말인데, 나중에 해가 지고 커튼이 드리우면 양심과 적당히 타협하고 하느님에게 굽실거리며 화해하는 일이 한결 쉬울 겁니다. 나는 그런 임종의 자리에 있다가 여기 온 겁니다. 그 방에는 죽어가는 이의 마지막 말에 귀 기울이며 진심으로 슬퍼하는 사람들이 가득했지요. 죽어가는 이의 얼굴을 들여다보니, 예전에는 자비라고는 모르던 얼굴에 희망의 미소가 서려 있더군요."

"그럼 당신은 나를 그런 존재로 생각하는 거야? 내가 고결한 열망 없이 오로지 죄, 죄, 죄만 추구하다가 마지막 순간에 슬쩍 천국에 들어가려 한다고 생각하는 거냐고? 생각만 해도 심장이 벌렁거리는군. 그래, 인간에 대해 고작 그렇게 생각하는 거야? 아니면 내가 살인을 저지른 걸 알기 때문에 그처럼 천박한 추정을 하는 건가? 살인죄가 정말 선의 근원을 바싹 마르게 할 정도로 불경스러운 일인가?"

"살인이라고 해서 나에게 특별한 의미가 있는 건 아닙니다. 모든 삶이 전쟁이듯 모든 죄가 살인이지요. 나에게는 당신네 인간들이 뗏목 위에서 며칠 굶주린 선원들처럼 보여요. 허기진 사람 손에서 빵 조각을 빼앗고, 서로의 생명을 잡아먹으며 사는 선원들. 내가 좇는 건 범죄 행위의 순간이 아니라 그 너머의 죄 자체입니다. 모든 죄의 결과는 죽음이지요. 내 눈에는 무도회에 참석하는 문제로 어머니를 능청스럽게 속이는 예쁜 아가씨의 손에서도 당신 같은 살인자와 마찬가지로 붉은 피가 뚝뚝 떨어지는 게 보입니다. 죄를 추종한다고 말했지요? 그와 동시에 미덕도 추종한답니다. 그런데 그 둘은 차이가 거의 없어요. 저승사자에게는 목숨을 거두어들일 때 사용하는 낫에 불과하거든요. 내가 따르는 악은 행위에 있는 것이 아니라 인격에 있습니다. 나에게 소중한 것은 악한 행동이 아니라 악한 인간이지요. 폭포수처럼 흐르는 세월을 아주 멀리까지 따라갈 수 있다면, 미덕을 행하는 희귀한 사람보다는 악인이 더 많은 결실을 거둔다는 걸 알게 될 겁니다. 내가 당신의 도피를 도와주려는 것은 당신이 상점 주인을 죽여서가 아니라 당신이 마크하임이기 때문입니다.”

“솔직히 얘기하지. 당신이 찾아낸 이 범죄는 내 마지막 범죄가 될 거야. 이 일을 저지르면서 많은 교훈을 얻었어. 이 일 자체가 교훈이지, 아주 중요한 교훈. 지금까지 나는 반항심에 원치 않는 일을 하면서 살아왔어. 가난에 속박당한 노예였지. 가난에 내몰리고 고통당했으니까. 세상에는 이런 유혹에도 견딜 수 있는 굳건한 사람들이 있어. 하지만 난 그렇지 않았어. 쾌락에 목말라 있었던 거야. 그렇지만 오늘, 내가 저지른 이 소행을 통해 나는 교훈과 소득을 동시에 얻었어. 나를 찾기 위한 힘을 얻고 새로운 결의를 다지게 된 거지. 나는 세상 모든 속박에서 자유로운 사람이 되었어. 완전히 변한 나 자신의 모습을 보기 시작한 거야. 이 두 손은 선을 대리해서 일하고, 이 마음엔 평화가 찾아들 거야. 과거의 꿈이 되살아났어. 안식일 저녁에 교회 오르간 소리를 들으며 꿈꾸었던 것, 고귀한 책을 읽으며 눈물을 흘리거나 천진난만한 어린 시절 엄마와 이야기를 나눌 때 그렸던 것이 내게 다가온 거라고. 내 삶은 거기에 있어. 수년 동안 방황했지만, 이제 내가 가야 할 목적지가 보이는군.”

“당신은 이 돈으로 주식 투자를 하려 했지요? 내가 잘못 알고 있는 게 아니라면 당신은 이미 수천 파운드를 잃었고요. 맞습니까?”

“아, 하지만 이번에는 다를 거야.”

“이번에도 돈을 잃을 겁니다.” 방문객이 조용히 대꾸했다.

“아, 하지만 이번엔 절반은 남길 거야!” 마크하임이 소리쳤다.

“그 절반도 결국 잃게 될겁니다.” 방문객이 말했다.

마크하임의 이마에 땀이 맺히기 시작했다. “그게 무슨 상관이야? 돈을 잃는다고 쳐. 내가 다시 가난에 빠진다 치자고. 그렇다고 해서 나의 악한 부분이 나의 선한 부분을 완전히 끝장내게 될까? 악과 선은 내 안에서 강하게 작동하고 있어. 양쪽에서 나를 끌어당긴단 말이야. 나는 어느 하나만을 좋아하지 않아. 둘 다 좋아하지. 난 훌륭한 행동, 금욕, 순교를 마음에 품을 수 있어. 비록 살인과 같은 죄를 저지르긴 했어도 내 마음속 동정심이 완전히 사라진 건 아니야. 나는 가난한 사람을 동정해. 그들의 어려움을 나보다 더 잘 아는 사람은 없을 거야. 나는 그들을 동정할 뿐만 아니라 도와주기도 해. 난 사랑을 아주 소중하게 생각하지. 그리고 정직한 웃음을 사랑해. 세상엔 선한 것도 없고 진실한 것도 없지만, 난 그걸 진심으로 사랑한다고. 그런데도 악덕만이 나의 삶을 이끌고, 미덕은 덧없이 널브러진 잡동사니처럼 내 삶에 아무런 영향을 미치지 못한단 말이야? 그렇지 않아. 선 또한 내 행동의 원천이라고.”

그러나 방문객이 손가락 하나를 치켜들고 말했다. "나는 당신이 이 세상에서 36년을 사는 동안 운명과 성격의 변화를 겪으며 꾸준히 타락해가는 모습을 지켜보았어요. 15년 전이라면 당신은 도둑만 보아도 질겁했을 겁니다. 3년 전에는 살인이라는 말만 들어도 흠칫 놀랐을 테죠. 그런데 지금은 당신을 뒷걸음치게 만들 만한 범죄가 있나요? 그럴 만큼 잔인하거나 야비한 행위가 있나요? 5년 후엔 당신이 바로 그런 짓을 저지르는 걸 보게 되겠지요. 아래로 아래로, 당신은 계속 타락할 겁니다. 죽음만이 당신을 멈추게 할 수 있겠죠."

"그건 사실이야. 나는 어느 정도 악에 순응하며 살아왔어. 그렇지만 모두들 그렇게 살잖아. 훌륭한 성자라 해도 일상생활을 꾸려나가다 보면 점점 고상한 모습을 잃어버리고 주변에 물들게 돼." 마크하임이 쉰 목소리로 말했다.

"간단한 질문을 하나 던지겠습니다. 대답을 듣고 도덕적 운명을 점쳐드리죠. 당신은 수없이 방종을 저질렀습니다. 당연한 일인지도 모르지요. 어떤 면에서 보면 모든 사람이 다 그러하니까. 아무튼 당신은 아무리 사소하더라도 어떤 일에서 당신의 행동에 만족스러워한 때가 있었나요? 아니면 매사에 제멋대로 행동하나요?"

"어떤 일?" 마크하임이 고통스러운 생각에 잠긴 표정으로 그 말을 되풀이했다. "아니, 그런 건 없어! 나는 모든 면에서 내리막길을 걸어왔어." 그가 절망스럽게 말했다.

"그렇다면, 현재의 자신에게 만족하세요. 당신은 결코 변하지 않을 테니. 그리고 이 인생이라는 무대에서 당신이 맡은 대사는 이미 정해져 있고 변경할 수 없습니다."

마크하임은 한참 동안 아무 말 없이 서 있었다. 침묵을 깬 쪽은 방문객이었다. "그러니 이제 돈 있는 곳을 가르쳐줄까요?"

"하느님의 은총도 보여주겠나?" 마크하임이 소리쳤다.

"은총은 이미 시험해보지 않았던가요? 이삼 년 전 부흥회 단상에서 당신을 본 것 같은데. 그때 가장 크게 찬송가를 부른 사람이 당신 아니었나요?"

"그래, 맞아. 내게 남아 있는 의무가 무엇인지 분명히 알겠어. 이 교훈을 깨닫게 해줘서 진심으로 고마워. 이제 난 눈을 떴어. 마침내 나의 본모습을 보게 된 거야."

바로 그 순간 날카로운 초인종 소리가 집 안에 울려 퍼졌다. 그러자 방문객은 마치 신호를 기다리기라도 한 듯 태도를 바꾸었다.

방문객이 큰 소리로 말했다. "하녀로군요! 내가 경고한 대로 하녀가 돌아왔습니다. 이제 당신 앞에 어려운 관문이 하나 더 생겼네요. 당신은 이제 하녀에게 주인이 아프다고 말해야 합니다. 심각한 표정으로 하녀를 상점 안에 들여야 합니다. 미소나 과장된 행동은 금물이에요. 그러면 당신은 틀림없이 성공할 겁니다! 일단 하녀가 안으로 들어와서 문을 닫고 나면, 상점 주인을 해치울 때 했던 것처럼 그 민첩한 솜씨로 당신 앞길에 놓인 이 마지막 위험 요인을 돌파하세요. 그렇게 하면 저녁 내내, 필요하다면 밤새도록 안전을 걱정할 필요 없이 집 안의 보물을 뒤질 수 있어요. 위험이라는 가면을 쓰고 온 기회라고요. 자!" 그가 힘주어 말했다. "친구여, 당신의 목숨이 저울에 올려진 채 흔들리고 있잖습니까. 자, 어서 움직여요!"

마크하임은 다그치듯 말하는 조언자를 흔들림 없는 시선으로 바라보았다. "내가 악한 행동을 할 운명을 타고났다 해도 자유의 문 하나가 아직 열려 있어. 나는 행동을 멈출 수 있어. 내 삶이 병들었다면 그걸 스스로 내려놓을 수 있단 말이야. 당신 말마따나 내가 온갖 사소한 유혹의 손짓에 휘둘리며 살아왔다 해도 한 번의 단호한 결단으로 그 모든 유혹이 미치지 못하는 곳으로 갈 수 있어. 선을 향한 나의 사랑은 안타깝게도 결실을 보지 못하겠군. 할 수 없지. 그냥 내버려두는 수밖에! 그렇지만 난 여전히 악을 증오해. 이 사실로부터 힘과 용기를 끌어낼 거야. 당신은 분하고 실망스럽겠지만 말이야."

방문객의 이목구비가 멋지고 아름답게 변하기 시작했다. 따뜻한 승리감에 젖어 밝고 온화한 빛을 띠던 얼굴은 점점 흐릿해지면서 천천히 사라졌다. 하지만 마크하임은 행동을 멈추고 그 변화를 지켜보거나 이해하려 하지 않았다. 방문을 열고 나간 그는 생각에 잠긴 채 아주 천천히 아래층으로 내려갔다. 그의 과거가 또렷한 모습으로 눈앞을 스쳐 지나갔다. 그는 그 광경을 있는 그대로 보았다. 꿈처럼 추하고 힘겨웠으며, 우연처럼 제멋대로였고, 패배의 연속이었다. 이제 삶은 침착하게 과거를 바라보며 되새기는 그를 유혹하지 않았다. 대신 그는 저 먼 곳에 자신의 배가 정박할 조용한 안식처가 있음을 깨달았다. 그는 통로에 잠시 멈춰 서서 가게 안을 들여다보았다. 여전히 촛불이 시체 옆에서 타고 있었다. 기이할 정도로 고요했다. 그렇게 바라보는 동안 상점 주인에 대한 여러 생각이 마음속으로 밀려들었다. 그때 초인종이 또다시 초조하게 울렸다.

마크하임은 문간에서 미소를 지으며 하녀를 맞았다.

"경찰을 부르는 게 좋겠소. 내가 당신 주인을 죽였으니까."

◦ 해제

인간의 이중성을 적나라하게 드러낸 문제작

- 서창렬

1. 스티븐슨의 생애

로버트 루이스 스티븐슨(Robert Louis Stevenson)은 1850년 스코틀랜드의 수도 에든버러에서 태어났다. 그가 태어난 빅토리아시대의 영국은 산업화에 따른 부의 증가, 다윈의 진화론을 비롯한 과학의 진보, 참정권 확대 등 사회 전 분야에서 비약적인 발전을 이루어나갔다. 영국 역사상 가장 번영을 구가했지만, 한편으로는 소외 계층의 빈한한 삶이 사회에 어두운 그림자를 드리우던 시절이기도 했다. 에든버러에서도 새로 조성된 신시사지에 부유하고 지체 높은 사람들이 살았으며 일반 시민은 구시가지에 남았다. 하지만 시간이 지나면서 재산을 모은 중산층과 전문직 종사자들도 신시가지로 넘어갔고, 구시가지는 빈민가와 사창가가 형성되면서 갈수록 빈곤과 불법이 만연했다. 이처럼 극명하게 대비되는 에든버러의 공간적 이중성은 스티븐슨의 뇌리에서 인간의 이중성에 대한 생각으로 확대되어 훗날 『지킬 박사와 하이드 씨』 같은 작품을 쓰는 데 영향을 미쳤다.

그의 집안에는 산업혁명의 주역이라고 할 수 있는 엔지니어들이 많았다. 특히 아버지와 할아버지 모두 이름난 등대 기술자였다. 외가는 법률가와 목회자를 다수 배출한 명문가였다. 유복한 집안의 외아들로 태어난 스티븐슨은 폐가 약했던 어머니의 체질을 물려받아 병치레가 잦았고 늘 호흡기질환에 시달렸다. 그래서 어린 시절에는 자주 침대에 누워 지냈다. 그럴 때면 간호사 앨리슨 커닝엄이 그를 돌보면서 성경과 『천로역정』을 비롯한 여러 책을 읽어주었다. 엄격한 칼뱅주의자였던 그녀는 스티븐슨에게 영감을 주고 문학적 상상력을 불러일으켰을 것이다. 한편으로는 엄격한 교리에 기반한 그녀의 이야기가 스티븐슨이 20대 초반에 기독교 신앙을 포기하는 데 영향을 미쳤다는 시각도 있다.

대를 이어 등대 기술자로 일했던 아버지의 권유에 따라 에든버러 대학 공학과에 입학했지만, 여행과 글쓰기를 좋아했던 스티븐슨은 토목기사가 되고 싶은 생각이 없었다. 결국 법학과로 전과해서 변호사 자격을 획득했다. 그러나 작가가 되기를 원했으므로 변호사 사무실은 열지 않았다. 더는 기독교를 믿지 않겠다고 말한 데 이어 명망 있는 직업을 내던지고 작가가 되겠다고 한 탓에 아버지와 사이가 심각하게 틀어진 스티븐슨은 부모에게 경제적 도움을 받지 못하고 한동안 궁핍하게 살았다.

그는 여행을 무척 좋아해서 프랑스, 벨기에, 미국, 스위스, 오스트레일리아, 남태평양의 섬 등 여러 곳을 다녔다. 건강이 좋지 않아 요양을 겸한 여행이 태반이었지만, 천성이 낭만주의자인 그는 몸에 무리가 갈 만한 여정도 마다하지 않았다. 여행은 그의 상상력과 창작의 원천이었다. 「내륙 여행」을 비롯한 여러 에세이는 여행의 직접적인 산물이었고, 모험소설의 원형인 『보물섬』도 항해 경험이 없었다면 그토록 멋지고 짜릿한 작품으로 세상에 나오지 못했을 것이다.

아내인 패니 오스번도 여행지인 프랑스의 그레에서 만났다. 미국인 유부녀였던 그녀는 스티븐슨보다 열 살 연상으로, 그를 어머니처럼 푸근히 보살펴주었다. 1878년에 패니 오스번이 캘리포니아의 남편에게로 돌아가고, 그다음 해에 그녀의 이혼이 거의 마무리되자 스티븐슨은 패니를 만나러 이민선을 타고 미국 뉴욕으로 떠났다. 그의 건강을 염려한 주위 사람들이 만류했지만 그는 다른 이민자들처럼 2등실에 머물며 열흘 동안 힘겹고 고달픈 대서양 횡단 여행을 했다. 이민을 떠나는 노동자들의 실상을 직접 체험하기 위해서였는데, 이를 통해 그의 치열한 작가 정신을 알 수 있다. 스티븐슨은 2등실에 탔으면서도 3등실 승객들과 친하게 지냈다. 그는 가난하고 거친 사람들과 밀항자들 틈에서 자신이 보고 느낀 것을 날 선 언어로 기록했다. 뉴욕에 도착하고 나서는 캘리포니아까지 기차 여행을 시작했는데, 가는 도중 몬터레이에서 건강이 악화되어 사경을 헤맸다. 그는 이 경험을 「아메리카행 이민선」과 「대평원을 가로지르며」라는 에세이로 남겼다. 수중에 돈도 거의 없이 생고생하며 미국으로 건너가 연인을 만나고, 그곳에서 마침내 전남편과 이혼한 그녀와 결혼식을 올린 이 일은 병약한 그가 얼마나 낭만과 모험을 추구했는지 보여준다.

패니와 그녀의 아들 로이드를 데리고 스코틀랜드로 돌아온 지 1년쯤 지났을 때 스티븐슨은 의붓아들을 즐겁게 해주려고 『보물섬』을 잡지에 연재하기 시작했다. 훗날 『잘못된 상자』, 『약탈자』 등을 공저로 집필하고 출간할 만큼 의붓아들과 사이가 좋았고, 나이 차이가 여덟 살밖에 안 되는 의붓딸이 남편과 이혼했을 때는 사모아의 집으로 불러 자신의 조수 역할을 하게 할 만큼 의붓딸과도 허물없이 지냈다. 이혼한 딸과 함께 온 아들, 그러니까 당시 열 살이 갓 넘은 의붓손자와도 사이가 좋았다.

1886년 서른여섯 살 때, 대표작으로 손꼽히는 『지킬 박사와 하이드 씨』를 썼고, 이듬해에 아버지가 세상을 떠났다. 고향 에든버러에서 잠시 지내던 스티븐슨은 이 무렵부터 건강 문제가 생겨서 어머니, 아내, 로이드와 함께 뉴욕으로 요양을 떠났고 1888년에는 남태평양 여행을 시작했다. 마르키즈 제도, 투아모투 제도, 타히티 등지를 여행하고 하와이에서도 오래 머물렀으며 1889년에는 사모아 우폴루섬에 도착했다. 거기 머무르는 동안 기후와 경치에 반하고 주민들도 마음에 들었던 터라 아예 그곳에 정착하기로 마음먹고 바일리마에 넓은 땅을 구입했다. 그는 사모아에서 살면서 조국 영국을 포함한 유럽 열강들이 저지르는 식민지 약탈과 유럽 외 지역을 미개하게 여기는 차별적인 시선에 분개하며 글을 써서 고발하곤 했다. 여느 백인들과는 달리 원주민을 차별 없이 따뜻하게 대한 그는 사모아 주민들에게 존경과 사랑을 받았으며, 주민들은 그를 '이야기꾼'이라는 뜻의 '투시탈라'라고 불렀다.

1894년, 작가로서 전성기가 지났다는 생각에 우울증을 앓던 그는 아내와 대화를 나누던 중 갑자기 고통을 호소하며 쓰러졌고, 끝내 뇌출혈로 세상을 떠났다. 평생 폐질환을 앓다가 마지막 순간에는 뇌출혈로 생을 마감한 것이다. 그의 죽음을 슬퍼한 우폴루섬 추장들과 주민들은 그들이 신성하게 여기는 바에아산 정상 근처에 스티븐슨의 시신을 묻으려고 24시간 동안 열심히 작업해서 길을 냈고, 다음 날 바다가 내려다보이는 곳에 그를 안장한 뒤 성대한 의식을 치러 그의 영혼을 위로했다.

2. 스티븐슨의 작품 세계

스티븐슨은 소설, 시, 비평, 기행문, 에세이에다 희곡까지 다양한 영역에 도전했다. 마흔네 살이라는 이른 나이에 세상을 떠났지만 그는 수많은 작품을 남겼다. 평생 폐결핵으로 고통받았음에도 작품에서는 그런 기미가 잘 드러나지 않는다. 오히려 동시대 다른 작가들을 압도할 만큼 에너지와 생동감이 담겨 있다. 그는 타고난 재능을 치열하게 불태운 작가였다.

스티븐슨은 『보물섬』, 『지킬 박사와 하이드 씨』 등으로 독자들에게 인기를 얻었으나, 당대의 평단에서는 흥미 위주의 모험소설을 쓰는 아동작가, 또는 독자의 감성을 자극하는 대중작가 정도로 폄하하는 경향이 있었다. 당시 영국 사회에서는 대중문학과 고급문학을 엄격히 구분하려 했고, 비평가들은 상업 출판물 속에서 순문학의 가치를 지키는 걸 사명으로 여겼다. 이러한 시대 분위기와 사실주의 소설을 높이 평가하는 경향 탓에 스티븐슨의 독창성과 환상적인 요소들은 정당한 평가를 받지 못했다. 모더니즘 미학이 부상한 20세기 초반까지도 그런 흐름이 계속되었는데, 실례로 영문학 최고의 작품을 집대성한 『노튼 앤솔로지』에서도 20세기 대부분의 기간 동안 스티븐슨의 작품은 배제되었다. 대학에서 학자들은 주로 모더니즘 작품을 선택해 여러 난해한 기법을 강의하는 경향이 있었는데, 이는 문학을 지적인 독자들의 전유물로 만들었다.

이런 경향은 20세기 후반 포스트모더니즘 시대에 이르러서야 바뀌기 시작했다. 그것도 영문학계 내부보다는 바깥에서 그런 움직임이 더 활발하게 일어났다. 예컨대 환상적인 요소를 과감히 수용하려 했던 이탈리아의 이탈로 칼비노 그리고 자신이 고른 세계 문학 선집 '바벨의 도서관' 시리즈에 스티븐슨을 넣은 아르헨티나의 호르헤 루이스 보르헤스 등이 스티븐슨을 재평가하며 자신들의 선배 작가로 받아들였다. 또한 어니스트 헤밍웨이, 러디어드 키플링, 블라디미르 나보코프 같은 작가도 그에게 존경심을 표했다. 대부분의 모더니즘 작가들은 문학에 대한 자신들의 편협한 정의를 벗어나는 대중적인 글을 쓴다는 이유로 스티븐슨을 깎아내렸지만, 근래의 평론가들은 모더니즘 문학에 대한 반성과 더불어 스티븐슨의 대중성 너머에 있는 예술적 가치를 새로이 평가하고 있다.

스티븐슨이 『보물섬』을 연재할 때 주변에서는 수준이 떨어지는 청소년 잡지에 기고하지 말고 좀 더 진지한 글을 쓰라고 권했지만, 그는 자기 작품에 대한 자부심을 잃지 않았다. 그는 상상력이 있는 독자라면 어른이라 해도 이 작품을 통해 낭만과 동심을 회복할 것이라고 주장했다. 그의 말대로 오늘날『보물섬』은 모든 모험소설의 원형 같은 작품으로 자리 잡았다.

　어린이 독자를 위한『보물섬』이 욕망을 실현하는 모험 이야기를 담았다면『지킬 박사와 하이드 씨』는 이중적인 욕망에 따라 자아가 둘로 나뉘는 어른의 비극을 다루었다고 할 수 있다. 스티븐슨은 당시로부터 1세기 전 에든버러에 살았던 실존 인물 조합장 브로디(실제 이름은 윌리엄 브로디)에 관한 희곡을 쓴 적이 있다. 브로디는 캐비닛 제작자이자 길드(동업 조합)의 조합장이면서 시의원이었는데, 낮에는 무척 성실하게 살았으나 밤이 되면 한편으로는 스릴을 위해, 다른 한편으로는 도박 자금과 유흥비를 마련하기 위해 강도로 돌변하는 이중생활을 했다. 결국 그는 붙잡혀 교수형을 당했는데, 이 인물을 모티프로 삼아 서른 살에 쓴 희곡이 그로부터 6년 뒤 세상에 나온『지킬 박사와 하이드 씨』를 쓰는 데 영감을 준 것이 틀림없다.

　『지킬 박사와 하이드 씨』는 인간의 무의식에 관한 통찰이 돋보이는 작품이다. 프로이트가 무의식 이론을 정립하기 전에 그 무의식의 모습을 직관적이면서도 섬뜩하게 그려낸 것으로, 스티븐슨의 눈부신 상상력과 작가적 역량이 드러난다. 당대에는 말초신경을 자극하면서 지나치게 감각적인 감정을 유발한다고 비판받기도 했으나, 결국 이 작품은 세월의 무게를 이겨내고 가치를 인정받았다. 특히 많은 작가와 평론가가 스티븐슨의 문체를 주목하면서 이 작품의 진정한 힘이 문체에 있다고 말한다. 정확하고 명쾌한 묘사와 표현력이 작품에 특별한 매력을 부여한다는 것이다. 블라디미르 나보코프는『나보코프 문학 강의』에서 "이 작품은 평범한 소설이라기보다 시에 더 가까운 이야기다"라고 말했다.

　스티븐슨 작품의 성공 비결은 모든 독자가 공감할 수 있는 인간의 원형적 체험을 탁월한 솜씨로 설득력 있게 제시한다는 점이다. 앞에서 언급했듯이 『보물섬』이 모든 모험소설의 원형 같은 작품이라고 한다면 『지킬 박사와 하이드 씨』는 인간의 이중성이라는 원형적 체험에 관한 전범 같은 작품이라고 할 수 있다. 사실, 우리는 대부분 내 안에 하나가 아닌 두 개의 자아가 있다고 여긴다(심지어 둘 이상의 자아가 있다고 여기는 사람들도 적지 않을 것이다). 그 두 개의 자아가 의식의 표면에서, 혹은 무의식의 심연에서 무시로 갈등하고 싸우고 화해한다. 이 같은 인간의 본질을 바탕으로 '충동적이고 악한 자아를 분리한다면 어떻게 될까' 하는 상상력을 치열하고 명료하고 노련하게 끌고 간 점이 이 작품에 공감하게 만드는 원천이다.

　나보코프도 지적하듯이, 이 작품에는 한 가지 특징이 눈에 띈다. 이야기가 진행될수록 수도사 모임 같은 느낌이 든다는 점이다. 화자인 어터슨도 독신이고, 주인공인 지킬도 독신이다. 하이드의 잔혹함을 처음으로 어터슨에게 알린 젊은 엔필드도 독신으로 보인다. 지킬의 집사인 풀도 독신이다. 그리고 대략적으로 묘사된 하녀 몇 명과 평범한 노파, 의사를 부르러 나온 여자아이를 제외하면 이 소설에서 여성의 역할이 거의 없다. 또 하나의 특징을 들자면, 지킬이 즐긴다는 쾌락을 구체적으로 묘사하지 않은 채로 남겨두었다는 점이다. "그러는 편이 작가로서는 더 안전하겠지만, 그 점이 작가의 약점을 은근히 드러내는 게 아닐까?"라고 나보코프는 썼다. 그렇지만 소설의 주제의식과 이야기를 끌어가는 솜씨가 무척 눈부셔서 이 같은 약점이 작품성을 거의 손상시키지 못한다. 이것이 역설적으로 『지킬 박사와 하이드 씨』의 위대성을 더욱 돋보이게 한다.

이 책에 수록된 스티븐슨의 작품 네 편을 발표된 순서로 적으면 「시체 도둑」(1884년), 「마크하임」(1885년), 『지킬 박사와 하이드 씨』(1886년), 「병 속의 악마」(1891년)다. 모두 30대에 발표한 작품들이다. 작품 세계의 주요 주제인 인간의 악마성이나 선악의 갈등에 가장 치열하게 천착했던 이때가 그의 전성기였다고 해도 과언이 아니다.

「시체 도둑」은 1820년대 후반 스코틀랜드 에든버러에서 있었던, 실제 사건을 소재로 삼아 창작한 단편이다. 당시에는 의과 대학생들이 해부 실습용으로 사용할 시체가 부족했고, 시체를 차질 없이 조달하는 것이 유능한 해부학 교수의 자질로 여겨졌다. 그러다 보니 자연스럽게 시체 거래가 이루어졌으며, 교회 묘지에서 시체를 훔쳐 파는 시체 도굴꾼도 생겨났다. 심지어 시체를 팔기 위해 살인을 저지르기도 했는데, 대표적인 사례가 에든버러에서 여관업을 하던 버크와 해어가 최소한 16명의 투숙객을 살해한 뒤 (이 단편에서 K로 나오는) 해부학 교수에게 팔아넘긴 사건이다. 스티븐슨은 이 역사적인 사실에 특유의 환상적인 요소를 끌어들이고 선악이 팽팽하게 공존하는 심리적 긴장 관계를 시종일관 유지함으로써 인간의 악마성과 이중성을 강렬하게 드러냈다.

「마크하임」은 다소 모호한 환상적인 색채를 입혀 선과 악의 문제를 깊숙이 탐구한 수작이다. 주인공 마크하임은 크리스마스 날 단골 골동품 상점을 찾아가 미리 준비한 단검으로 주인을 살해한다. 혼자 남게 된 그는 예기치 못한 두려움에 사로잡힌 나머지 한꺼번에 울려대는 시계 소리나 거울에 비친 자신의 모습에 놀라며 양심의 가책을 느낀다. 그가 어디에선가 들려오는 찬송가 소리에 귀 기울이면서 어린 시절의 맑고 순수했던 기억을 떠올릴 때 악마의 화신인지 양심의 화신인지 모를 낯선 존재가 그를 찾아온다. 마지막 순간 마크하임이 "내게 남아 있는 의무가 무엇인지 분명히 알겠어. 이 교훈을 깨닫게 해줘서 진심으로 고마워. 이제 난 눈을 떴어. 마침내 나의 본모습을 보게 된 거야"라고 말하고 나서 하녀에게 범죄를 고백하고 경찰을 부르도록 요청하는 것으로 보아 그리고 자유의지에 따라 회심(回心)하겠다는 마크하임의 얘기를 들은 낯선 존재의 이목구비가 아름답게 변하고 얼굴에 승리감이 감도는 것으로 보아 그 존재는 마크하임의 양심이 내는 목소리라고 이해하는 것이 타당할 듯싶다. 선악에 관한 작가의 생각이 심오하게 녹아 있는 단편이다.

「병 속의 악마」는 나머지 세 작품과 달리 동화적 요소가 스며 있어 한결 가볍고 경쾌하게 읽을 수 있다. '투시탈라'(이야기꾼)라는 호칭이 참으로 잘 어울리는 작품이다. 병 속에 악마가 살고 있고, 이 악마가 병을 소유한 주인이 원하는 모든 것을 들어주지만, 죽기 전에 그 병을 팔지 못하면 죽어서 영원히 지옥 불에 떨어지게 된다는 설정이 익숙하면서도 우리의 호기심을 자극한다. 이 저주에서 풀려나려면 자신이 산 가격보다 조금이라도 싼 가격에 병을 팔아야 한다는 전제가 이야기를 끌고 나간다. 스티븐슨이 『보물섬』의 작가라는 사실을 새삼스레 일깨워주는, 즐겁고 흐뭇하고 도덕적이고 재미있는 작품이라는 점에 대부분의 독자가 동의하리라 믿는다.

사모아에서 세상을 떠나던 날, 스티븐슨은 자신이 가장 좋아하

❖ 원주민들이 함께한 스티븐슨의 장례식(토머스 앤드루 촬영, 1894년)

는 레드와인 한 병을 지하실에서 꺼내 와 코르크 마개를 뺀 뒤 갑자기 아내를 부른다. 앞에서 인용한 나보코프의 책에 나오는 내용이다. "내가 왜 이러지? 뭔가 이상한 느낌이 들어? 내 얼굴이 변했나?" 그러고는 바닥에 쓰러진다. 뇌혈관이 터진 것이다. 나보코프는 이렇게 글을 맺는다. "아니, 자기 얼굴이 변했냐고 묻다니. 스티븐슨의 가장 놀라운 작품『지킬 박사와 하이드 씨』에 나오는 운명적인 변신 테마와 그의 마지막 순간이 서로 묘하게 연결된다."

○ 로버트 루이스 스티븐슨 연보

1850년

11월 13일 스코틀랜드 에든버러에서 이름난 등대 기술자인 토머스 스티븐슨과 상류층 가문의 딸 마거릿 이사벨라의 외아들로 태어났다. 폐가 약했던 어머니의 허약한 체질을 물려받은 스티븐슨은 훗날 폐결핵에 걸렸으며, 평생 병마에 시달린다.

1866년(16세)

첫 책 『펜틀랜드의 봉기: 역사의 한 페이지 1666년』(*The Pentland Rising: A page of History*, 1666)을 아버지의 재정 지원으로 출판했다. 젊은 혈기가 발동하여 계약파(17세기에 장로교회를 지키기 위해 결성된 스코틀랜드인 집단)를 추앙하는 마음으로 쓴 책이다.

1867년(17세)

아버지의 뒤를 이어 토목기사가 되기를 바라는 집안의 뜻에 따라 에든버러 대학 공학과에 입학했다. 이 시기에 친구들과 함께 국내를 비롯해 프랑스 등지로 여행하는 것을 좋아했는데, 이때의 경험이 훗날 작품 활동을 하는 데 큰 영향을 미쳤다.

1871년(21세)

토목기사가 되고 싶은 생각이 없었던 그는 결국 공학과에서 법학과로 전과했다(1875년에 졸업함). 에든버러 대학 잡지에 「늙은 스코틀랜드 정원사」(*An Old Scotch Gardener*) 등 여러 편의 에세이를 발표했다. 법률을 공부하면서도 꾸준히 문학적인 글을 쓰고 여러 잡지에 투고했다.

1873년(23세)

아버지에게 자신은 더 이상 기독교를 믿지 않는다고 말했다. 이는 장로교와 기독교 교리를 거부한 것으로 보인다. 아버지와 견해 차이로 힘들게 지내다 7월에 잉글랜드 서픽에 사는 사촌을 방문했다. 이곳에서 영문학자 시드니 콜빈과 패니 시트웰(나중에 콜빈의 아내가 됨)을 만났으며, 이후 이들과 평생 교우했다. 특히 시드니 콜빈은 문학적 조언자가 되었고 나중에는 스티븐슨의 편집자로도 일했다. 11월에는 폐결핵과 신경쇠약 증세를 치료하기 위해 프랑스 망통으로 휴양을 떠났다.

1874년(24세)

4월에 망통을 떠나 파리를 거쳐 에든버러에 돌아왔다(이때부터 1878년 가을까지의 기간 중 약 3분의 1을 프랑스에서 보낸다). 잡지 『콘힐』에 평론 「빅토르 위고의 로맨스」(*Victor Hugo's Romance*)를 기고했다.

1875년(25세)

학업을 마치고 시험에 통과해서 변호사 자격을 획득했다. 그러나 작가가 되기를 원했으므로 변호사 개업은 하지 않았다.

1876년(26세)

9월에 프랑스 파리로, 이어서 그레로 여행을 떠났다. 그곳에서 훗날 아내가 될 패니 오스번을 만났다. 미국인이며 10살 연상인 패니는 두 아이의 엄마였고, 당시 남편과 별거 중이었다.

1877년(27세)

여러 차례 프랑스를 방문해서 패니 오스번과 함께 파리와 그레를 여행하며 사랑을 키워나갔다. 「옛 노래」(*An Old Song*, 그의 첫 소설로, 잡지 『런던』에 발표함), 「하룻밤 숙박」(*A Lodging for the Night*) 등을 발표했다.

1878년(28세)

3월에 영국의 박스힐로 가서 소설가이자 시인인 조지 메러디스를 방문했다 (이후 1879, 1882, 1886년에도 다시 방문함). 5월에 여행 에세이 『내륙 여행』(*An Inland Voyage*)을 출간했다. 8월에 패니 오스번이 캘리포니아의 남편에게로 돌아갔다.

1879년(29세)

패니 오스번을 만나러 8월에 이민선을 타고 스코틀랜드를 떠나 열흘 뒤 미국 뉴욕에 도착했으며, 뉴욕에서 기차를 타고 캘리포니아로 가는 도중 건강이 악화되어 몬터레이에서 머물렀다. 12월에 패니 오스번이 남편과 이혼했다. 여행 에세이 『당나귀와 함께한 세벤느 여행』(*Travels with a Donkey in the Cévennes*)을 출간했다.

1880년(30세)

샌프란시스코에서 경제적으로 어렵게 살아가면서 「그의 회고록」(*Memoirs of Himself*)이라는 에세이를 썼다. 이스트오클랜드로 거처를 옮기고 나서 처음으로 폐출혈이 일어났다. 5월에 패니 오스번과 샌프란시스코에서 결혼하고 신혼을 즐기다가 8월에 패니와 그녀의 아들 로이드를 데리고 스코틀랜드로 돌아왔다. 실제 인물과 사건을 바탕으로 쓴 희곡 「조합장 브로디: 이중생활」(*Deacon Brodie: A Double Life*)을 집필했다. 이 작품은 훗날 『지킬 박사와 하이드 씨』(*Strange Case of Dr. Jekyll and Mr. Hyde*)를 쓰는 데 영감을 주었다. 에세이 「헨리 데이비드 소로」(*Henry David Thoreau*), 중편소설 「해변가 모래언덕 위의 별장」(*The Pavilion on the Links*) 등을 발표했다.

1881년(31세)

의붓아들 로이드를 즐겁게 해주기 위해 『보물섬』(*Treasure Island*)을 집필하기 시작했고 『영 폭스』(*Young Folks*)라는 잡지에 연재했다. 동시집 『어린이의 시의 정원』(*Child's Garden of Verses*)에 실릴 첫 시를 썼다.

1882년(32세)

요양하기 위해 머무르던 스위스 다보스에서 스코틀랜드로 돌아왔다. 폐출혈로 9월과 10월에 프랑스 남부 도시 몽펠리에와 마르세유에서 요양했다. 「자살 클럽」(*The Suicide Club*), 「영주의 다이아몬드」(*The Rajah's Diamond*), 「하룻밤 숙박」 등의 작품을 모은 단편 소설집 『신아라비안나이트』(*New Arabian Nights*)를 출간했다.

1883년(33세)

마르세유와 이에르에서 지냈다. 『보물섬』을 단행본으로 출간했다. 역사 모험소설이자 로맨스 소설인 『검은 화살』(*The Black Arrow*)을 '조지 노스 선장'(Captain George North)이라는 가명으로 『영 폭스』에 연재했다.

1884년(34세)

이에르에서 지내던 1월에 폐출혈로 심하게 아팠다. 부부는 영국으로 돌아와 잠시 런던을 거쳐 7월 본머스에 정착했는데, 여기서 1887년 8월까지 머물렀다. 단편 「시체 도둑」(*The Body Snatcher*)을 집필했다.

1885년(35세)

폐출혈이 심해져서 건강이 악화되었다. 소설가 헨리 제임스와 친밀하게 교우하기 시작했다. 『어린이의 시의 정원』을 출간했다. 아내 페니 스티븐슨과 공저로 『신아라비안나이트 속편: 다이너마이터』(*More New Arabian Nights: The Dynamiter*)를 펴냈다. 단편 「마크하임」(*Markheim*)을 집필했다.

1886년(36세)

대표작으로 꼽히는 『지킬 박사와 하이드 씨』를 출간했다. 『납치』(*kidnapped*), 『대학 시절의 추억』(*Some College Memories*)을 펴냈다.

1887년(37세)

5월에 아버지 토머스 스티븐슨이 별세했다. 스티븐슨은 생애 마지막으로 에든버러에서 지내다가 8월에 요양하기 좋은 곳을 찾아 어머니, 패니, 로이드와 함께 배를 타고 뉴욕으로 떠났다. 『스크리브너스 매거진』에 12개월 동안 에세이를 연재하기로 계약했다. 「메리 맨」(The Merry Men), 「마크하임」, 「오랄라」(Olalla), 「목이 돌아간 재닛」(Thrawn Janet)을 포함하여 여섯 편의 단편을 모은 단편 소설집 『메리 맨 및 기타 단편』(The Merry Men and Other Tales and Fables)을 출간했다.

1888년(38세)

패니의 단편소설 「닉시」(The Nixie)의 표절 문제로 친구인 윌리엄 어니스트 헨리와 논쟁했다. 패니, 로이드, 어머니와 함께 스쿠너 요트 캐스코(Casco)호를 타고 샌프란시스코를 떠나 남태평양 여행을 시작했다. 마르키즈 제도, 투아모투 제도, 타히티 등지를 여행하며 지냈다. 1월부터 12월까지 『스크리브너스 매거진』에 「꿈에 대한 짧은 글」(A Chapter on Dreams), 「크리스마스 설교」(A Christmas Sermon) 등의 에세이를 실었다.

1889년(39세)

1월부터 6월까지 하와이에 머물렀다. 5월에 하와이 몰로카이섬의 나환자촌을 방문했다. 16년 동안 그곳 환자들을 살갑게 보살피다가 자신도 한센병에 걸려 이해 4월에 사망한 벨기에 출신 다미앵 신부의 삶에 깊이 감명받은 스티븐슨은 훗날 다미앵 신부의 행적을 널리 알리는 데 일조하게 된다. 6월에 하와이 호놀룰루를 떠나 길버트 제도로 갔다가 12월에 사모아 우폴루섬에 도착했다. 모험소설 『밸런트레이 귀공자』(The Master of Ballantrae), 의붓아들 로이드 오스번과 공저로 『잘못된 상자』(The Wrong Box)를 출간했다.

1890년(40세)

1월에 사모아에 정착할 생각으로 바일리마의 땅을 구입했다. 2월에 오스트레일리아 시드니로 가서 지내면서 마셜 제도, 뉴칼레도니아섬 등지를 여행했다. 9월에 바일리마로 돌아와 오두막집에서 지냈다. 성품이 친절하고 너그러운 데다 원주민들과 잘 어울려 지냈으므로 원주민들도 그를 신뢰하고 따랐다. 사모아 원주민은 그를 '이야기꾼'이라는 뜻의 '투시탈라'라고 불렀고, 아내 패니를 부르는 이름은 '흘러가는 구름'이라는 뜻의 '아올렐레'였다.

1891년(41세)

4월에 바일리마에 지은 큰 집으로 들어가 살았다. 단편 「병 속의 악마」(*The Bottle Imp*)를 발표했다.

1892년(42세)

6월에 스티븐슨과 나이 차이가 여덟 살밖에 안 되는 의붓딸 이소벨 스트롱이 하와이에서 살다가 남편과 불화를 겪고 난 뒤 바일리마로 와서 스티븐슨의 조수로 일했다(그의 병이 심해져서 집필이 어려울 때는 그가 불러주는 글을 받아 적고 정리했다). 7월, 이소벨이 남편과 이혼했다. 로이드 오스번과 공저로 『약탈자』(*The Wrecker*)를 출간하고, 단편 「팔레사 해변」(*The Beach of Falesá*)을 발표했다. 남태평양 식민지 문제를 다룬 에세이 『역사에 대한 각주』(*A Footnote to History*)를 출간했다.

1893년(43세)

「목소리의 섬」(*The Isle of Voices*)을 발표했다. 「팔레사 해변」, 「병 속의 악마」,

「목소리의 섬」을 한 권으로 묶은 단편소설집 『섬의 밤을 위한 오락물』(*Island Nights' Entertainments*)을 출간했다. 『납치』의 후속편인 『캐트리오나』(*Catriona*)를 출간했다.

1894년(44세)

로이드 오스번과 공저로 『썰물』(*The Ebb-Tide*)을 출간했다. 집필 중이던 장편 『허미스턴의 위어』(*Weir of Hermiston*)를 마무리짓지 못한 채 12월 3일 사모아의 바일리마 자택에서 폐질환이 아닌 뇌출혈로 사망했다. 섬의 추장과 주민들은 스티븐슨을 추모하는 마음으로 그들이 신성시하는 바에아산 정상 가까이에 그를 묻었다. 미망인 패니는 사모아에서 홀로 몇 년을 살다가 외로움을 참지 못해 미국으로 돌아갔고, 1914년에 73세의 나이로 세상을 떠났다. 그녀의 유골도 사모아로 운반되어 바에아산에 묻혔다.

옮긴이 **서창렬**

연세대학교 영어영문학과를 졸업했다. 에이모 토울스의 『모스크바의 신사』를 비롯하여 캐런 조이 파울러의 『부스』, 그레이엄 그린의 『브라이턴 록』, 『그레이엄 그린』, 스티븐 밀하우저의 『밤에 들린 목소리들』, 조이스 캐럴 오츠 외 작가 40인의 고전 동화 다시 쓰기 『엄마가 날 죽였고, 아빠가 날 먹었네』, 줌파 라히리의 『축복받은 집』, 『저지대』, 시공로고스총서 『아도르노』, 『촘스키』, 『아인슈타인』, 『피아제』, 자크 스트라우스의 『구원』, 데일 펙의 『마틴과 존』, 스콧 피츠제럴드 작품집 『어느 작가의 오후』 등을 우리말로 옮겼다.

현대지성 클래식 56

지킬 박사와 하이드 씨

1판 1쇄 발행 2024년 4월 30일
1판 2쇄 발행 2024년 11월 8일

지은이 로버트 루이스 스티븐슨
그린이 에드먼드 조지프 설리번 외
옮긴이 서창렬
발행인 박명곤 CEO 박지성 CFO 김영은
기획편집1팀 채대광, 김준원, 이승미, 김윤아, 백환희, 이상지
기획편집2팀 박일귀, 이은빈, 강민형, 이지은, 박고은
디자인팀 구경표, 유채민, 윤신혜, 임지선
마케팅팀 임우열, 김은지, 전상미, 이호, 최고은

펴낸곳 (주)현대지성
출판등록 제406-2014-000124호
전화 070-7791-2136 **팩스** 0303-3444-2136
주소 서울시 강서구 마곡중앙6로 40, 장흥빌딩 10층
홈페이지 www.hdjisung.com **이메일** support@hdjisung.com
제작처 영신사

ⓒ 현대지성 2024

"Curious and Creative people make Inspiring Contents"
현대지성은 여러분의 의견 하나하나를 소중히 받고 있습니다.
원고 투고, 오탈자 제보, 제휴 제안은 support@hdjisung.com으로 보내 주세요.

현대지성 홈페이지

이 책을 만든 사람들
편집 김준원 **교정교열** 김보람 **디자인** 구경표

"인류의 지혜에서 내일의 길을 찾다"
현대지성 클래식

현대지성 클래식 살펴보기